WUNDERRAUM

Lesen ist ankommen.

JEANETTE
WINTERSON

WUNDER
WEISSE
Tage

Zwölf winterliche
Geschichten

Aus dem Englischen übersetzt von
Regina Rawlinson

WUNDERRAUM

Den geliebten Menschen in meinem Leben,
die tatsächlich kochen können.
Für meine Frau Susie Orbach und meine Freundinnen
Beeban Kidron und Nigella Lawson.
Es geht doch nichts über ein jüdisches Weihnachtsfest.

Inhalt

Weihnachtszeit

Drei weise Männer ziehen durch die Wüste, sie folgen einem Stern. Des Nachts auf den Feldern die Hirten mit ihren Herden. Ein Engel, flink wie ein Gedanke und hell wie die Hoffnung, der die Ewigkeit in Zeit verwandelt.

Schnell! Ein Kind wird geboren!

Diese Geschichte kennen Gläubige wie Nichtgläubige.

Wer kennt sie nicht?

Eine Herberge. Ein Stall. Ein Esel. Maria. Josef. Gold. Weihrauch. Myrrhe.

Und im Herzen der Geschichte Mutter und Kind.

Bis zur Reformation im 16. Jahrhundert war die Madonna mit Kind ein Bild, das die Menschen in Europa tagtäglich zu sehen bekamen, ob auf Kirchenfenstern, als Statue, Ölgemälde, Schnitzerei oder im häuslichen Herrgottswinkel.

Man stelle sich vor: Die meisten Menschen können weder lesen noch schreiben, doch ihre Gedanken sind voll von Geschichten und Bildern. Bilder sind mehr als die Illustration einer Geschichte – sie sind die Geschichte.

Wenn wir heutzutage eine alte Kirche in Italien, Frankreich oder Spanien besuchen, können wir weder die zahllosen Decken- und Wandfresken noch die gerahmten Gemälde deuten. Unsere Vorfahren konnten das. Wir blättern in unseren Reiseführern, weil wir von ihnen Auskunft erhoffen, sie legten den Kopf in den Nacken und erblickten das Geheimnis der Welt.

Ich liebe das geschriebene Wort – in diesem Augenblick schreibe ich es, lese es –, aber in einer analphabetischen Gesellschaft, die kulturell lebendig ist, sind das Bild und das gesprochene oder gesungene Wort alles. Es ist eine andere Ausprägung geistiger Vitalität.

Mit dem Aufkommen des Protestantismus wurde Maria, die bis dahin wie der vierte Teil der Gottheit behandelt worden war, degradiert. Die Reformation bedeutete für Frauen sowieso nichts Gutes; überall in Europa kündigten sich bereits die Hexenverbrennungen an, und natürlich waren auch die Pilgerväter, die 1620 am Plymouth Rock an Land gingen, Puritaner der allerstrengsten Sorte – man denke nur an die Hexenprozesse von Salem in den 1690er Jahren.

1659 untersagten die Puritaner in Neuengland das Feiern des Weihnachtsfests, ein Gesetz, das bis 1681 galt. In England unter Cromwell wurde Weihnachten schon 1647 verboten, ein Verbot, das erst 1660 wieder aufgehoben wurde.

Warum? Das Fest war, wie wir später noch sehen werden, zu heidnisch in seinen Ursprüngen, zu ausgelassen, zu freudig (warum froh statt einfach nur kreuzunglücklich?). Und es war zu gefährlich, Maria wieder aus der Küche zu lassen und ihr die Hauptrolle zurückzugeben.

Was den einfachen Menschen nach dem Bruch mit dem Katholizismus am meisten fehlte, war die Verehrung Marias.

Bis heute entfaltet der Marienkult – das Mysterium der Jungfrauengeburt, die Einheit von Mutter und Kind – in den katholischen Ländern Europas und auch im heutigen Lateinamerika eine enorme Wirkungskraft. Jedes Mal wenn eine Frau ein Kind zur Welt bringt, wird die Erinnerung an das Heiligste aller Ereignisse wach. Dieses Bild vereint das Alltägliche mit dem Religiösen.

Und es ist älter als das Christentum.

Beim Blick in die griechische und römische Geschichte sehen wir, dass sowohl die Götter als auch die sterblichen Sagengestalten in der Regel ein göttliches und ein menschliches Elternteil besaßen. Herkules' Vater war Zeus, der auch die schöne Helena zeugte. Es gab immer Streit um sie, aber bei einer schönen Frau, die etwas Göttliches an sich hat, kennt man das nicht anders.

Romulus und Remus, die Gründer von Rom, behaupteten, Mars sei ihr Vater.

Jesus kam im Römischen Reich zur Welt. Das Neue Testament wurde auf Griechisch verfasst. Die Evangelisten wollten ihren Messias in die Liste der Superhelden mit Götterpapa einreihen.

Doch warum musste Maria eine Jungfrau sein?

Jesus war Jude. Weil im Judentum nicht die väterliche, sondern die mütterliche Abstammungslinie entscheidend ist, stehen Reinheit und sexuelle Enthaltsamkeit der Frau erwartungsgemäß hoch im Kurs, sind sie doch die beste Methode, um zu steuern, wer wer ist.

Wenn Maria Jungfrau ist, kann an Jesu göttlicher Abstammung kein Zweifel bestehen.

So weit, so sinnvoll, doch das ist längst nicht alles. Blicken wir nämlich noch weiter hinter diese Geschichte zurück, stoßen wir auf die Macht der Großen Göttin.

In der Antike spielte bei der Verehrung von Göttinnen die Keuschheit als Tugend keine Rolle. Sogar die Vestalinnen durften nach dem Ende ihrer Dienstzeit heiraten. Tempelprostitution war normal, und die Göttin war ein Symbol für Fruchtbarkeit und Fortpflanzung. Aber vor allem gehörte sie nie einem Mann.

Im Marienmythos verbinden sich also auf geniale Weise die Kräfte zweier magnetischer Gegenpole: Die neue Religion, das Christentum, enthält die Geschichte einer göttlichen Geburt, der Menschwerdung eines Gottes. Wie eine Gestalt in einer Heldensage ist Maria etwas Besonderes, eine Auserwählte. Ihre Schwangerschaft ist nicht Folge eines alltäglichen Geschehens innerhalb der Familie – ein Gott ist über sie gekommen.

Gleichzeitig kann die neue Religion Marias Reinheit und ihren Gehorsam nutzen, um sich von den zügellosen heidnischen Sexkulten und Fruchtbarkeitsriten zu distanzieren, die den Juden so verhasst waren.

Vom ersten Tag an hatte das Christentum den Dreh raus, wie es sich zentrale Elemente anderer Religionen und Kulte einverleiben konnte. Es warf die problematischen Elemente über Bord und erzählte die Geschichte einfach neu. Auch das trug zu seiner globalen Erfolgsstory bei.

Und die spektakulärste Erfolgsstory ist Weihnachten.

Die Geburt Jesu kommt nur im Matthäus- und im Lukasevangelium vor, in unterschiedlichen Versionen. Bei Markus und Johannes taucht sie überhaupt nicht auf. Der 25. Dezember wird in der ganzen Bibel nicht erwähnt.

Woher also stammt unser Weihnachten?

Ein Bestandteil sind die römischen Saturnalien, ein typisches Fest zur Wintersonnenwende (der kürzeste Tag des Jahres ist der 21. Dezember). Der heidnische Kaiser Aurelian erklärte den 25. Dezember zum Natalis Solis Invicti – zum Tag der Geburt des unbesiegbaren Sonnengottes. Zu den Feierlichkeiten gehörten Geschenke, Partys, lustige Hüte und Alkohol, brennende Kerzen und lodernde Feuer als Sonnensymbole sowie das Schmücken öffentlicher Straßen und Plätze mit immergrünen Pflanzen. Auf diese Lustbarkeiten folgten schon bald die Kalenden – denen wir das Wort »Kalender« verdanken. In der guten alten Zeit nahm man die Feste eben, wie sie fielen.

Im keltischen Britannien begannen die winterlichen Feste mit dem Totenfest Samhain am heutigen Halloweenabend, am Tag vor Allerheiligen. Wie Germanen und Skandinavier begingen auch die Kelten die Wintersonnenwende mit Freudenfeuern und Vergnügungen. Dieser Zeit, in den nordischen Sprachen Jul oder Jol genannt, verdanken wir die Worte Julfest und Jolly (man denke an den »good fellow«!). Stechpalme und Efeu, Embleme für immerwährendes Leben, wurden nicht nur für dekorative, sondern auch für religiöse Zwecke verwendet.

Bei den germanischen Stämmen zog während der Julzeit der

weißbärtige Odin über das Land, den man mit kleinen Gaben, die nachts vor die Tür gelegt wurden, gnädig stimmte.

Die Kirche stellte sich auf den vernünftigen Standpunkt »Der Erfolg heiligt die Mittel« und verleibte Weihnachten all die Elemente ein, an denen die Menschen am meisten hingen – das Singen und Feiern, die immergrünen Pflanzen, das Schenken. Und natürlich die Jahreszeit.

Der 25. Dezember eignete sich wunderbar als Tag von Christi Geburt, weil Jesus demnach am 25. März von Maria empfangen worden sein musste – im Kirchenkalender Mariä Verkündigung, das Fest der Verkündigung des Herrn. So konnte die Kirche am 21. März den Frühlingsbeginn begehen, ohne allzu heidnisch zu werden. Außerdem ergab sich durch Jesu Empfängnis und seine Kreuzigung (Ostern) eine hübsche Symmetrie.

Der Weihnachtsmann ist eine der vielen widersprüchlichen Botschaften des Weihnachtsfestes.

Nikolaus war ein türkischer Bischof in der Stadt Myra, geboren ungefähr zweihundertfünfzig Jahre nach Christi Tod. Er war reich und schenkte den Bedürftigen Geld. Die beste Geschichte über ihn: Als er eines Nachts einen Beutel Gold in ein Haus werfen wollte, war das Fenster zu, und er musste aufs Dach klettern und ihn durch den Schornstein fallen lassen.

Kann sein, kann aber auch nicht sein. Auf jeden Fall entstand um ihn der übliche Heiligenkult, vor allem bei Seeleuten, die ihn auf ihren Fahrten verbreiteten. Auf dem Weg nach Norden vermischte sich der spendable bärtige Türke mit dem bärtigen Gott Odin, der ihm gegenüber allerdings den Vorteil hatte, beim

Reisen ein fliegendes Ross benutzen zu können – und auch noch eins mit acht Beinen.

Sankt Nikolaus heißt bei den Holländern Sinterklaas. Und es waren die Holländer, die ihn nach Amerika brachten.

Neu-Amsterdam (Nieuw Amsterdam), das heutige New York City, war eine holländische Siedlung. Allen Bemühungen der Nachfahren puritanischer Neuengländer zum Trotz flog der Weihnachtsmann bereits 1809 in *Diedrich Knickerbockers humoristischer Geschichte der Stadt New York* von Washington Irving in einem Wagen über die Baumwipfel.

1822 verhalf ihm dann ein weiterer Amerikaner, Clement Moore, mit seinem Gedicht »A Visit from St Nicholas / Als der Nikolaus kam« endgültig zum Durchbruch. Die berühmten ersten Zeilen – hier in der Übersetzung von Erich Kästner – kennt jeder: »In der Nacht vor dem Christfest, da regte im Haus / sich niemand und nichts, nicht mal eine Maus.«

Von da an besaß der Weihnachtsmann auch Rentiere.

Aber noch trug er Grün – seine Farbe als vorchristlicher Fruchtbarkeitsgott.

Und nun kommt Coca-Cola ins Spiel.

1931 beauftragte die Coca-Cola-Company den Grafiker Haddon Sundblom damit, dem Weihnachtsmann eine Verschönerungskur zu verpassen. Und zwar in Rot, das musste sein. Seitdem kennt man ihn im roten Kostüm, der Werbepower von Coca-Cola sei Dank.

Der Weihnachtsbaum ist ein uraltes Symbol dafür, dass das Leben auch im tiefen Winter weitergeht. Was dachten unsere Vorfahren, wenn sie durch einen finsteren, kahlen Laubwald stapften und plötzlich auf einen immergrünen Baum stießen?

Eine wie das erste moderne Promifoto anmutende Abbildung zeigt Königin Viktoria und Prinz Albert, wie sie 1848 auf Schloss Windsor vor ihrem Weihnachtsbaum posieren.

Tatsächlich handelt es sich aber um einen Holzschnitt aus der *Illustrated London News*. Nach dem Erscheinen des Bildes wollte plötzlich jeder einen Weihnachtsbaum haben.

Prinz Albert war Deutscher, und die ersten schriftlichen Belege dafür, dass zur Wintersonnenwende ein Baum ins Haus geholt wurde, stammen aus dem Schwarzwald.

Vom Reformator Martin Luther erzählt man sich, er habe seinen Weihnachtsbaum mit Kerzen geschmückt, welche die Abermillionen Sterne an Gottes Himmel repräsentierten.

Bäume gelten ohnehin als heilig. Man denke an den Apfelbaum im Garten Eden, die Weltesche Yggdrasil aus der nordischen und germanischen Mythologie oder die Druideneiche. In James Camerons *Avatar* ist die Göttin ein Baum, und in den Tolkien-Sagas werden die Ents – Bäume, die gehen und sprechen können – von Saruman und den Orks, Feinden des heiligen Waldes, brutal niedergehackt.

Christus stirbt wie andere geopferte Götter an einem Baum.

So überspannt der Baum als Symbol die Jahrhunderte und die Kulturen, wobei der immergrüne Baum für die Macht des Lebens steht.

Bei allem Hass der Puritaner aus Massachusetts auf solche heidnischen Bezüge konnten auch sie nicht verhindern, dass 1851 zwei Schlittenladungen Bäume aus den Catskills nach New York

City gebracht wurden – die ersten für den Einzelhandel bestimmten Christbäume der Vereinigten Staaten.

Erst im 19. Jahrhundert wurde Weihnachten zu dem Fest, wie wir es heute feiern: mit Christbaum, Weihnachtskarten, Frieden unter den Menschen, Geschenken, Rotkehlchen, gutem Essen, guten Taten, Schnee und übernatürlichen Erscheinungen – seien es Geister, Visionen oder ein geheimnisvoller Stern.

Im 19. Jahrhundert wurden die beliebtesten Weihnachtslieder geschrieben, das 19. Jahrhundert erfand die Weihnachtskarte.

Henry Cole von der Londoner Post erkannte, dass die Penny Post, die Briefzustellung zum Einheitspreis, eine großartige Methode war, um einfache Grüße zu versenden. 1843 ließ er sich von einem Freund einige Motive zeichnen, und bevor man auch nur Plumpudding sagen konnte, hatte die Weihnachtskarte ihren Siegeszug angetreten.

Bis sich die Weihnachtskarte auch in Amerika durchsetzen konnte, dauerte es allerdings noch mehr als dreißig Jahre. Kann man das den Puritanern in die Schuhe schieben? Ich schon.

Karten, Lieder und das Viktorianischste von allem: die weihnachtliche Gespenstergeschichte.

Die Tradition, sich am Feuer Geschichten zu erzählen, ist so alt wie die Sprache. Ein Feuer braucht man, wenn es dunkel und/oder kalt ist, weshalb sich ein langer Winterabend ideal zum Geschichtenerzählen eignet.

Aber die Gespenstergeschichte ist ebenfalls ein Phänomen des 19. Jahrhunderts. Es gibt die Theorie, dass sich die zahlreichen Berichte jener Zeit von Geistern und Spukgestalten auf eine leichte Kohlenmonoxidvergiftung durch die Gaslampen zurückführen lassen (Kohlenmonoxid kann Übelkeit, Schwindel und Bewusstseinstrübungen hervorrufen). Nimmt man dann noch den dichten Nebel und jede Menge Gin hinzu, rundet sich allmählich das Bild.

Doch das Ganze hat auch eine psychologische Seite. Das 19. Jahrhundert war sich selbst nicht geheuer. Die Industrialisierung schien wahre Höllenkräfte entfesselt zu haben, Besucher Manchesters beschrieben die Stadt als Inferno. Die englische Schriftstellerin Mrs Gaskell schrieb über die Besichtigung einer Baumwollspinnerei: »Ich habe die Hölle gesehen, und sie ist weiß …«

Und die neuen Armen, die Fabriksklaven, die Kellerlochbewohner, die Ausgebeuteten, die Eisen, Hitze, Dreck und Entwürdigung erdulden mussten, wirkten wie Schemen, dünn, gelb, zerlumpt, nicht ganz menschlich, halb tot.

Es ist kein Zufall, dass das 19. Jahrhundert auch das Jahrhundert der Philanthropie und der organisierten Wohltätigkeit war. Genauso wenig kann es verwundern, dass es das »weihnachtlichste« und sentimentalste Weihnachten hervorgebracht hat. Weihnachten wurde zum magischen Kreis: Diejenigen, die von der mechanisierten Verelendung ihrer Mitmenschen am meisten profitierten, konnten Wiedergutmachung leisten und etwas für ihr Seelenheil tun.

Deshalb beginnt die *Weihnachtsgeschichte* von Charles Dickens damit, dass Scrooge sich weigert, den Armen Geld zu geben: »Ja, gibt es denn nicht genügend Armenhäuser?«

Scrooge, des Weihnachtsmanns eiskaltes Gegenstück, kann

und will nichts verschenken. Und dann wird er von drei Geistern heimgesucht und auch noch von dem seines verstorbenen Teilhabers Jacob Marley.

Es ist eine Geschichte von Herzen aus Stein und einer zweiten Chance. Von den Tagen zwischen den Jahren, in denen die normale Ordnung auf den Kopf gestellt ist, in der die Uhren anders gehen und schlagen – ein ganzes Leben geschieht in einer einzigen Nacht. Von einer gebratenen Gans und einem Weihnachtspudding, von Feuer und Kerzen, dampfendem Punsch, einer dicken Schneedecke, unter der die Stadt schläft, und von »Fröhliche Weihnachten allen Menschen … Gott segne uns alle und jedermann!«.

Diese Geschichte hat so viel Kraft, dass ihr nicht einmal die Muppets etwas anhaben können.

In Amerika wurde Weihnachten erst 1870 zum landesweiten Feiertag erklärt – nach dem Bürgerkrieg, um die Nord- und die Südstaaten in einer gemeinsamen Tradition zu vereinen.

Doch trotz aller Bestrebungen der Puritaner und trotz der Tatsache, dass Weihnachten definitiv ein christliches und kein jüdisches Fest ist, haben die Amerikaner und auch die amerikanischen Juden genauso viel zur Weihnachtsfolklore beigetragen wie jeder Stern, Hirte, Weihnachtsmann oder Engel.

»Ist das Leben nicht schön?«, »Das Wunder von Manhattan«, »Meet Me in St. Louis«, »Der Polarexpress«, »Der Grinch«, »Die Glücksritter«, »Die Geister, die ich rief …«, »Kevin – Allein in New York«, »Weiße Weihnachten« – die Liste der Filme wird länger und länger.

Und wenn Sie »White Christmas« singen, »Rudolph the Red-Nosed Reindeer«, »Santa Baby«, »Winter Wonderland« oder »Let it snow«, wenn Sie das Lied vom Kastanienrösten am offenen Kamin vor sich hin summen, dann erheben Sie Ihr Glas auf die jüdischen Komponisten, die uns, ganz nach dem Motto »Man muss die Feste feiern, wie sie fallen«, die Klassiker geschenkt haben, die wir so lieben.

Von den Puritanern in England und Amerika wurde Weihnachten verboten, weil es so ein kunterbuntes Sammelsurium ist, zu dem die halbe Welt etwas beigesteuert hat – Heiden, Römer, Normannen, Kelten, Türken –, ein Fest, das mit seiner Ausgelassenheit und seinem Übermut, dem Schenken und dem Auf-den-Kopf-Stellen der Ordnung die Macht der Obrigkeit und die Zwänge der Arbeit untergräbt. Es war ein Feiertag, ein Holiday – *holy day* –, ein heiliger Tag der besten Sorte, an dem der Glaube mit Freude einhergeht.

Und das Leben sollte freudig sein.

Ich weiß, dass Weihnachten längst zum zynischen Kommerzzirkus verkommen ist. Dagegen müssen wir uns – jeder für sich und alle gemeinsam – auflehnen. Weihnachten wird auf der ganzen Welt gefeiert, von Menschen aller Religionen wie von Menschen ohne Religion. Man kommt zusammen und lässt die Streitigkeiten ruhen. In heidnischer wie in römischer Zeit war es ein Fest, das die Macht des Lichts und den Rhythmus der Natur als Teil des menschlichen Lebens feierte.

Mit Geld hatte das Ganze nichts zu tun.

Dabei beginnt sogar die Weihnachtsgeschichte mit Geld, genauer gesagt mit Steuern:

Es begab sich aber zu der Zeit, dass ein Gebot von dem Kaiser Augustus ausging, dass alle Welt geschätzt würde. (LUKAS 2.1)

Und sie endet mit einem Geschenk – »*denn uns ist ein Kind geboren*«.

Auf die Gabe eines neuen Lebens folgen die Gaben der drei Weisen aus dem Morgenland – Gold, Weihrauch und Myrrhe.

Im beliebtesten aller Weihnachtslieder »In the Bleak Midwinter / Mitten im kalten Winter« stellt die Dichterin Christina Rossetti die Frage, was wir schenken können, das nichts mit Geld, Macht, Erfolg oder Talent zu tun hat:

Was kann ich Ihm geben, ich armer Mann?
Wär ich ein Hirte, schenkt ich ein Lamm;
Wär ich ein Weiser, ich brächt edles Erz;
Doch was gebe ich ihm? Ich geb ihm mein Herz.

Wir schenken uns hin. Wir schenken uns anderen. Wir schenken uns uns selbst. Wir schenken.

Was auch immer wir aus Weihnachten machen, wir sollten es selbst machen und nicht fertig im Laden kaufen.

Weil für mich ein Festessen mit Freunden zum Schönsten gehört, das die Feiertage zu bieten haben, stelle ich hier auch einige Rezepte vor, die mit persönlichen Geschichten verbunden sind.

Was Mengenangaben angeht, bin ich ein hoffnungsloser Fall, ich koche nach Augenmaß, Gefühl und Geschmack. Ist der Teig zu trocken, kommt noch Wasser oder Ei hinein. Ist er zu nass, mehr Mehl. So in der Richtung.

Es gab einen Riesenstreit mit meiner Lektorin über die Maßeinheiten. »Nicht mal Nigella Lawson gibt die Zutaten noch in Unzen an«, sagte sie.

Und als ich »Kohl« schrieb, hakte sie sofort nach: »Wie groß soll der sein?«

Es gibt jeden Tag so viel zu erledigen, da will man sich nicht auch noch über die Größe eines Kohlkopfs Gedanken machen.

Bei den Rezepten kann es schon mal ein bisschen durcheinandergehen, genau wie beim gemeinsamen Kochen, wenn mir plötzlich mittendrin einfällt: »Mist, ich hab die Champignons vergessen«, und wir uns dann einfach ohne behelfen. Also, machen Sie sich keinen Kopf. Mit dem Kochen ist es heutzutage wie mit dem Radfahren. Während man sich früher einfach auf seinen Drahtesel schwang und eine Runde drehte, muss heute jeder die richtige Kluft und eine Schutzbrille tragen und ständig seinen eigenen Geschwindigkeits- oder Entfernungsrekord knacken. Kochen für den Eigenbedarf ist keine olympische Disziplin. Es ist ein ganz gewöhnliches Alltagswunder.

Ich koche gern, aber noch lieber schreibe ich.

Ich lebe in Geschichten, sie sind für mich dreidimensionale Orte. Wenn ich als Kind wegen irgendeines Vergehens in den Kohlenkeller gesperrt wurde, hatte ich die Wahl: Ich konnte Kohlen zählen – ein begrenztes Vergnügen – oder mir selbst eine Geschichte erzählen und in die unendliche Welt der Fantasie abtauchen.

Ich schreibe, weil es mir große Freude macht. Es ist wie ein Spiel, wenn ich mich an die Tastatur setze. Gerade Weihnachten hält besondere Freuden bereit, es ist eine Zeit, die uns beflügelt, eine Zeit für Geschichten. Und über allem waltet der Narrenkönig, der Schutzgeist der Kreativität und der zwölf Raunächte bis zum Dreikönigsfest.

So seltsam es auch klingen mag, aber sogar in dem sonst so trostlosen Haus meiner Kindheit und Jugend war Weihnachten eine glückliche Zeit. Solche Assoziationen bleiben uns erhalten; wir tragen die Vergangenheit immer mit uns herum, und mit ein bisschen Glück erfinden wir sie neu. Genau das möchte ich für Weihnachten vorschlagen. Alles ist eine Geschichte.

Geschichten, die man sich am Weihnachtstag vor dem brennenden Kamin oder mit dampfendem Atem auf einem Winterspaziergang erzählt, strahlen das Magische und Mystische aus, das der Zeit zwischen den Jahren innewohnt.

Schreiben ist eine Offenbarung, etwas Unerwartetes wird sichtbar gemacht. Das uns fast bis zum Überdruss vertraute Weihnachten ist eine Feier des Unerwarteten.

Hier sind die Geschichten, die ich bis jetzt geschrieben habe. Zwölf Geschichten für die zwölf Raunächte. Gespenstergeschichten, magisches Eingreifen in die Wirklichkeit, gewöhnliche Begegnungen, die sich als höchst ungewöhnlich entpuppen, kleine Wunder und ein Hoch auf das Licht.

Und auf die Freude.

Der Geist der Weihnacht

In der Nacht vor dem Christfest, da regte im Haus sich niemand und nichts, denn sogar die Maus war fix und fertig.

Überall lagen Geschenke: eckige mit Schleifen, lange mit Bändern, dicke mit Weihnachtsmannpapier. Und schmale – aufregend wie ein Diamantenarmband oder so enttäuschend wie ein Essstäbchen?

Das Lebensmittelarsenal war aufgestockt, als stünde ein Krieg bevor: Weihnachtspuddings, so groß wie Bomben, sprengten fast die Regale. Datteln in runden Pappschachteln lagen dicht an dicht nebeneinander wie Patronen in einem Munitionsgurt. Draußen, über der Hintertür, hingen die Moorhühner in Formation, sie glichen einem Geschwader Spielzeugkampfflugzeuge. Die Kastaniengranaten waren bereitgelegt. Der Biotruthahn strotzte vor Saft und Kraft – jeder gute Tierarzt hätte ihn wieder zum Leben erwecken können – und hielt neben einem Alufolienberg in Regimentsgröße die Stellung.

»Was für ein Glück, dass sich der Schweinebraten für Dreikönig noch in Kent auf der Wiese tummelt und Fallobst frisst«, sagtest du, während du dich unter Verrenkungen am Küchentisch vorbeischobst.

Ich wankte unter der Last des Weihnachtskuchens, eines Monstrums, das sich ganz wunderbar als Eckstein einer mittelalterlichen Kathedrale geeignet hätte. Du nahmst ihn mir ab und brachtest ihn nach draußen. Die ganze Herrlichkeit musste irgendwie im Wagen verstaut werden, weil wir am Abend noch aufs Land fahren wollten. Je mehr du hineinquetschtest, desto wahrscheinlicher schien es, dass für den Truthahn nur noch der Fahrersitz übrig bleiben würde. Du passtest überhaupt nicht mehr hinein, und ich musste mir den Platz mit einem geflochtenen Rentier teilen.

»Hackles«, sagtest du.

O nein, wir hatten den Kater vergessen.

»Hackles feiert Weihnachten nicht«, sagte ich.

»Hier, bind ihm das Bündel Lametta um den Korb und steig ein.«

»Wollen wir unseren Weihnachtskrach jetzt schon vom Zaun brechen oder lieber warten, bis dir auf halber Strecke einfällt, dass du den Wein vergessen hast?«

»Der Wein ist unter der Schachtel mit den Knallbonbons.«

»Das ist nicht der Wein, das ist der Truthahn. Er ist so frisch, dass ich seine Kiste zukleben musste, damit er sich nicht wieder rauswühlt wie in einer Gruselgeschichte von Poe.«

»Das ist eklig. Dieser Truthahn hatte ein glückliches Leben.«

»Du hattest auch kein schlechtes Leben, trotzdem habe ich nicht vor, dich zu essen.«

Ich sprang auf dich zu und biss dich in den Hals. Ich liebe

deinen Hals. Du stießt mich weg – spielerisch. Ist es Einbildung, dass du mich in letzter Zeit nicht nur im Spiel wegstößt?

Mit einem leisen Lächeln machtest du dich daran, den Wagen noch einmal neu zu beladen.

Kurz nach Mitternacht. Samt Kater, Lametta, blinkendem Baum, Rentier, Geschenken, Essen und meinem Arm – aus dem Fenster hängend, weil sonst kein Platz für ihn war – fuhren wir los, du und ich, aufs Land, wo wir für die Feiertage ein Häuschen gemietet hatten.

Weihnachtlich angeheitert zogen Feiernde durch die Straßen, Luftschlangen schwenkend und das Lied von ihrem ebenfalls rotnasigen Kumpel Rudolph grölend. Du meintest, so spät in der Nacht kämen wir durchs Stadtzentrum schneller voran. Als du an der Ampel auf der Hauptstraße langsam wieder anfuhrst, war mir, als hätte ich aus den Augenwinkeln eine Bewegung wahrgenommen.

»Halt an!«, sagte ich. »Kannst du mal kurz zurücksetzen?«

Die Straße war mittlerweile menschenleer; mit vor Anstrengung jaulendem Motor ging es rückwärts, bis vor BUYBUYBABY, das größte Kaufhaus der Welt, das seine Tore, wenn auch widerwillig, ab Heiligabend um Mitternacht wahrhaftig für geschlagene vierundzwanzig Stunden geschlossen hatte (wobei der Online-Verkauf selbstverständlich weiterging).

Ich stieg aus. Im Schaufenster stand die Weihnachtskrippe, samt Maria und Josef in Skiklamotten und einigen Nutztieren, die gegen die Kälte schottisch karierte Hundemäntel trugen. Gold, Weihrauch oder Myrrhe gab es nicht, die Heiligen Drei

Könige hatten ihre Gaben bei BBB gekauft. Dieser Jesus bekam eine Xbox, ein Fahrrad und ein wohnungstaugliches Schlagzeug.

Seine Mutter Maria durfte sich über ein Dampfbügeleisen freuen.

Im Fenster ein Schatten, die Nase gegen die Scheibe gepresst. Ein kleines Mädchen.

»Was machst du da?«, fragte ich.

»Ich bin eingesperrt«, sagte sie.

Ich ging zurück zum Wagen und klopfte an die Scheibe.

»Da ist ein Kind im Laden vergessen worden – wir müssen es rausholen.«

Du kamst mit, um es dir selbst anzusehen. Das Kind winkte. »Sicher gehört sie zum Wachmann«, meintest du stirnrunzelnd.

»Sie sagt, sie ist eingesperrt! Ruf die Polizei.«

Als du dein Handy rausholtest, lächelte die Kleine und schüttelte den Kopf. Irgendetwas an ihrem Lächeln machte mich unsicher.

»Wer bist du?«, fragte ich sie.

»Ich bin der Geist der Weihnacht.«

Ich hörte sie deutlich. Sie sprach deutlich.

»Ich krieg kein Netz«, sagtest du. »Probier du's mal mit deinem.«

Mein Handy war tot. Kein Signal. Wir sahen die seltsam verlassene Straße rauf und runter. Allmählich geriet ich in Panik. Ich rüttelte an der Tür und warf mich dagegen. Abgeschlossen. Keine Putzkolonne. Kein Hausmeister. Es war Heiligabend.

Und wieder die Stimme: »Ich bin der Geist der Weihnacht.«

»Ach, komm weiter«, sagtest du. »Das ist doch bloß ein Werbegag.«

Aber ich hörte gar nicht hin, sah nur das Gesicht im Fenster, das sich im Sekundentakt veränderte, als tanzte ein Licht darüber hinweg, das es mal verschattete, mal erhellte. Diese Augen waren nicht die eines Kindes.

»Wir sind für die Kleine verantwortlich«, sagte ich leise, aber eigentlich galt meine Antwort gar nicht dir.

»Sind wir nicht«, gabst du zurück. »Los, komm. Ich rufe die Polizei von unterwegs an.«

»Lasst mich raus!«, sagte das Kind, als wir zum Wagen zurückgehen wollten.

»Wir schicken Hilfe, versprochen. Wir finden eine Telefonzelle …«

Das Kind fiel mir ins Wort. »Ihr müsst mich rauslassen. Und stellt ein paar von euren Geschenken und auch was zu essen da vorne in den Eingang.«

Du drehtest dich um. »Das ist doch verrückt.«

Aber das Kind hatte mich in seinen Bann geschlagen.

»Ja«, sagte ich. Wie in Trance ging ich zum Wagen, machte den Kofferraum auf und schleppte Geschenke und Essenstüten in den Eingang des Kaufhauses. Jedes Mal wenn ich etwas abstellte, hobst du es auf und brachtest es wieder zurück.

»Du bist übergeschnappt«, sagtest du. »Das ist ein Weihnachtsgag. Versteckte Kamera, ich bin mir sicher. Reality-TV.«

»Nein, das ist kein Reality-TV, das ist real.« Meine Stimme schien von weither zukommen. »Es ist nichts, was wir kennen, sondern etwas, was wir nicht kennen – aber es ist wahr. Glaub mir, es ist wahr.«

»Na schön«, sagtest du. »Mach, was du willst. Hauptsache,

wir können endlich weiterfahren. Da hast du. Okay? Und da und da.« Damit knalltest du die Sachen vor die Tür, das Gesicht rot vor Müdigkeit und Genervtheit. Eine Miene, die ich nur zu gut kenne.

Die Hände zu Fäusten geballt standest du da, das Kind so gut wie vergessen.

Plötzlich ging das Licht im Schaufenster aus. Und da stand das Kind auch schon zwischen uns auf der Straße.

Ein anderer Ausdruck trat in dein Gesicht. Du legtest die Hand auf die glatte Scheibe, so klar und undurchdringlich wie ein Traum.

»Träumen wir?«, fragtest du mich. »Wie hat sie das gemacht?«

»Ich komm mit euch mit«, sagte die Kleine. »Wo fahrt ihr hin?«

Als wir weiterfuhren, war es schon nach eins. Mein Arm hatte jetzt auch Platz im Auto, und das Kind saß auf dem Rücksitz neben dem schnurrenden Hackles, der aus seinem Korb geklettert war. Ich warf noch einen Blick in den Seitenspiegel, als wir losrollten: Unsere Lebensmittel und Geschenke wurden nach und nach von dunklen Gestalten weggetragen.

»Das sind die Menschen, die in Hauseingängen wohnen«, sagte das Kind, als könnte es meine Gedanken lesen. »Sie haben nichts.«

»Wir werden verhaftet«, sagtest du. »Diebstahl einer Schaufensterdeko. Wildes Müllabladen. Entführung. Fröhliche Weihnachten, Herr Wachtmeister.«

»Wir haben das Richtige getan«, sagte ich.

»Ach ja? Und was genau wäre das?«, sagtest du. »Die Hälfte unserer Sachen in den Wind schießen und ein verloren gegangenes Kind aufgabeln?«

»Es passiert jedes Jahr«, sagte das Kind. »Jedes Jahr auf eine andere Weise, an einem anderen Ort. Wenn ich bis zum Weihnachtsmorgen nicht frei bin, wird die Welt schwerer. Die Welt wiegt schwerer, als ihr wisst.«

Eine Zeit lang sagte keiner ein Wort. Der Himmel war schwarz, mit Sternen besteckt. In Gedanken sah ich mich dort droben, hoch über dieser Straße, wie ich auf den Planeten Erde hinunterblickte: eine blaue Kugel auf schwarzem Grund, weiße Flecken, Eiskappen an den Polen. Unser Leben und unsere Heimat.

Als ich ein Kind war, hat mein Vater mir eine Schneekugel geschenkt, mit der Erde darin und mit Sternen, die man schütteln konnte. Wenn ich im Bett lag, drehte und drehte ich sie, bis ich mit Sternen hinter den Augen einschlief, warm, leicht und geborgen.

Die Welt hat kein Gewicht; schwerelos hängt sie im Weltall, ein Gravitationsrätsel, von der Sonne erwärmt, von Gasen gekühlt. Unser Geschenk.

So lange wie möglich kämpfte ich gegen den Schlaf an, linste schließlich nur noch aus einem zufallenden Auge auf meine stille, sich drehende Welt.

Ich wurde erwachsen. Mein Vater starb. Die Schneekugel stand noch bei ihm, in meinem früheren Kinderzimmer. Als wir das Haus ausräumten, fiel sie mir aus der Hand, und die kleine Erdkugel kullerte aus der schweren, mit Sternen durchsetzten Flüssigkeit. Da weinte ich. Ich weiß nicht, warum.

Wie von selbst war meine Hand, während wir die nächtliche Straße entlangrollten, auf die Fahrerseite hinübergewandert und hatte die deine gefunden.

»Was hast du?«, fragtest du sanft.

»Ich musste an meinen Vater denken.«

»Und ich an meine Mutter. Seltsam.«

»Was hast du gedacht?«

Du drücktest meine Hand. Im mattgrünen Schein des Armaturenbretts blitzte dein Ringfinger auf. Ich erinnere mich an den Ring und daran, wie ich ihn dir geschenkt habe. Ich sehe ihn jeden Tag, aber heute sehe ich ihn wirklich.

Du sagtest: »Ich wünschte mir, ich hätte mehr für sie getan, mehr mit ihr gesprochen, aber dafür ist es jetzt zu spät.«

»Ihr habt euch nie gut verstanden.«

»Aber warum nicht? Warum kommen so viele Eltern und Kinder nicht gut miteinander aus?«

»Willst du deswegen nicht, dass wir Kinder haben?«

»Nein! Nein. Die Arbeit … Wir wollten es uns doch noch überlegen … aber … ja … vielleicht hast du recht. Warum sollte ich mir wünschen, dass mein Kind mich hasst? Gibt es nicht schon genug Hass auf der Welt?«

So hast du noch nie geredet. Dein Profil in dem unheimlichen grünen Licht, der zusammengepresste Mund. Ich liebe dein Gesicht. Doch bevor ich es dir sagen konnte, fuhrst du fort: »Hör nicht auf mich. Daran ist bloß Weihnachten schuld. Weil es doch eine Zeit für die Familie ist.«

»Ja. Aber warum vermurksen wir uns dann immer alles?«

»Weihnachten? Oder die Sache mit der Familie?«

»Sowohl als auch. Weder noch. Kein Wunder, dass sich die ganze Menschheit in einen Kaufrausch stürzt. Das ist nichts als eine Übersprungshandlung.« Du lächeltest, um mich aufzuheitern.

Ich sagte: »Und ich dachte immer, du freust dich über die Geschenke unterm Baum.«

»Tu ich ja auch, aber wie viele Sachen braucht der Mensch?«

Gerade wollte ich dich daran erinnern, wie du mich vor nicht mal einer Stunde angeschnauzt hattest, als es vom Rücksitz tönte: »Wenn die Welt doch nur ein wenig Ballast über Bord werfen könnte.«

Wir sahen nach hinten. Das grüne Licht im Wagen kam gar nicht vom Armaturenbrett, sondern von dem Kind. Es leuchtete.

»Ob sie wohl auch noch radioaktiv ist?«, sagtest du.

»Wieso auch noch?«

»Na, weil sie … weil sie doch … ich weiß auch nicht, weil sie …«

»Und wenn sie nun tatsächlich das ist, wofür sie sich ausgibt?«

»Sie hat ja gar nicht gesagt, wer sie ist.«

»Hat sie wohl, sie ist …«

»Ich bin der Geist der Weihnacht«, kam es von hinten.

Ich sagte: »Und wenn wir heute Nacht tatsächlich ein unerhörtes Ereignis erleben?«

»Mit einem fremden Kind durch die Gegend zu juckeln, das nicht alle auf dem Christbaum hat?«

»Immerhin schön weihnachtlich.«

»Was?«

»Der Christbaum.«

Du drücktest meine Hand und sahst nicht mehr halb so verkniffen aus.

Ich hätte mit dir gern über die Liebe geredet, dir gesagt, wie sehr ich dich liebe. Dass ich dich liebe wie den Sonnenaufgang, jeden Tag neu, und dass mein Leben durch die Liebe zu dir besser und glücklicher geworden ist. Aber das wäre dir peinlich gewesen, und deshalb schwieg ich.

Du schaltetest das Radio ein. »Hört! Die Engelschöre singen.«

Du stimmtest mit ein: »Gnad und Friede allen Menschen …«

Du beobachtetest das Kind im Rückspiegel.

»Wenn alles nach Plan läuft«, sagtest du, »müssten wir eigentlich jeden Augenblick dem Weihnachtsmann mit seinem Rentiergespann begegnen. Wie siehst du das, Geist der Weihnacht?«

Die Stimme auf dem Rücksitz sagte: »Hier bitte rechts abbiegen!«

Du bogst ab. Du zögertest kurz, aber du bogst ab, weil man diesem Kind nichts abschlagen konnte.

Im Ausgang der dunklen Kurve gabst du Gas und würgtest den Motor ab.

Vor uns über dem Dach eines wunderschönen Landhauses aus dem 18. Jahrhundert, mit einem Stechpalmenkranz an der blauen Haustür, war ein Schlitten im Landeanflug, gezogen von sechs Rentieren mit mächtigen Geweihen.

Der Weihnachtsmann winkte uns lachend zu. Das Kind winkte zurück und kletterte aus dem Wagen. Schlösser konnten sie anscheinend nicht aufhalten. Hackles sprang hinter ihr her.

Der Weihnachtsmann klatschte in die Hände. Im ersten Stock

des im Dunkeln liegenden Hauses wurde von unsichtbarer Hand ein Fenster aufgeschoben, und drei pralle Säcke plumpsten auf die Erde. Der Weihnachtsmann schulterte sie mühelos und lud sie auf seinen Schlitten.

»Der raubt das Haus aus!«, sagtest du und stiegst aus. »He, Sie da!«

Die Gestalt in Rot kam mit ihren schweren Stiefeln zu uns herübergestapft und rieb sich die Hände.

»Diesen Service können wir nur einmal im Jahr anbieten«, erklärte er dir.

»Was für einen Service, zum Kuckuck?«

Nachdem er sich gemächlich die Pfeife gestopft hatte, blies er blaue Rauchsterne in die weiße Luft.

»Früher haben wir Geschenke gebracht, weil die Menschen nicht viel besaßen. Heute haben alle mehr als genug, sie schreiben uns einen Wunschzettel, welche Sachen wir abholen sollen. Sie machen sich ja kein Bild, was für eine Befreiung es ist, wenn man am Weihnachtsmorgen aufwacht und der ganze Krempel weg ist.«

Der Weihnachtsmann kramte in einem der Säcke. »Sehen Sie? Ein Lockenstab, ein Jahresvorrat an Badesalz, mehr Socken, als es Füße gibt, gebackenen Knoblauch in Olivenöl, der Eiffelturm als Stickvorlage, zwei Porzellanschweine.«

»Und was nun?«, fragtest du, halb wütend, halb verdattert. »Verkaufen Sie die Sachen auf dem Neujahrsflohmarkt?«

»Kommen Sie ruhig mit, wenn Sie wollen, und schauen Sie es sich an«, sagte der Weihnachtsmann.

Er steckte seine Pfeife ein und ging zum Schlitten. Der Geist der Weihnacht und Hackles trotteten hintendrein.

»He, das ist unsere Katze!«, riefst du – nun bereits unter dem Schlitten. Denn der hatte inzwischen abgehoben.

Der Geist der Weihnacht machte eine hochzufriedene Miene.

Wir sprangen in den Wagen und nahmen, so gut es ging, die Verfolgung des Schlittens auf, der über die Felder davonflog.

»Ein Luftkissenfahrzeug mit Raketenantrieb«, sagtest du. »Wo sind wir da bloß reingeraten?«

Wir waren längst nicht mehr auf der kleinen Landstraße unterwegs, sondern rumpelten über einen Feldweg, der den Stoßdämpfern das Letzte abverlangte. Du musstest das Lenkrad mit beiden Händen festhalten.

Der Schlitten landete. Ein paar Minuten später hielten wir neben ihm an.

Wir standen vor einem maroden dunklen Häuschen. Die Dachpfannen waren ins Rutschen geraten, und an der Regenrinne hingen Eiszapfen, genau wie diese elektrischen, die man zur Dekoration aufhängt, bloß waren diese hier weder elektrisch noch Dekoration. Die Zaunpfähle rings um das Haus waren mit Draht zusammengebunden, das Gartentor wurde von einem Stein zugehalten. In der offenen Tür eines ausgedienten Wohnwagens schlief ein alter Hund.

Als er den Kopf hob und losbellen wollte, warf ihm der Weihnachtsmann einen leuchtenden Knochen hin. Zufrieden schnappte er ihn.

Während sich die Rentiere über das Moos in ihren Futtersäcken hermachten, gingen der Weihnachtsmann und der Geist der Weihnacht zum Haus und öffneten die Tür.

»Ist das eine Falle? Wie in *Wenn die Gondeln Trauer tragen*?

Will uns da einer an den Kragen?« Du hattest Angst. Ich nicht, weil ich nicht zweifelte.

Der Weihnachtsmann kam wieder heraus, leicht gebeugt unter einem mottenzerfressenen Sack, in der Hand einen Mince Pie und ein Glas Whisky.

»Heutzutage stellt einem kaum noch einer was hin«, sagte er und leerte das Glas in einem Zug. »Aber ich kenne dieses Haus, und die Leute kennen mich. Heute Nacht weichen Schmerz und Not. Einmal im Jahr nur ist mir diese Macht verliehen.«

»Was für eine Macht?«, fragtest du. »Wo ist das Kind? Was haben Sie mit meiner Katze gemacht?«

Der Weihnachtsmann deutete hinter sich, auf das Haus, in dem jetzt das seltsame grüne Licht schimmerte, von dem das Kind begleitet wurde. Sogar aus der Ferne konnten wir deutlich erkennen, dass jetzt eine blütenweiße Decke auf dem Tisch lag. Während die Kleine einen Schinken, eine Pastete und ein Stück Käse daraufstellte, strich unser Kater Hackles schnurrend und mit hocherhobenem Schwanz um sie herum.

Der Weihnachtsmann lächelte und kippte den Inhalt des Sacks in den Schlitten. Es kamen nur alte, muffige und kaputte Sachen zum Vorschein. Zuletzt kramte er noch die Scherben eines Tellers, eine zerlumpte Jacke und eine kopflose Puppe heraus. Dann war der Sack leer.

Schweigend hielt er ihn dir hin und zeigte auf das Auto. Er möchte, dass du ihn vollmachst, dachte ich. Tu es, bitte, tu es.

Aber ich wagte nicht, es laut auszusprechen. Die Bitte galt dir. Alles galt dir.

Nur ein kurzes Zögern, und schon öffnetest du alle Autotüren und stopftest Geschenke und Lebensmittel in den Sack. Es war nur ein kleiner Sack, aber er wurde und wurde nicht voll, soviel du auch hineinpacktest. Zweifelnd sahst du dir an, was noch übrig war.

»Gib ihm alles«, sagte ich.

Da bücktest du dich hinein und räumtest auch noch den Rücksitz ab. Bis auf das geflochtene Rentier war der Wagen jetzt so gut wie leer. Und so ein albernes Geschenk konnte man wirklich keinem zumuten.

Du gabst dem Mann in Rot, der dich nicht aus den Augen ließ, den schweren Sack zurück.

»Sie haben mir nicht alles gegeben«, sagte er.

»Wenn Sie das Rentier meinen …«

Der Geist der Weihnacht kam aus dem Haus, mit Hackles auf dem Arm. Er leuchtete ebenfalls grün. Ich hatte noch nie eine grüne Katze gesehen.

Das Kind sagte: »Gib ihm, was du fürchtest.«

Die Zeit blieb stehen. Ich wandte den Blick ab, so bang wie in dem Augenblick, als ich dir den Heiratsantrag gemacht hatte, weil ich nicht wusste, wie du antworten würdest.

»Ja«, sagtest du. »Ja.«

Es rumpelte laut, der Sack fiel bleischwer auf den Boden. Der Weihnachtsmann nickte und wuchtete ihn mit Mühe in den Schlitten.

»Wir müssen weiter«, sagte der Geist der Weihnacht.

Wir stiegen ein und fuhren den Feldweg zurück.

Die Erde hatte sich hell mit Raureif überzogen, die Sterne

funkelten kalt. Eng aneinandergedrängt lagen die Schafe im Gras. Zwei Jagdpferde preschten am Zaun entlang, mit dampfendem Atem wie Drachen.

Nach einer Weile hieltest du an und stiegst aus. Ich folgte dir. Ich legte die Arme um dich. Hörte dein Herz schlagen.

»Was machen wir jetzt? Wir haben alles verschenkt«, sagtest du.

»Ist gar nichts mehr übrig?«

»Bloß eine Tüte mit Lebensmitteln hinter dem Beifahrersitz – und das hier …« Du nahmst einen folienverpackten kleinen Schokoladenweihnachtsmann aus der Jackentasche.

Wir lachten. Es war aber auch zu lustig. Als wir der Kleinen auf der Rückbank ein Stück abgeben wollten, war sie eingeschlafen.

»Ich versteh das alles nicht«, sagtest du. »Du vielleicht?«

»Nein. Ist noch was von der Schokolade da?«

Während wir uns die letzten Bröckchen teilten, sagte ich zu dir: »Weißt du noch? Als wir uns kennengelernt haben, hatten wir überhaupt kein Geld. Wir mussten unsere Studienkredite abbezahlen, und ich hatte zwei Jobs gleichzeitig, und an Weihnachten gab es Würstchen, weil wir uns keinen Truthahn leisten konnten. Du hast mir einen Pullover gestrickt.«

»Und ein Ärmel war länger als der andere.«

»Und ich hab dir einen Hocker geschreinert, aus dem Holz der Esche, die die Stadt fällen lassen musste. Den halben Stamm haben sie einfach auf der Straße liegen lassen. Weißt du noch?«

»Und ob, und es war bitterkalt, weil du in diesem schrecklichen Hausboot gewohnt hast und nicht mit zu mir nach Hause kommen wolltest, weil du meine Mutter gehasst hast.«

»Ich konnte deine Mutter gut leiden! Du hast sie gehasst.«

»Ja …«, sagtest du nachdenklich. »Wie viel Leben man doch mit Hassen vergeudet.«

Du drehtest dich um und sahst mich an, ruhig und ernst.

»Liebst du mich noch?«

»Ja, ich liebe dich noch.«

»Ich liebe dich auch, aber ich sage es dir nicht oft genug, oder?«

»Ich weiß es ja. Aber manchmal …«

»Ja?«

»Manchmal kommt es mir so vor, als ob du mich nicht mehr willst. Ich will mich nicht aufdrängen, aber mir fehlt das Körperliche. Die Nähe, die Vertrautheit und ja, alles andere auch.«

Du schwiegst. »Als dieser Typ, der Weihnachtsmann oder was auch immer er war, zu mir gesagt hat, dass ich ihm geben soll, was ich fürchte, fiel es mir wie Schuppen von den Augen. Was, wenn die ganzen Sachen noch im Auto lägen, aber du wärst nicht mehr da? Wenn unser Haus, meine Arbeit, mein Leben, wenn alles, was ich besitze, noch da wäre, nur du nicht? Und da dachte ich: Das ist meine Angst. Das fürchte ich so sehr, dass ich nicht mal daran denken kann, aber die Angst ist immer da, wie ein Krieg, der heraufzieht.«

»Was für eine Angst?«

»Dass ich dich immer weiter von mir wegstoße.«

»Willst du mich wegstoßen?«

Da hast du mich geküsst – so wie früher –, und mir liefen Tränen über die Wangen, doch es waren gar nicht meine, es waren deine.

Wir stiegen wieder ein und fuhren langsam die letzten Meilen bis zu unserem Ziel. Die welligen Dächer des Dorfs waren im Schein des untergehenden Mondes bereits zu sehen. Es würde bald Tag werden.

Am Straßenrand ging eine Gestalt im Kapuzenmantel. Du hieltest neben ihr an und ließest die Scheibe runter. »Können wir Sie mitnehmen?«

Die Gestalt wandte sich uns zu; es war eine Frau mit einem Säugling auf dem Arm. Sie schlug die Kapuze zurück; sie hatte wunderschöne Züge, kraftvoll und ausdrucksstark, die Haut glatt und klar. Sie lächelte, und das Kind lächelte auch. Es war ein Säugling, aber seine Augen waren viel älter.

Instinktiv sah ich auf den Rücksitz. Der Kater lag zusammengerollt in seinem Korb, doch das Kind war fort.

Über uns am Himmel stand ein scharf gezackter Stern, und im Osten dämmerte es schon.

»Es wird Tag«, sagte ich.

Die Ellenbogen auf dem Lenkrad, stütztest du den Kopf in die Hand. »Ich verstehe überhaupt nichts mehr. Du?«

»Sie ist weg. Der Geist der Weihnacht.«

»Haben wir alles nur geträumt? Liegen wir im Bett, schlafen wir?«

»Komm«, sagte ich. »Dann können wir auch noch das letzte Stück bis zu unserem Häuschen schlafwandeln. Wir haben ja nicht mehr viel zu tragen.«

Die Frau und das Kind waren jetzt vor uns. Sie gingen und gingen und gingen.

Wir stiegen aus. Du nahmst meine Hand.

Früher hatten wir alles wahrgenommen – das Wasser, das sich

auf dem beerentragenden Efeu sammelte, die Misteln in den dunklen Armen der Eiche, die Scheune mit der Eule unterm Dach, den Rauch, wie eine aus Reisigfeuern sich emporkräuselnde Nachricht, die ewige Dauer der Zeit und uns selbst als Teil davon.

Warum hatten wir uns angewöhnt, von Tag zu Tag zu hetzen, wo doch jeder Tag alles war, was wir besaßen?

Die Frau ging noch immer vor uns her, die Zukunft auf dem Arm, das Wunder. Das Wunder, das die Welt neu gebiert und uns eine zweite Chance gibt.

Warum verliert sich das Wahre, das Wichtige so leicht zwischen Dingen, die fast gar keine Bedeutung haben?

»Ich mache den Kamin an«, sagte ich.

»Später«, sagtest du. »Erst möchte ich noch mit dir ins Bett schlafwandeln.«

Wie scheu du warst. Du bist so stark, aber diese Scheu erkenne ich wieder. Ja. Und noch einmal ja. Im Schlafen oder im Wachen. Ja und ja.

Draußen läuteten, über die nebelgepflügten Felder hinweg, die Glocken Weihnachten ein.

Mrs Wintersons Mince Pies

Von der Vorratshaltung für den Krieg konnte Mrs Winterson nie mehr lassen. Von 1939 bis 1945 hatte sie ihren Beitrag zum Sieg geleistet, indem sie Eier und Zwiebeln einlegte, Obst einkochte, Bohnen trocknete oder einsalzte und auf dem Schwarzmarkt Pökelfleisch in Dosen zum Tausch anbot. Lebensmittel, die man einlagern konnte, waren ihr die liebsten, und während sie in den fünfziger und sechziger Jahren auf den Atomkrieg und danach und überhaupt jeden Augenblick auf den Weltuntergang wartete, pökelte sie unverdrossen ihr Rindfleisch und kochte und backte mit Rosinen und Trockenfrüchten.

Die beiden wichtigsten Geräte in unserem Küchenanbau hatten Kurbeln: die Wäschepresse, mit der am Waschtag die Kleidung ausgewrungen wurde, und der Fleischwolf – der größte, der für Geld zu haben war, festgeschraubt an der Kante des Resopaltischs. Zu seinen zahlreichen Verwendungszwecken gehörte auch die Herstellung der Fülle für die Mince Pies, die Mrs Winterson, weil wir Fallobst im Überfluss hatten, immer schon im Herbst zubereitete.

Wer englische Mince Pies nicht kennt, aber des Englischen mächtig ist, wird mit dem Namen dieser weihnachtlichen Pastetchen seine Schwierigkeiten haben, versteht man unter »mince« doch üblicherweise Hackfleisch – welches die Mince Pies nicht enthalten, im Gegensatz zu Trockenfrüchten.

Die Erklärung findet sich in der Regierungszeit von Elisabeth I. (1558–1603). Damals enthielten die Mince Pies tatsächlich Fleisch, aber auch Trockenfrüchte sowie Orangeat und Zitronat.

Warum?

Mit Früchten und Gewürzen überdeckte man die Gerüche, die von dem ungekühlten Fleisch zwangsläufig ausgingen. Wahrscheinlich ist das auch der Grund dafür, warum man in der englischen Küche bis in die 1960er Jahre hinein so häufig auf Trockenfrüchte zurückgriff. Wir sind nicht Amerika, und Kühlschränke waren damals teuer. Als bei uns in den Siebzigern der erste ins Haus kam, ging ich schon auf die weiterführende Schule. Mein Dad hatte ihn bei einer Tombola gewonnen. Es war ein winziger Unterbaukühlschrank, der meistens leer war. Wir hatten keine Ahnung, was wir damit anfangen sollten. Die Milch wurde jeden Tag frisch geliefert, das Gemüse stammte aus dem Schrebergarten oder vom zweimal wöchentlich stattfindenden Markt, wir hatten eigene Hühner, die Eier für uns legten, und weil wir arm waren, gab es sowieso nur einmal in der Woche Fleisch vom Metzger. Was davon übrig blieb, wurde durch den Wolf gejagt und zu herzhaften Pasteten oder Brotaufstrich verarbeitet. Wenn unser Essen nicht gerade gegessen wurde, wurde es gekocht, und wenn es nicht gerade gekocht wurde, war es frisch. Wer brauchte da einen Kühlschrank?

Aber wenn Sie Ihre Mince-Pie-Fülle selbst zubereiten wollen, ob mit oder ohne Fleischwolf, hier ist das Rezept. Doch, Sie dürfen auch einen elektrischen Standmixer benutzen, aber ein handbetriebenes Kurbelmodell liefert das wesentlich befriedigendere, da gröbere Ergebnis. Wenn Sie die Fülle nicht selbst machen wollen, kaufen Sie qualitativ hochwertiges »Mincemeat« im Glas (achten Sie auf die Zutatenliste – nicht zu viel Zucker und kein verdammtes Palmöl oder ähnliche Grausamkeiten). Bevor Sie das Mincemeat verwenden, kippen Sie es aus dem Glas in eine Schüssel, geben einen anständigen Schuss Brandy dazu und rühren das Ganze gut durch. Gekauftes Mincemeat ist immer zu trocken.

Für das Mincemeat brauchen Sie:

450 g säuerliche Äpfel, beispielsweise Boskop, entkernt, geschält und geraffelt

450 g klein gehackten Rindertalg (jawohl, Rindertalg, Sie haben richtig gelesen)

Je 450 g Sultaninen, Korinthen, Rosinen und braunen Rohrzucker

Wenn Sie wollen, geben Sie noch je eine gute Handvoll Orangeat und Zitronat dazu. Ich will nicht.

170 g Mandeln, blanchiert und im Mörser zerstoßen

Abgeriebene Schale und Saft von zwei Zitronen (ungewachst und bio, Sie wollen sie schließlich essen)

1 Teelöffel gemahlene Muskatnuss

1 Teelöffel Zimtpulver

1 Teelöffel Salz

Einen Achtelliter Brandy – oder Rum, wenn Sie den lieber mögen

Die Trockenfrüchte durch den Fleischwolf drehen, mit den restlichen Zutaten in eine große Schüssel geben. Alles gründlich vermengen. Geben Sie nach Bedarf noch Brandy beziehungsweise Rum dazu. Die Masse darf nicht zu flüssig sein, aber auch nicht hart wie Beton. In Schraubgläser füllen und mindestens einen Monat in einem kühlen Küchenschrank durchziehen lassen.

Ich stelle mein Mincemeat immer am 5. November, dem Guy-Fawkes-Tag, her. Halloween geht natürlich auch. Als zweckfreier Anlass zum Feiern steht der eine Tag dem anderen in nichts nach. Es ist auf jeden Fall nützlicher, sich in der Küche zu betätigen, als mit dem Ruf »Süßes oder Saures?« um die Häuser zu ziehen oder eine Puppe zu verbrennen und sich am Lagerfeuer einen anzusaufen.

Auf dass es im Dezember heißen kann: Gut (Nudel-)Holz.

Für die Mince Pies brauchen Sie:

Das Mincemeat, selbst gemacht oder gekauft

450 g Weizenmehl (ich nehme Biomehl, Mrs Winterson nahm Aurora mit dem Sonnenstern)

225 g ungesalzene Butter (ich nehme Biobutter, sie nahm Schweineschmalz)

1 gehäuften Esslöffel Kristallzucker

Kaltes Wasser (damit Sie den Wasserhahn nicht mit Teig verkleben)

1 Ei, gründlich verquirlt, für später

Außerdem benötigen Sie eine Muffinform, die Sie mit dem Butterpapier einfetten. Oder mit dem Schmalzpapier, wenn Sie in die 1960er Jahre zurückwollen.

Zubereitung

Machen Sie sich auf eine ziemliche Sauerei gefasst und binden sich lieber eine Schürze um. Mrs W. nannte ihre Schürze einen »Vorbinder«, weil die 1960er Jahre bei uns gleichzeitig die 1860er waren.

Legen Sie Weihnachtslieder auf. Bing Crosby, Judy Garland oder den »Messias« von Händel, der zwar für Ostern komponiert wurde, sich aber wie keine andere Musik für das weihnachtliche Mince-Pie-Backen eignet.

Alle Zutaten mit Ausnahme von Wasser und Ei (und natürlich dem Mincemeat) in eine große Schüssel geben und mit beiden Händen kneten. Als ich sieben Jahre alt war, hat Mrs W. mir beigebracht, wie man Mince Pies bäckt. Sie stellte mir die Schüssel hin und sagte, ich solle schön kneten. Aber der Teig war viel zu bröselig, und es kamen nicht gerade Meisterwerke dabei heraus.

Anschließend gießen Sie so viel kaltes Wasser in die Krümelmasse, dass ein richtiger Teig entsteht.

Legen Sie den Teig auf eine bemehlte Arbeitsplatte oder ein Nudelbrett, rollen Sie ihn aus – gutes Training für den Trizeps! – und geben Sie ihm tüchtig Saures! Wenn Sie wie Mrs Winterson sind, denken Sie dabei an Ihre Feinde. Danach sollte der Teig so beschaffen sein, dass Sie ihn als Wurfgeschoss (gegen Ihre Feinde) einsetzen und damit einen Wirkungstreffer erzielen könnten. Packen Sie den weihnachtlichen Todesklоß wieder in die Schüssel und breiten Sie ein Geschirrtuch mit aufgedruckten Rotkehlchen darüber (Rotkehlchen müssen nicht sein). Dann kommt der Teig für eine Stunde in den Kühlschrank – oder auf die Fensterbank, wenn es draußen winterlich genug ist. Ein bisschen Schnee schadet nicht, es darf bloß nicht regnen.

Weil wir keine Zentralheizung hatten, sondern nur einen offenen Kamin und es bei uns deshalb sowieso immer eiskalt war, konnte Mrs W. auf das Kühlstellen verzichten. In den modernen Häusern ist es einfach zu warm für einen anständigen Mürbeteig. Früher hieß es: kalte Hände, guter Teig. Wenn Sie das echte 1960er-Jahre-Feeling genießen wollen, stellen Sie am Vorabend die Heizung ab und ziehen Sie unter Ihrem Vorbinder zwei Wollpullover an.

Holen Sie Ihr Mincemeat, egal, ob selbst gemacht oder gekauft. Geben Sie es in eine Schüssel, und probieren Sie, ob Sie noch Weinbrand oder Rum hinzufügen möchten. Die Mixtur darf auf keinen Fall zu trocken sein.

So, und jetzt kommt der Teil, wo Sie meinem Beispiel folgen und nicht dem von Mrs W. Sie schenken sich nämlich ein Glas Wein ein. Dann schreiben Sie ein paar Weihnachtskarten oder packen Geschenke ein; machen Sie etwas, wozu Sie Lust haben, etwas Weihnachtliches. Fangen Sie auf keinen Fall an zu bügeln.

Den Backofen auf 200 Grad oder Gas Stufe 6 vorheizen. Sie kennen Ihren Backofen selbst am besten, Sie wissen, wann Sie ihn einschalten müssen, damit er in der Stunde, die der Teig zum Festwerden braucht, auf Touren kommt. Ich koche und backe mit einem AGA, deshalb dürfen Sie mich nicht fragen, wenn es um Backöfen geht – und Mrs W. besaß einen Gasherd, der eine regelrechte Gluthitze entwickelte. Das Ding benahm sich wie ein kastrierter Hochofen, der nach seinen Hoden brüllt. Bullig. Vierschrötig. Kurze Beine. Gusseisen. Gashahn aufdrehen.

Fauch. Streichholz reinwerfen. Zurückweichen. Wumm. Wusch. Blaue Stichflamme sinkt zum entfesselten orangefarbenen Strich herab. Das Backofeninnere gleicht einem Squashcourt mit zwischen den Wänden hin und her prallendem Feuer. Backen.

Hoffentlich haben Sie zu Hause ein zahmeres Exemplar als diese teuflische Brennkammer.

Wenden wir uns wieder dem Kühlschrank zu.

Nach ungefähr einer Stunde holen Sie den Teig heraus, halbieren den Klumpen und rollen die eine Hälfte auf der bemehlten Arbeitsplatte aus. Nicht zu dick. Mit einer Tasse oder einem Ausstecher schöne Kreise ausschneiden und fest in die gefetteten Muffinformen drücken.

Einen großzügigen Klacks Mincemeat reinlöffeln, aber nicht übertreiben.

Jetzt haben Sie die Qual der Wahl.

Traditionell sticht man auch aus der zweiten Teighälfte Kreise aus, die auf die am oberen Rand mit verschlagenem Ei bestrichenen Unterteile aufgedrückt werden. Mit einem Holzstäbchen Löcher in die Deckel stechen, damit der Dampf entweichen kann.

ODER: Man macht einfach noch eine zweite Ladung Mince Pies daraus, die man oben mit einem X aus Teigstreifen verziert. Das ist die Alternative für Teigverächter. Nicht für mich!

Die zweite Variante backt schneller, also gut aufpassen, dass die Pastetchen nicht verbrennen.

Mit Deckel 20 Minuten, ohne Deckel 15 Minuten backen. Bei einem AGA lässt sich die Zeit nicht genau bestimmen. Bei Mrs W.s Glutofen galt: 20 Minuten oder schwarz.

In einer alten Blechbüchse aufbewahren, für die Sie keine Verwendung mehr haben, die Sie aber aus sentimentalen Gründen auch nicht wegwerfen können.

TIPP: Bereiten Sie gleich die doppelte Menge Teig zu. In Alufolie eingewickelt bleibt er im Kühlschrank fünf Tage frisch. Dann können Sie immer ruck, zuck Nachschub backen.

Die SchneeMama

Es schneit. In unserer Sprache wissen wir nicht, wer das Es ist, das da schneit.

Es könnte Gott sein.

Oder auch nicht.

Egal. Es. Schneit.

Was für ein Schnee ist es?

Es gibt viele Arten von Schnee. *Schnee*weißt du das?

Es gibt Bergschnee. Und Polarschnee. Und Skischnee und Tiefschnee und stöbernden Schnee wie kleine Motten und stiebenden Schnee wie flotte Motten und Schnee in Flocken, die aussehen, als ob jemand (Es?) den Himmel raspelt.

Es gibt Schnee, der sticht wie Insektenbisse, und schaumweichen Schnee und nassen Schnee, der nicht liegen bleibt, und trockenen Schnee, der liegen bleibt und die Welt wie eine Kunstinstallation verhüllt. Bis zu dem Augenblick in der Nacht, wenn du aufwachst und alle Geräusche verstummt sind. Bis zu dem Augenblick in der Nacht, wenn du dich tiefer ins Bett wühlst.

Bis zu dem Augenblick in der Nacht, wenn in deinem Schlaf Schnee fällt und dein Schlaf so tief ist wie Schnee.

Dann

Reiß die Vorhänge auf, lass sie *schnee*wehen!

Wow!

Schnee auf Schnee auf Schnee auf Schnee.

So tief, dass der Hund versinkt und seine Ohren wie Flügel wieder auftauchen. Die Autos sind Hügel. Die Geräusche sind Kindergeschrei.

Komm, wir bauen einen Schneemann!

Nicky und Jerry rollten den Schneeball, und er wurde größer und größer, runder und runder. Bald war die Kugel größer als die Kinder.

Findest du nicht, dass sie zu dick ist?, fragte Nicky.

Woher weißt du, dass es eine Sie ist?

Das weiß ich eigentlich erst, wenn wir sie angezogen haben.

Aber du sagst immer »sie« zu ihr.

Weil sie so dick ist.

Wie baut man einen dünnen Schneemann?

Sie probierten es. Sie rollten den Schnee zu einer Stange und stellten sie hin, und als sie den Kopf daraufsetzten, kippte sie um.

Nicky machte ein skeptisches Gesicht. Sie sagte: Und wenn wir sie wie eine Pyramide bauen? Dann hat sie einen Hals. Aber keinen dicken Hals, der ist nicht schick.

Jerry wollte keinen Pyramidenschneemann bauen. Sie sagte: Schneemenschen sind immer dick. Das muss so sein, damit ihnen nicht kalt wird.

Nicky fand das Quatsch. Wenn sie warm werden, schmelzen sie doch!

Warm innen drin, du dumme Nuss! Los, Nicky, pack mal beim Kopf mit an.

Nickys Mutter brachte ihnen zwei große Tassen Kakao raus in den Garten.

He! Der ist ja toll geworden!

Er ist eine Sie. Haben wir was zum Anziehen für sie?

Aber sicher. Such dir was aus der Kiste für die Altkleidersammlung raus.

Nicky lief ins Haus, ihr Kakao dampfte unbeachtet vor sich hin.

Nickys Mutter sah sehr gut aus. Sie war schlank und hatte dreifarbige blonde Haare. Sie lächelte Jerry zu. Sie hatte schöne Zähne.

Wie geht es deiner Mum, Jerry? Alles okay bei euch?

Jerry nickte. Ihre Mutter musste viel arbeiten, auch nachts, in einem Hotel. Manchmal trank sie so viel, dass sie nichts mehr mitbekam. Vor einem Jahr, kurz vor Weihnachten, war Jerrys Dad ausgezogen und nicht mehr wiedergekommen.

Nickys Mutter verlagerte ihr – geringes – Gewicht von einem Bein aufs andere.

Möchtest du heute bei uns übernachten? Nicky würde sich freuen.

Da muss ich erst zu Hause fragen, sagte Jerry.

Klingel doch einfach schnell durch, sagte Nickys Mum, aber Jerry konnte nicht anrufen, weil man ihnen das Telefon abgestellt hatte. Doch das wollte sie nicht sagen. Also antwortete sie: Ich lauf nachher schnell nach Hause und frage.

Nicky schleppte eine ganze Ladung Kleider an. Sie probierten es mit einem Pullover, einem Hoodie, einem Kleid mit Knöpfen, aber nichts passte.

Es ist wie bei Aschenputtel, sagte Jerry.

Und sie ist die hässliche Schwester?, sagte Nicky.

Sie ist die verkleidete Prinzessin. Hier, setz ihr die mal auf.

Die Pudelmütze passte.

Jetzt kann sie auf den Ball gehen!

Mit einer Pudelmütze?

Na klar.

Sie kann trotzdem nicht auf den Ball, sie hat ja keine Beine. Und keine Augen. Sie braucht Augen. Aber keine Knöpfe.

Nein, keine Knöpfe – gib mir dein Armband – die grünen Steine – die können ihre Augen sein. Los, gib her!

Was machst du denn da? Das ist mein Armband!

Aber Jerry hörte nicht zu – sie zerriss das Armband und gab der SchneeFrau große grüne, wache Augen.

Jetzt sieht sie echt aus!, sagte Nicky.

Sie braucht eine Nase, sagte Jerry. Oder einen Schneekolben?

Jerry dachte nicht mehr an Nicky. Sie gab der SchneeFrau eine Nase aus einem Tannenzapfen und einen Mund, der wie ein großes rotes Lächeln aussah. Dabei war es nur der durchgeschnittene Wurfring von Nickys Hund, aber es sah wie ein großes rotes Lächeln aus.

Nicky war längst in ein Spiel auf ihrem iPad vertieft. Die Nachmittage waren kurz – und kalt. Bald würde es dunkel werden. Nickys Mutter stand in der Küchentür. Jerry!, rief sie. Lauf jetzt und frag deine Mum, ob du später wiederkommen darfst.

Bevor Jerry sich auf den Weg machte, versprach sie der SchneeFrau noch, dass sie sich beeilen werde. Doch als sie nach Hause kam, war ihre Mutter nicht da. Alles war dunkel. Manchmal wurde ihnen der Strom abgesperrt, dann konnte Jerry nicht klingeln und musste über die Gartenmauer klettern und den Schlüssel aus dem Versteck hinter den Mülltonnen holen. Aber heute war der Schlüssel nicht da, und das Haus war von hinten genauso dunkel wie von vorne.

Suchst du deine Mama?, fragte Mr Store, der ein Geschäft hatte, das Store's Stores hieß.

Jerry nickte stumm. Mr Store sagte: Deine Mama ist nicht da – weggegangen, nicht wiedergekommen. Das Übliche.

Mr Store war ein grässlicher Mann. Er hatte ein grässliches Gesicht und grässliche Augen, und er trug immer eine grässliche braune Latzhose. Wenn Jerrys Mum bei ihm mal Milch oder Brot anschreiben lassen wollte, sagte er Nein. Jetzt stopfte er seine grässlichen Hände in die Taschen der grässlichen Latzhose und ging ins Haus.

Jerry beschloss zu warten. Sie hockte sich auf die oberste Stufe und drückte sich in die Türnische, wo sie ein wenig vor der Kälte geschützt war.

Sie dachte an die SchneeFrau – bestimmt über zwei Meter groß, größer als jeder andere. Wenn Jerry groß war, wollte sie auch eine Zweimeterfrau sein. Dann würde sie es allen zeigen.

Sie würde ihnen zeigen, wer sie war.

Der Abend brach herein. Warum sagen wir das? Als wäre der Abend ein ungebetener Eindringling. Der Mond schien hell. Der Tag war zu Ende, alle kamen nach Hause, es war kalt. Nach und nach gingen überall die Lichter an. Jerry stand auf und wanderte, um sich aufzuwärmen, die Straße rauf und runter. Wo sie konnte, sah sie durchs Fenster. Menschen beim Abendessen. Menschen beim Fernsehen. Menschen, die von Zimmer zu Zimmer gingen und etwas sagten, was sie nicht hören konnte, aber ihre Münder klappten auf und zu wie bei Goldfischen.

Da saß ein Vogel im Käfig, da lag ein Schäferhund vor der Tür, der nach draußen wollte.

Jetzt brannte in allen Häusern Licht, nur in ihrem nicht.

Vielleicht dachte ihre Mutter, sie würde bei Nicky übernachten. Es war wohl am besten, wieder zurückzugehen.

Jerry machte sich auf den Weg, eine halbe Stunde zu Fuß. Es kam ihr später vor, als es war – die ruhigen Straßen, die wenigen Autos. Eine schwarze Katze schritt eine weiße Mauer ab.

Auch Nickys Haus war hell erleuchtet. Jerry rannte darauf zu, doch als sie am Gartentor ankam, ging schlagartig das Licht aus, und alles war so dunkel wie bei ihr zu Hause.

Wie spät war es? Der Kombi stand in der Einfahrt. Jerry rieb den Schnee von der Scheibe und spähte auf die Uhr. Halb zwölf? Es konnte doch nicht schon halb zwölf sein!

Plötzlich hatte Jerry Angst, sie war müde und wusste gar nichts mehr. Nicht, wie spät es war, nicht, was sie machen sollte. Vielleicht konnte sie im Gartenschuppen schlafen. Sie drehte dem dunklen Haus den Rücken zu und blickte in den seltsam hellen weißen Garten, der im Schnee fast zu leuchten schien.

Die SchneeMama sah sie aus ihren funkelnden grünen Schmucksteinaugen an.

Schade, dass du nicht echt bist, sagte Jerry.

Was echt?, sagte die SchneeMama. Eine echte Katze? Ein echter Zirkus?

Hast du gerade gesprochen?, fragte Jerry ungläubig.

Hab ich, sagte die SchneeMama.

Dein Mund hat sich nicht bewegt …

Weil du ihn mir so gebastelt hast, sagte die SchneeMama. Aber hören kannst du mich trotzdem, oder?

Ja, sagte Jerry. Ich kann dich hören. Bist du echt lebendig?

Pass auf!, sagte die SchneeMama und hüpfte zur Seite. Nicht schlecht, was? Beine hab ich ja leider auch keine bekommen.

Entschuldigung, sagte Jerry. Aber ich wusste nicht, wie man Beine baut.

Mach dir keinen Kopf über etwas, das nicht mehr zu ändern ist. Du hast dein Bestes gegeben. Wenigstens kann ich rutschen. Los, komm! Machen wir eine Rutschpartie!

Für ein Gebilde ohne Beine, Räder oder Motor legte die SchneeMama einen erstaunlich flotten Start hin. Jerry musste rennen, um sie einzuholen.

Ich würde ja vorschlagen, dass du meine Hand nimmst, sagte die SchneeMama, wenn ich denn Hände hätte …

Warte!, rief Jerry. Was sagst du zu zwei mittelgroßen Gartengabeln?

Reizend, sagte die SchneeMama.

Jerry holte die Gabeln aus dem Schuppen und rammte sie der SchneeMama mit den Griffen in die Seiten. Die SchneeMama wackelte ein paarmal mit den Schultern, bis die Gabeln richtig saßen, und konzentrierte sich so stark, dass sich die Zinken verbogen.

Hi! Hi! Hi!

Wie hast du das gemacht?, fragte Jerry.

Das ist ein Rätsel, sagte die SchneeMama. Weißt du, wie du irgendwas machst? Weiß das überhaupt wer? Irgendwie ging's. Und jetzt komm.

Wohin gehen wir?

Die anderen suchen!

Jerry und die SchneeMama verließen den Garten und gingen (beziehungsweise rutschten) die Straße entlang. Die SchneeMama war viel schneller als Jerry, die alle paar Schritte hinfiel.

Ein Fisch im Wasser, das bin ich, sagte die SchneeMama. Ich bin in meinem Element. Steig auf! Spring hoch und stell die Füße in meine Zinken.

Und schon ging es weiter im Sauseschritt. Jerry, die in den gebogenen Zinken wie in Steigbügeln stand, hielt die Enden des Schals rechts und links wie Zügel in der Hand. Es ging vorbei an der Schule und vorbei an der Post, nein, nur halb vorbei an der Post, denn plötzlich rief ein Stimmchen: WARTET AUF MICH!

Schlingernd und schlitternd blieb die SchneeMama stehen.

Sie fragte: WER DA?

Kinder hatten auf den Briefkasten ein kleines SchneeKerlchen gebaut und ihm ein Papierhütchen aufgesetzt. MIR IST SO LANGWEILIG, sagte das SchneeKerlchen. NEHMT MICH MIT!

Warum sprichst du in Großbuchstaben?, fragte die SchneeMama. Weißt du denn nicht, dass es sich nicht gehört, in Großbuchstaben zu sprechen?

Ich habe keine Eltern, sagte das SchneeKerlchen. Und ich bin auch nie zur Schule gegangen. Entschuldige bitte.

Na gut, sagte die SchneeMama. Halte dich vorne an mir fest, hinten bin ich schon besetzt. Dann wollen wir mal sehen, was es zu sehen gibt.

ERFREUT, SIE KENNENZULERNEN!, brüllte das SchneeKerlchen Jerry zu, doch dann fiel ihm wieder ein, wie unhöflich das war, und es flüsterte so leise, wie es nur konnte: ERFREUT, SIE KENNENZULERNEN!

Und weiter ging's, vorbei an der Autowerkstatt und vorbei an der Fabrik, durch die ruhige, stille Nacht unter dem mit Diamanten übersäten Himmel.

Sie kamen zum Stadtpark.

Den ganzen Tag über hatten die Kinder SchneeMenschen gebaut. Jetzt waren die Kinder zu Hause, und nur die SchneeMenschen waren noch da.

Unheimlich leuchteten ihre weißen Jacken im Mondlicht.

Einige SchneeMänner schoben sich langsam auf den See zu, wo schon zwei von ihnen beim Angeln waren.

Ein Kind musste die angelnden SchneeMänner gebaut und sie mit Rute und Schnur ausgestattet haben, die Rute aus einem abgeschälten Stock, die Schnur aus einem Draht.

Als Jerry, die SchneeMama und das SchneeKerlchen an den See kamen, drehte sich ein SchneeAngler um und lüpfte zum Gruß den Hut.

Willkommen! In diesem See wimmelt es nur so von SchneeFischen! Die SchneeMädchen machen schon Feuer, und wir hoffen, dass ihr Lust habt mitzugrillen. Das ideale Wetter!

Da bog sich zitternd seine Angelschnur, und er lenkte etwas Unsichtbares, Schweres unter der Oberfläche hin und her, bis er schließlich mit einem geschickten Ruck einen SchneeFisch aus dem See zog, fast einen halben Meter lang und mit Schuppen aus Schneeflocken.

Es gibt sie nur zu dieser Jahreszeit, sagte der SchneeAngler. Zu früh, dann sind sie steifgefroren, zu spät, dann schmelzen sie, als hätte es sie nie gegeben.

Ich habe noch nie einen SchneeFisch gesehen, sagte Jerry.

Das wundert mich gar nicht, sagte der SchneeAngler. Die meisten sehen nur die Welt, die sie kennen.

O MANN O MANN O MANN O MANN O MANN!, rief das SchneeKerlchen. Vor lauter Aufregung hatte es sich auf den Kopf gestellt, sodass seine Rufe rückwärts aus ihm herauskamen: NNAM O NNAM O NNAM O NNAM O NNAM O!

Kann der mal die Klappe halten?, sagte der SchneeAngler. Der verscheucht mir noch die SchneeFische.

Die SchneeMama packte das SchneeKerlchen bei den Füßen und brachte es zu einer Gruppe SchneeSchwestern, die weiß bereifte Äste zu einem Scheiterhaufen aufstellten. Alle trugen Ohrringe aus roten Beeren.

Bleibt ihr zum Grillen?, fragte die Größte von ihnen. Ist das ein MenschenMädchen?

Ja, sagte die SchneeMama. Sie heißt Jerry.

Und was ist mit MIR?, schrie das SchneeKerlchen. Vergesst MICH nicht!

Kann ich ihn bei euch lassen?, fragte die SchneeMama. Bringt ihm ein bisschen Disziplin bei. Er kann Holz für das Feuer sammeln.

Gute Idee. Los, du SchneeKnirps, an die Arbeit. Wir erteilen ihm gern die eine oder andere Lektion.

Ich bin ein Waisenkind!, rief das SchneeKerlchen. Ich bin behindert!

Warte nur ab, wie behindert du erst bist, wenn die Sonne kommt und dich wegtaut, sagte eine SchneeSchwester. Leg los! Mach voran!

Komm, wir drehen eine Runde, sagte die SchneeMama zu Jerry. Das ist alles ganz neu für dich, oder?

Und für dich nicht?, fragte Jerry. Ich hab dich doch erst heute Morgen gebaut.

Das ist das Rätsel unserer Existenz, sagte die SchneeMama.

Ich war nicht. Ich bin. Ich werde nicht sein. Ich werde wieder sein.

Das war zu hoch – oder zu tief? – für Jerry, genauso hoch, wie der Schnee tief war. Als sie hinter der davonrutschenden SchneeMama herlief, stolperte sie und versank bis zum Kinn in einer Schneewehe.

SCHNEEMIL! Hier gibt's was zu fischen! Die SchneeMama winkte einen der SchneeAngler herbei. Er warf die Angel aus und zog Jerry aus der Wehe wie einen Karpfen aus dem Wasser.

Danke, Schneemil, sagte die SchneeMama. Das ist ein wirklich gutes Jahr für uns, nicht wahr?

Und ob, Mama, sagte Schneemil. Wenn das Wetter sich hält, müssen wir erst in einer Woche weiterziehen.

Weiterziehen?, sagte Jerry.

Wie schon gesagt, das Rätsel unserer Existenz. Ich will dir erzählen, was es mit uns auf sich hat.

Die SchneeMama nahm neben einer verschneiten Gestalt auf einer verschneiten Bank Platz und lud Jerry ein, sich in die Mitte zu setzen. Sie faltete die Zinkenhände im Schoß und begann …

Jedes Jahr fällt der Schnee, und die Kinder bauen Schneemänner. Sie geben uns Fausthandschuhe und Mützen und Schlipse und Schals und wunderschöne Augen, wie die aus grünem Glas, die du mir geschenkt hast.

Ein Erwachsener denkt, dass SchneeMenschen nur Schnee sind, aber ein Kind *schnee*weiß es besser. Kinder flüstern uns ihre

Geheimnisse zu. Wenn sie traurig sind, hocken sie sich auf den Boden und lehnen sich mit dem Rücken an uns. Sie lieben uns, und weil sie uns lieben, werden wir lebendig.

Schau dich mal um. Siehst du die vielen SchneeMenschen hier im Park? Jedes Jahr treffen wir uns wieder, denn wenn wir erst lebendig sind, leben wir ewig. Ihr seht, wie wir schmelzen, und wir schmelzen auch, aber nur so können wir weiterziehen, an den nächsten Ort, wo es schneit. Und wenn die Kinder den Schnee zu Kugeln rollen, sind wir wieder da.

Jerry dachte darüber nach. Aber wenn ihr schmelzt …

Die SchneeMama hob die Hand …

Unsere SchneeSeelen können nicht schmelzen. Jeder Schnee-Mensch hat eine SchneeSeele, und die SchneeSeele überdauert Zeit und Raum und Frost und Eis. Ihr findet uns bei den Eisbären und den Elchen und den Rentieren. Ihr findet uns in den weißen Wolken, wo wir darauf warten, von vorne anzufangen. Wenn der Schnee fällt, sind wir nicht mehr weit.

Jerry sah auf den SchneeMenschen, der reglos neben ihr auf der Bank saß. Aber was ist mit dem hier los? Warum sagt er nichts?

Die SchneeMama schüttelte den Kopf. Er wird nie etwas sagen. Er ist kein SchneeMensch, er ist bloß Schnee. Ein Erwachsener hat ihn gebaut, der nicht an ihn glaubte und ihn nicht liebte. Darum hat er nie gelebt.

Jerry sagte: Meine Freundin Nicky hatte dich auch nicht lieb. Sie fand dich zu dick.

Ich bin genau richtig, sagte die SchneeMama. Aber du hattest mich lieb, und deshalb habe ich im Garten auf dich gewartet.

Und wenn ich nicht wiedergekommen wäre?, sagte Jerry.

Ich wusste, dass du kommst, sagte die SchneeMama. Die Liebe kommt immer wieder.

Eine SchneeKatze mit funkelndem Halsband pirschte vorbei. Wo sie recht hat, hat sie recht, sagte die SchneeKatze. Ein Hoch auf die Liebe! Und sie hob die Pfote.

Sie haben das Feuer angemacht!, sagte Jerry. Ich kann es sehen. Aber die Flammen sind nicht orange oder rot, sie sind weiß!

Ein kaltes Feuer, sagte die SchneeMama. Kein gewöhnliches Feuer. Komm mit rüber!

Das Feuer loderte lichterloh, Funken und Flammen stoben wie Schneeflocken empor, jedoch ohne die weiß bereiften Äste zu verzehren. Das kalte Feuer brannte in weiß schimmernden, durchscheinenden Lohen durch sie hindurch.

Die SchneeMenschen saßen und standen um das Feuer herum und kühlten sich Hände und Füße.

Komm, kühl dich ein bisschen ab!, sagte die SchneeMama.

Mir ist es jetzt schon viel zu kalt, sagte Jerry schlotternd.

Sieh an, sieh an, wen haben wir denn hier?, sagte eine der SchneeSchwestern.

PLATZ DA! PLATZ DA!

Das war das SchneeKerlchen. Es hielt das eine Ende einer Stange, an der die SchneeFische aus dem See hingen. Die Fische sahen aus, als wären sie aus Kristall, die Augen wie Perlen.

Schneemil, der das andere Ende der Stange hielt, wollte dem SchneeKerlchen sagen, was als Nächstes zu tun war … Jetzt hängen wir die Stange über das Feuer, so …

Doch das SchneeKerlchen war so aufgeregt, dass es einfach mitten durch die Flammen stapfte.

WOW, sagte Jerry. Er ist größer geworden!

Und tatsächlich, das SchneeKerlchen war größer geworden – sehr viel größer.

Das macht das kalte Feuer, erklärte die SchneeMama. Was in einem gewöhnlichen Feuer verbrennt, wird erst immer kleiner, und zum Schluss ist gar nichts mehr davon übrig. Ein kaltes Feuer dagegen macht größer, was es berührt – sieh dir doch nur die Fische an!

Die bratenden Fische brutzelten unter ihren Schneeflockenschuppen, alle doppelt so groß wie vorher.

Greift zu, Leute, sagte der SchneeAngler.

Haut rein, solange die Fische noch kalt sind.

Kann ich drei haben?, fragte der SchneeKerl, das ehemalige SchneeKerlchen.

Der SchneeDepp hat nur Schneematsch im Kopf, den kriegen wir schon wieder klein … Hier, da hast du was zu beißen, Mann!

Damit warf eine der SchneeSchwestern dem immer schneller wachsenden, riesigen SchneeKerl einen Tannenzapfen zu.

DANKE! DANKE! DANKE!, sagte der SchneeRiese, dessen Schneekopf bereits im Geäst der Bäume verschwand.

Ihm passiert doch hoffentlich nichts?, sagte Jerry.

Ach was, antwortete die SchneeMama. Schlimmstenfalls schmilzt er.

Musst du auch schmelzen?, fragte Jerry.

Ja.

Du darfst nicht schmelzen.

Weißt du, was ich denke?, sagte die SchneeMama. Ich denke, wir sollten dich schleunigst nach Hause bringen. Nicht dass es dir noch so ergeht wie Kai aus der »Schneekönigin«. Hände und Füße blau gefroren und einen Eissplitter im Herzen.

Aber die war ja auch böse, sagte Jerry, die Schneekönigin.

Ja, sie war böse, aber auch wenn man gut ist, hat es unbeabsichtigte Folgen. Schließlich bist du nur ein Mensch.

Und die SchneeMama nahm Jerry auf den Arm, und sie verließen die SchneeMenschen, die am Lagerfeuer saßen und Winterlieder sangen: »Let it snow«, »Winter Wonderland«, »Zwei Spuren im Schnee«, »Schneeflöckchen, Weißröckchen«.

Am Rand des Stadtparks verklang der Gesang, und Jerry hörte nur noch den Wind in den Bäumen und das Rutschen der SchneeMama über den Boden. Mit tiefer, wunderschöner Stimme sang sie halblaut vor sich hin.

Was ist das für ein Lied?, fragte Jerry.

Shakespeares »Fürchte nicht mehr Sonnenglut«. Es ist ein Trauerlied. Wir singen es, wenn wir schmelzen.

Ihr kennt Shakespeare?

Noch so ein Rätsel, sagte die SchneeMama.

Bald waren sie in Jerrys Straße und vor Jerrys Haus. Es brannte noch immer kein Licht.

Warte, sagte die SchneeMama, lass mich das Schloss öffnen. Ich friere es auf.

Drinnen war es kalt und leer. In der Spüle und auf der Arbeitsplatte stapelte sich das schmutzige Geschirr. Der Fußboden war dreckig. In der Ecke stand ein Weihnachtsbaum, nackt und schmucklos.

In ein paar Tagen ist Weihnachten, sagte die SchneeMama.

Mein Dad ist letztes Jahr an Weihnachten ausgezogen, sagte Jerry. Ich glaube, meine Mum ist traurig.

Niemand kam mehr zu ihnen ins Haus. Nicht zum Spielen, nicht zu Besuch. Jerry war daran gewöhnt. An das Chaos und den Schmutz und die Traurigkeit. Doch jetzt sah sie es mit den Augen der SchneeMama.

Komm, wir bringen die Hütte auf Vordermann. Gemeinsam, sagte die SchneeMama. Du spülst. Ich wische.

Die SchneeMama hatte beim Wischen eine ganz eigene Methode. Sie schmolz ein Stückchen von ihrem Schneerock und wirbelte das Wasser über den Boden. Und wenn es dreckig war, scheuchte sie es einfach zur Tür hinaus. Bald war auch das Geschirr gespült und abgetrocknet, und der Fußboden glänzte.

Fertig!, sagte die SchneeMama. Jetzt suchst du eure schmutzige Wäsche und Laken und Bettbezüge zusammen, und dann gehen wir in den Waschsalon.

Aber der hat zu!, sagte Jerry. Und wir haben kein Geld.

Lass mich nur machen, ich bin ein SchneeMensch.

Nachdem die SchneeMama das Schloss des Waschsalons geknackt hatte, gingen sie hinein. Das Füttern der Maschinen war ein Kinderspiel. Die SchneeMama bog die Front des Automaten mit den Waschmünzen einfach mit ihren Zinkenfingern auf.

Bedien dich, sagte sie und bog die Blechplatte sorgsam wieder zurück.

Während die Wäsche in der Trommel herumpurzelte, wurde es Jerry allmählich so warm, dass ihr die Augen zufielen. Sie träumte, sie wäre in einem Waschpulverschneesturm und der Himmel wäre aus Bettlaken.

Ein Betrunkener, der mit einer Reserveflasche Wodka in der Manteltasche vorbeiging, sah – oder behauptete es zumindest – einen weiblichen Schneemann, der Wäsche wusch …

Aber wenn ich's dir doch sage, sie war zwei Meter groß und weiß und gebaut wie ein Klotz, gruselig grüne Augen und Mistgabeln als Hände, und sie hatte ein kleines Mädchen dabei, das auf zwei Stühlen wie ein Murmeltier geschlafen hat.

Und du weißt genau, dass es nicht doch der Weihnachtsmann war? Ha ha ha ha ha …

Als Jerry aufwachte, war alles gewaschen, getrocknet und zusammengelegt, und die SchneeMama und sie machten sich wieder auf den Heimweg.

Bezieh du schon die Betten, sagte die SchneeMama, ich muss noch mal kurz weg.

Mit der frisch gewaschenen Wäsche sahen die Betten zum ersten Mal seit einer Ewigkeit wieder so einladend aus, dass man gern hineinschlüpfen wollte: blütenweiß, warm und gemütlich. Jerry gähnte. Es war fast vier Uhr morgens.

Da kam auch schon die SchneeMama zurück. Sie schob einen Einkaufswagen, in dem sich die Lebensmittel türmten: Obst, Kaffee, Kuchen, Gemüse, Speck, Eier, Milch, Butter, Brot, ein Truthahn und ein Plumpudding. Der rote Hundewurfringmund der SchneeMama grinste breiter als je zuvor.

Ich bin in Store's Stores eingebrochen!

Aber das ist Diebstahl!

Stimmt.

Das ist verboten.

Dass ein Kind nichts zu essen hat, gehört ebenfalls verboten. Da …

Und die SchneeMama machte Jerry eine heiße Milch und brachte ihr eine Scheibe Käsetoast mit extra viel Käse. Jerry aß und trank im Bett, nur noch halb wach.

Ich muss jetzt gehen, sagte die SchneeMama. Du kannst mich morgen in Nickys Garten besuchen.

Aber du sollst noch bleiben, sagte Jerry.

Ich muss an die kalte Luft. Gute Nacht – ich würde dir ja ein Küsschen geben, aber ich kann mich nicht bücken.

Jerry sprang im Bett hoch und gab der SchneeMama einen Kuss. Ein kleines Krümelchen Schnee schmolz in ihrem Mund.

Am nächsten Tag wurde Jerry vom Klappen der Haustür geweckt. Sie schoss aus dem Bett. Ihre Mutter war wieder da. Sie sah müde und erschlagen aus. Sie bemerkte weder die geputzte Küche noch die blitzblanken Fenster noch die warme, glückliche Stimmung im Haus. Jerry steckte zwei Scheiben Brot in den Toaster. Bald ist Weihnachten, sagte sie.

Ich weiß, sagte ihre Mutter. Ich kaufe dir auch ein Geschenk, versprochen. Und wir schmücken zusammen den Baum. Aber jetzt muss ich ins Bett … ich … Sie stand auf und ging ins Schlafzimmer, aber schon im nächsten Augenblick war sie wieder da. Warst du das? So sauber war es ja bei uns noch nie.

Ich hab geputzt. Und wir haben auch was zu essen. Guck nach!

Jerrys Mutter machte den Kühlschrank auf und sah auch in

die Küchenschränke. Woher hattest du das Geld für die vielen Sachen?

Das war alles die SchneeMama.

Dass die SchneeMama das Essen bei Store's Stores gestohlen hatte, behielt Jerry lieber für sich.

War sie von einer Hilfsorganisation? Für Weihnachten?

Ja, sagte Jerry.

Jerrys Mutter sah fast so aus wie früher, bevor Jerrys Dad weggegangen war. Nicht zu fassen, dass uns jemand hilft – dass jemand nett zu uns ist. Hat sie eine Telefonnummer dagelassen?

Jerry schüttelte den Kopf.

Staunend ging ihre Mutter durchs Haus. Das ist das reinste Wunder. Nein, es ist ein Wunder, Jerry!

Geh ein bisschen spielen, und wenn du wieder zurück bist, hab ich uns was gekocht. So wie früher.

Jerry lief zu Nicky. Sie konnte es kaum abwarten, ihr zu erzählen, was in der Nacht geschehen war. Alles über die SchneeMama und das SchneeKerlchen, das zum SchneeKerl geworden war, und dass die SchneeMama sie huckepack genommen hatte. Das mit dem Waschsalon und dem Diebstahl erzählte sie nicht. Aber Nicky glaubte ihr nicht. Sie baute sich vor der SchneeMama auf und riss ihr die Nase ab. Siehst du? Wenn sie lebendig wäre, würde sie mich ausschimpfen!

Jerry hob den Tannenzapfen auf und stieß Nicky in den Schnee. Nicky fing an zu weinen, und ihre Mutter kam aus dem Haus. Das reicht jetzt, ihr zwei! Jerry, wir fahren heute Nachmittag Weihnachtseinkäufe machen, möchtest du mitkommen?

Die soll nicht mitkommen!, rief Nicky.

Jerry tat so, als ginge sie nach Hause, aber in Wahrheit versteckte sie sich hinter dem Gartenschuppen. Kaum war der Wagen losgefahren, lief sie zur SchneeMama. Sie sind weg! Du kannst dich bewegen!

Doch die SchneeMama rührte sich nicht. Starr und steif wie eine Statue stand sie da. Jerry wartete und wartete, bis sie ganz durchgefroren war. Traurig und ratlos machte sie sich schließlich auf den Heimweg. Die SchneeMenschen waren alle noch im Park, sie angelten oder standen in Gruppen beieinander. Jerry entdeckte die SchneeKatze unter dem Baum und rannte zu ihr. Hallo, du liebes Kätzchen! Aber die Katze antwortete nicht.

Jerry ging weiter. Ob wohl zu Hause wirklich alles geputzt und der Kühlschrank voll war? Ob ihre Mutter wohl tatsächlich etwas gekocht hatte?

In der grässlichen braunen Latzhose und mit mürrischer Miene stand Mr Store vor seinem Laden. Er winkte Jerry zu sich rüber.

Ich bin letzte Nacht ausgeraubt worden! Einer der Diebe war als Schneemann verkleidet. Das habe ich alles auf Video. Ist das zu glauben?

Jerry konnte sich ein Grinsen nicht verkneifen. Mr Store legte die Stirn in solch grimmige Falten, dass ihm die grässlichen Augenbrauen bis auf den grässlichen Schnurrbart hinunterrutschten. Da gibt's gar nichts zu lachen, Fräuleinchen.

Zu Hause war alles noch wie zuvor: sauber und aufgeräumt. Aus der Küche duftete es lecker. Jerrys Mutter hörte Weihnachtslieder im Radio. Es gab Lasagne. Während sie zusammen aßen, schmiedete ihre Mutter Pläne. Ich suche mir eine neue Stelle, ohne Nachtdienste. Wir lassen das Haus nicht wieder so verkommen. Dass uns jemand geholfen hat, ändert alles. Weißt du das eigentlich?

Am Abend musste Jerrys Mutter wieder zur Arbeit, aber diesmal war es längst nicht so schwer und so traurig wie sonst. Doch als Jerry sich in den Park davonstehlen wollte, war die Tür abgeschlossen. Während sie noch überlegte, ob sie aus dem Kinderzimmerfenster klettern sollte, klopfte es poch-poch-poch ans Küchenfenster.

Es war die SchneeMama.

Jerry machte das Fenster auf.

Bei euch ist es jetzt so schön warm, dass ich nicht mehr rein kann, sagte die SchneeMama. Ich hab dir was mitgebracht, für den Baum.

Es war ein ganzer Sack mit Tannenzapfen, wie ihre Nase, aber alle mit weißem Glitzerschnee überzogen.

Warum hast du bei Nicky nicht mit mir geredet?, fragte Jerry. Ich hab gewartet und gewartet, aber du warst bloß Schnee.

Noch so ein Rätsel, sagte die SchneeMama. Und jetzt geh und schmück den Baum. Ich sehe dir durchs Fenster zu.

Schon bald erstrahlte der Baum in seiner neuen Tannzapfenpracht, und alles war festlich und froh.

Wusstest du, dass ein Liter Schnee mehr als eine Million Schneeflocken enthält?, fragte die SchneeMama.

Und sie sind alle verschieden?, sagte Jerry.

Eine Schneeflocke bildet sich, während sie vom Himmel herabtrudelt. Und dieses Trudeln ist immer anders, nie gleich, sagte die SchneeMama. Wie geht es deiner Mutter heute?

Heute war sie glücklich, sagte Jerry, und sie hat Lasagne gekocht. Ich hab gespült.

Ihr müsst aufeinander aufpassen, sagte die SchneeMama. Sonst ist es bei euch immer kalt und traurig, sogar im Sommer.

Eigentlich sollen doch die Eltern auf die Kinder aufpassen, sagte Jerry.

Das Leben ist, wie es ist, sagte die SchneeMama.

Jerry sah durch das Fenster zu den frostklirrenden Sternen hinauf. Sie sagte zur SchneeMama: Kannst du nicht bei uns einziehen? Wenn wir dafür sorgen, dass du es immer schön kalt hast? Du kriegst auch deinen eigenen Gefrierschrank oder so.

Die grünen Augen der SchneeMama funkelten im Licht.

Dann wüssten alle, was wir wissen, und das darf nicht sein, weil es jeder ganz für sich allein herausfinden muss.

Was denn?, sagte Jerry.

Dass die Liebe ein Rätsel ist und dass die Liebe das Rätsel ist, das Dinge wahr werden lässt.

Die Nacht war dunkel, und Jerry schlief, umfangen von Wärme und Stille und Abermillionen Sternen.

Als sie am nächsten Morgen ihre Mutter nach Hause kommen hörte, sprang sie aus dem Bett, lief in die Küche und gab ihrer Mutter, die mit großen Augen vor dem Weihnachtsbaum stand, einen Kuss.

Wo hast du den Christbaumschmuck her?

Den hat die SchneeMama gebracht, sagte Jerry.

Ich würde ihr so gern persönlich danken. Und sie hat wirklich keine Visitenkarte dagelassen?

Jerry beschloss, die SchneeMama zu fragen, ob ihre Mutter sie kennenlernen dürfte. Während die sich, müde nach der Nachtschicht, schlafen legte, zog Jerry sich an und lief durch den Park zu Nicky.

Am Tor zur Einfahrt blieb sie wie angewurzelt stehen.

Neben dem Wagen von Nickys Eltern parkte noch ein zweiter. Und zwar genau an der Stelle, wo die SchneeMama gestanden hatte.

Jerry rannte durch das Tor und um das fremde Auto herum. Die Pudelmütze und die beiden alten Gartengabeln lagen auf dem Boden. Jerry fiel auf die Knie und scharrte verzweifelt im Schnee. Sie fand die Smaragdaugen der SchneeMama. Sie fing an zu weinen.

In Pullover und Leggings kam Nicky aus dem Haus.

Was hast du denn, Jerry?

Doch Jerry bekam kein Wort heraus. Da erklärte Nicky ihr, was geschehen war: Unser Besuch hat den Schneemann gestern umgefahren. Sie haben den Wagen zurückgesetzt … tut mir leid.

Jerry weinte und weinte, und Nicky wusste nicht, was sie machen sollte. Sie war doch nicht echt, Jerry – wenn du willst, bauen wir sie einfach noch mal. Willst du?

Aber das Wetter war umgeschlagen. Es regnete, der Schnee wurde matschig, und Dachlawinen platschten von den Häusern. Jerry rannte in den Park. Die SchneeMenschen zogen weiter.

Manche hatten ihren Kopf verloren. Von der SchneeKatze

waren nur noch ein Häuflein Schnee und ein Ohr geblieben, und mit dem wärmeren Wasser, das auf dem Eis lag, hatte der gefrorene See seine Farbe verändert. Dem SchneeAngler war die Angel aus der Hand gefallen.

Jerry ging nach Hause. Als ihre Mutter wieder wach war, erzählte sie ihr die Geschichte von der SchneeMama, doch ihre Mutter verstand sie nicht. Nur, dass Jerry traurig war, und sie nahm sie fest in den Arm und versprach ihr, dass sich von nun an in ihrem Leben einiges ändern würde. Sie versprach ihr Essen und Wärme und frische Wäsche und Zeit.

Ich trinke nicht mehr. Ich laufe nicht mehr wie ein Trauerkloß durch die Gegend. Ich lasse dich nicht mehr allein, sagte sie zu Jerry, und obwohl so etwas leichter gesagt als getan ist, hielt Jerrys Mutter ihr Versprechen, und sie mussten an Weihnachten nie wieder frieren oder hungern.

Und Weihnachten kam, weil es immer kommt, ob man es will oder nicht, genauso wie es auch immer wieder geht, weil das Leben nun mal so ist, wie es ist. Und Jerry packte unter dem Baum ihre Geschenke aus, und die besten von allen waren ein Mikroskop und ein Buch über Schneeflocken.

Die Sache mit den Schneeflocken begann 1885 in Vermont, als ein Junge, der Snowflake Bentley hieß, anfing, durch sein Mikroskop Schneeflocken zu fotografieren. Er war der erste Mensch, der auf diese Idee kam, und als er starb, hatte er 5381 Schneeflocken fotografiert, und keine sah wie die andere aus.

Und Jerry ging noch einmal in Nickys Garten, zu der Stelle, wo die SchneeMama gestanden hatte. Aber ihr Platz war leer.

In den folgenden Jahren baute Jerry die SchneeMama jeden Winter neu, meistens beim See unten im Park, doch sie kehrte nie wieder zurück.

Jerry wurde erwachsen und hatte irgendwann selbst Kinder. Sie liebten die Geschichte von der SchneeMama, obwohl sie sie nie zu sehen bekamen.

Es war Heiligabend.

Jerrys Kinder schliefen.

Die Weihnachtsstrümpfe hingen an den Bettpfosten, und unter dem Christbaum döste die Katze.

Jerry ging durchs Haus und machte überall das Licht aus. Leise rieselte der Schnee. Aus irgendeinem Grund holte sie das alte Mikroskop, das ihre Mutter ihr vor vielen Jahren geschenkt hatte, aus der Schreibtischschublade. Dann zog sie ihre Stiefel an und ging nach draußen.

Ihre Kinder hatten drei SchneeMenschen in einer Reihe gebaut. Jerry drückte das Mikroskop an die erste weiße Gestalt und betrachtete die vergrößerten Schneeflocken. Unglaublich, dass das Leben so vielfältig, so unerwartet, so gewöhnlich und ein solches Wunder sein konnte.

Wie die Liebe, sagte sie laut.

Und eine Stimme, die sie kannte, antwortete: Die Liebe kommt immer wieder.

Es war die SchneeMama. Sie stand in Jerrys Garten.

Du bist da!, rief Jerry.

Immer, sagte die SchneeMama.

Aber wo bist du die ganze Zeit gewesen?

Noch so ein Rätsel …

Das muss ich den Kindern erzählen – sie haben schon so viel von dir gehört!

Aber nicht heute Nacht, sagte die SchneeMama. Eines Tages vielleicht, wer weiß? Ich glaube, ich wollte dich einfach wiedersehen. Ich habe die Hoffnung nie aufgegeben.

Und der SchneeMama kullerte so etwas wie eine Schneeträne aus dem Auge.

Warte!, sagte Jerry. Warte …

Sie lief ins Haus und beugte sich über die Schreibtischschublade.

Zusammen mit dem Mikroskop hatte sie auch die grünen Glasaugen aufbewahrt.

Die gehören dir, sagte sie. Soll ich sie dir einsetzen?

Dann gab sie der SchneeMama einen Kuss, und ein kleines Krümelchen Eis schmolz in ihrem Mund.

Alles ist gut geworden, sagte Jerry.

Ich weiß, sagte die SchneeMama. Manchmal braucht man nur ein kleines bisschen Hilfe.

Bleib hier!, sagte Jerry, als die SchneeMama sich zum Gehen wandte.

Ich behalte dich im Auge, sagte die SchneeMama. Ha ha. Und wer weiß, was die Zukunft bringt?

Damit glitt sie auch schon auf und davon, lautlos wie die Sterne, bis sie selbst so klein und fern wie ein Stern war.

Abermillionen Sterne und ein Hoch auf die Liebe.

Ruth Rendells Rotkohl

Als ich Ruth Rendell 1986 kennenlernte, war sie sechsundfünfzig und ich siebenundzwanzig. Wir waren Freundinnen bis zu ihrem Tod im Jahr 2015, als sie fünfundachtzig und ich sechsundfünfzig war.

1986 hatte ich gerade mal ein Buch veröffentlicht – »Orangen sind nicht die einzige Frucht«. Sie war eine international gefeierte Erfolgsautorin. Die Queen of Crime.

Weil sie für sechs Wochen auf eine Lesereise nach Australien musste, suchte sie eine Haussitterin. Ich saß gerade an meinem zweiten Roman, »Verlangen«.

Mit dem für sie so typischen Feingefühl gegenüber dem schriftstellerischen Nachwuchs sagte sie, auch sie säße gerade an ihrem zweiten Roman – als Barbara Vine. Das Pseudonym hatte sie sich erst kurz zuvor für ihre packenden, scharfsinnigen Psychokrimis zugelegt.

Ruth und ich mochten uns wirklich sehr. Viel mehr gibt es darüber eigentlich nicht zu sagen. Im Laufe der Jahre entwickelten wir unsere eigenen Traditionen für den ersten oder zweiten Weihnachtstag, den wir jeweils zusammen feierten. Ihr Sohn lebte in Amerika, und nach dem Tod ihres Mannes Don wurde uns das gemeinsame Weihnachten noch wichtiger.

Es lief immer nach dem gleichen Muster ab. Sie gab mir Bescheid, wann ich kommen sollte, und dann unternahmen wir als Erstes einen langen Spaziergang durch London. Ruth plante die Route im Voraus – immer fiel ihr etwas ein, was sie sehen wollte. In ihrem Spätwerk kommt die Stadt sehr oft vor. Sie liebte es, durch London zu wandern, und an Weihnachten sind die Straßen schön leer.

Nach dem Spaziergang wurde gegessen. Ruth kochte. Sie kochte gut und ohne viel Brimborium. Eigentlich machte sie sich nicht viel aus Essen, aber an Weihnachten stellte sie sich gern an den Herd.

Was aßen wir? Fasan, Röstkartoffeln, Möhren, ein grünes Gemüse, meistens etwas aus meinem Garten, das die Nacktschnecken und Tauben verschont hatten. Mit ein bisschen Glück also Rosenkohl, mit ein bisschen Pech Grünkohl. Dazu jede Menge Soße und – darum geht es in dieser Geschichte – Ruth Rendells eingelegten Rotkohl.

Ruth legte den Rotkohl im Spätherbst ein. An dem Tag rief sie mich immer an: »Hallo Jeanette, Ruth hier. Ich lege jetzt den Rotkohl ein, und hinterher gehe ich noch rüber ins Haus.«

Womit sie das Oberhaus meinte. Seit sie in den Adelsstand erhoben worden war, vertrat sie dort die Interessen der Labour Party.

Weil Ruth, was kaum jemand weiß, ein großer Fan von Countrymusik war, hörte sie beim Rotkohleinlegen immer Tammy Wynette oder k.d. lang.

Beim eigentlichen Einlegen war ich nie dabei. Was das anging, war Ruth eine richtige Alchemistin, und wie bei allem, was sie tat, war sie auch darin besser als ich. Ich habe ihr Rezept, aber nicht ihr Können. Frauen ihrer Generation beherrschen das Konservieren noch. Ruth war Jahrgang 1930. Als junges Mädchen im Zweiten Weltkrieg konservierte sie für den Sieg. Außerdem war ihre Mutter Schwedin, und wenn man so will, reichten die Wurzeln ihres Einlegetalents bis zum Anfang des 20. Jahrhunderts zurück; es war das Erbe einer Nation, deren Überleben im Winter vom Einsalzen und Fermentieren abhing.

Ruths frühe Jahre in London wurden erst durch die Weltwirtschaftskrise, dann durch den Krieg und zuletzt durch Rationierungen geprägt – und kein Mensch besaß einen Kühlschrank.

Als ihr Mann noch lebte, legte sie Gurken für ihn ein. Er war verrückt nach eingelegten Gurken. Sie hat mir erzählt, dass sie im Krieg Kaninchen eingelegt hat.

»Wie hat das geschmeckt?«

»Woher soll ich das wissen? Es sah ekelig aus. Ich hätte das nie angerührt, Jeanette!« Und dann hat sie gelacht. Ruth hatte ein wunderbares Lachen, und es galt der Komödie des menschlichen Lebens, seinen Absurditäten.

Eins muss man ihr lassen: Wenn es um Eingelegtes ging, war sie ein echter Connaisseur. Sie liebte Bismarckhering. Ich liebe eingelegte Schlangengurken und bestelle sie jedes Mal, wenn ich im Wolseley-Restaurant an der Piccadilly in London esse.

Ruth ließ sich gern von mir dorthin einladen. Weil sie nicht nur wohlhabend, sondern auch großzügig war, war sie im Leben meistens diejenige, die die Rechnung übernahm. Deshalb tat es ihr gut, selbst auch einmal eingeladen zu werden. Unsere Regel lautete, dass sie im Wolseley nicht bezahlte. Ich war immer als Erste da, damit ich ohne langen Kampf Champagner bestellen konnte.

Für meinen Geschmack passen Champagner und eingelegte Schlangengurken hervorragend zusammen. Ruth hielt nicht viel von den Gurken im Wolseley.

»Meine schmecken doch viel besser …«

Das stimmte.

Ruth besaß ein ganzes Sortiment uralter Einmachgläser mit Gummiringen und Schraubdeckeln. Randvoll gefüllt standen sie in den hinteren Regalen der Speisekammer, wie eine Frage, die noch niemand beantworten kann.

Das Öffnen eines Glases ging mit gespannter Vorfreude einher.

Einlegen ist eine heikle Angelegenheit. Entweder man hat eine Köstlichkeit produziert – oder etwas, das zum Himmel stinkt.

Wir haben nie eine Enttäuschung erlebt, aber solange das Glas noch zu ist, weiß man eben nie, was einen erwartet.

Eingelegter Rotkohl hat eine einzigartige Farbe – das perfekte Rot für ein weihnachtliches Festmahl. Ruth servierte ihn immer in einer blassgrünen Schüssel. Der säuerliche Geschmack bildet einen großartigen Kontrapunkt zu üppigen Gerichten.

Abgesehen vom grünen Gemüse musste ich nur noch für den Wein sorgen. Ruth verstand nichts von Wein, wenn es nach ihr gegangen wäre, hätte es auch der billigste Supermarkt-Chardonnay getan. Aber sie liebte Champagner, und den brachte ich mit. Veuve Clicquot.

Nach dem Essen sahen wir fern. Ruth suchte die Sendung aus, aber es musste eine aus dem aktuell laufenden Programm sein. Eine DVD kam nicht in Frage, genauso wenig wie eine alte Aufzeichnung.

Ruth legte die Füße aufs Sofa, neben ihren geliebten Kater Archie. Nachdem ich es mir auf dem anderen Sofa bequem gemacht hatte, schimpften wir über das Fernsehen. Es war wichtig, übers Fernsehen schimpfen zu können.

Ungefähr um zehn Uhr killte Ruth die Sendung und sagte: »Ich halte diesen Schwachsinn nicht mehr aus. Du?« (Das war keine Frage.) Darauf folgte die zweite Nichtfrage: »Wollen wir dann jetzt den Plumpudding essen?«

Der Pudding – jedes Jahr von einer Freundin aus dem Oberhaus zubereitet – hatte die Größe einer Kanonenkugel und war auch genauso schwer. Eine tödliche Waffe als Nachtisch verkleidet. Ruth ließ ihn, in ein Tuch eingeschlagen, stundenlang im Wasserbad kochen – die altmodische Methode. Da die Belüftung in ihrer Küche nicht gerade berauschend war, verbrachten wir die späteren Abendstunden in einem Hitchcock-Nebel, der nach Wäsche roch. Sogar der Kater musste husten.

Wenn Ruth glaubte, dass der Pudding fertig war – sie, der penibelste aller Menschen, benutzte nie einen Küchenwecker –, nahm sie die Vanillesoße in Angriff. Dabei sang sie vor sich hin, normalerweise einen Countrysong oder auch etwas von Händel; sie war nämlich ein großer Händel-Fan. Manchmal war es ein Medley aus »Jolene« und den größten Hits aus dem »Messias«.

Die Soße wurde nach Hausfrauenart selbst gemacht, aus Milch und Eiern. Diese Anstrengung musste mit einer weiteren Flasche Champagner begossen werden – aber diesmal nur einer halben.

Wenn der Pudding dann auf seinem Teller lag, übergoss ich ihn mit Brandy, und Ruth zündete ihn an. Jedes Jahr sagte Ruth, sie wäre viel zu satt, um auch nur einen Löffel hinunterzubringen, und jedes Jahr aß sie dann doch genau die Hälfte.

Am nächsten Tag schickte sie mich mit dem halb vollen Rotkohlglas nach Hause.

2014 habe ich zum letzten Mal Weihnachten mit ihr gefeiert. Am 7. September 2015 erlitt Ruth Rendell einen Schlaganfall, von dem sie sich nicht wieder erholte.

Mir fehlt unser gemeinsames Weihnachten. Und der Rotkohl.

Hier ist Ruths Rezept:

Sie brauchen:

Biorotkohl, nicht zu alt oder zu hart. Nehmen Sie einen großen oder zwei kleine.

Würzessig. Mehr dazu weiter unten.

100 g Zucker. Nicht jedes Rezept verlangt Zucker, das von Ruth schon.

150 g hochwertiges Meersalz. Die genaue Menge hängt davon ab, wie viel Kohl eingelegt werden soll. Das Salz entzieht den Kohlblättern das Wasser.

Zum Würzessig: Man kann ihn fertig kaufen, aber Ruth machte ihn natürlich selbst. Sie hatte immer eine Flasche griffbereit im Schrank, für den Fall, dass sie auf die Schnelle einen Mogel-Rotkohl zubereiten wollte (schmeckt sofort wie eingelegt). In einer luftdicht verschließbaren Flasche hält sich Würzessig ewig. Man muss ihn bei sinkendem Pegelstand nur in kleinere Flaschen umfüllen. So wird er gemacht:

Geben Sie knapp einen Liter Malzessig in einen großen Topf, dazu sechs frische Lorbeerblätter, ein paar Teelöffel Pfefferkörner, eine anständige Prise Kümmel- oder Koriandersamen, wenn Sie so etwas im Haus haben, und Senfkörner oder stattdessen ein paar Gewürznelken (ich sagte ja, es ist ein Privatrezept!). Egal. Und bei Ruth war es wirklich egal, weil sie wusste, wie es ging.

Zum Kochen bringen. Erkalten lassen. (Am besten an einer Stelle, wo hinterher nicht die ganze Wohnung nach Essig stinkt). Ich stelle den zugedeckten Topf über Nacht nach draußen.

Den Essig am nächsten Tag durch ein Sieb geben. Manche Leute stecken den ganzen Gewürzkrempel gleich in ein Säckchen, das sie anschließend entsorgen. Für Ruth war das ein unnötiger Aufwand. »Was ist denn gegen ein Sieb einzuwenden?« (Noch so eine Frage, die keine war.)

Zubereitung
Alle welken äußeren Blätter entfernen. Sie wollen das Zeug schließlich später essen.

Den Rotkohl fein in gabelgerechte Streifen schneiden, in eine große Schüssel geben und das Salz daruntermischen. Die abgedeckte Schüssel über Nacht in den Kühlschrank stellen.

Am nächsten Tag bringen Sie den Würzessig erneut zum Kochen, lassen ihn abkühlen und rühren den Zucker hinein. Der Essig darf nicht zu heiß sein, sonst kommt eine Art Essigsirup dabei heraus, wie das Ergebnis eines verpatzten Experiments im Chemieunterricht. Übel.

Den Kohl abspülen, abtropfen lassen und gut trockentupfen.

Stellen Sie Ihre luftdicht verschließbaren Gläser in einer Reihe auf – selbstverständlich sterilisiert, absolut trocken und makellos sauber. Wir müssen alle sterben, aber nicht an einer Kohlvergiftung.

Füllen Sie die Gläser zu einem Drittel mit dem Würzessig, dann stopfen Sie den Kohl hinein. Und damit meine ich STOPFEN! Zuletzt die Gläser bis zum Rand mit dem Essig auffüllen. Keine Lufteinschlüsse!

Verschließen Sie die Gläser, wischen Sie sie gründlich ab und lagern Sie Ihren perfekt eingelegten Rotkohl bis zum Verzehr an einem richtig schön dunklen Ort.

Das Problem bei diesem Rezept ist, dass Ruth eine Einlegevirtuosin war. Wenn sie einen Schuss Rotwein hinzugeben oder lieber Apfelessig nehmen wollte, dann machte sie es einfach. Manchmal schnippelte sie auch ein paar schrumpelige Äpfel in den Rotkohl. Oder eine Zwiebel. (Ich weiß, ICH WEISS.)

Bei ihr konnte es nicht schiefgehen. Bei mir schon.

Erinnern Sie sich an den alten Sam Beckett? Wie sagte er so schön? »Wieder versuchen. Wieder scheitern. Besser scheitern.«

Frohe Weihnachten, Ruth.

Dunkle Weihnacht

Wir hatten das Haus von einem Freund geliehen, den aber anscheinend keiner von uns persönlich kannte.

Highfallen House, die ehemalige Residenz eines viktorianischen Gentleman, stand auf einer Anhöhe mit Blick aufs Meer. Aus den großen Erkerfenstern sah man zwischen den Kiefern hindurch zur Küste hinab. Über sechs Steinstufen gelangte der Besucher vor die zweiflügelige Haustür, wo ein altertümlicher Klingelzug in der Tiefe des Hauses ein lautes, trauervolles Läuten auslöste.

Die Auffahrt war von Lorbeer gesäumt. Die Stallungen wurden nicht mehr genutzt. Der ummauerte Garten war 1914, als die Gärtner in den Krieg zogen, zugesperrt worden. Nur einer war zurückgekommen. Man hatte mich gewarnt, dass die hohe Ziegelmauer, die den Garten umgab, baufällig war. Als ich mit dem Auto langsam daran entlangfuhr, sah ich ein ausgeblichenes Schild, das schief am Tor hing, von dem die Farbe abblätterte: BETRETEN VERBOTEN.

Ich war zuerst da. Meine Freunde kamen mit dem Zug nach,

ich sollte sie am nächsten Tag abholen, und dann wollten wir es uns über die Weihnachtstage gemütlich machen.

Ich war aus Bristol hergefahren, und ich war müde. Auf dem Dach meines Geländewagens hatte ich einen Christbaum festgebunden, der Kofferraum war voll mit Proviant. Stadt gab es hier weit und breit keine. Doch die Haushälterin hatte Brennholz bereitgelegt, und für den ersten Abend hatte ich mir einen Shepherd's Pie und eine Flasche Rioja mitgebracht.

Nachdem ich Feuer gemacht und das Radio eingeschaltet hatte, war es in der Küche halbwegs wohnlich, und ich packte unsere Festtagsvorräte aus. Ich checkte mein Handy – kein Netz. Und wenn schon, ich wusste ja, wann der Zug morgen ankam, und war froh, dass die Welt mich in Ruhe ließ. Ich stellte mein Essen zum Aufwärmen in den Backofen, schenkte mir ein Glas Wein ein und ging nach oben, um mir ein Zimmer auszusuchen.

Vom Flur im ersten Stock gingen drei Schlafzimmer ab. Jedes enthielt einen mottenzerfressenen Läufer, ein eisernes Bettgestell und eine Mahagonikommode. Am Ende des Flurs führte eine weitere Treppe ins Dachgeschoss hinauf.

Ich verbinde nichts Romantisches mit Dienstboten- und Kinderzimmern, aber irgendetwas an dieser zweiten Treppe ließ mich zögern. Strahlend hell lag der Flur im jäh hereinflutenden Sonnenlicht des späten Winternachmittags, doch am Fuß der Treppe hörte das Licht auf, als könnte es nicht weiter. Ich wollte dieser Treppe nicht zu nahe kommen und entschied mich deshalb für ein Zimmer im vorderen Teil des Hauses.

Als ich wieder nach unten ging, um meine Tasche zu holen,

läutete plötzlich die Türglocke; die abgehackten Klöppelschläge erklangen irgendwo in den Eingeweiden des Hauses. Ich war überrascht, aber nicht beunruhigt. Vermutlich war es die Haushälterin. Ich öffnete die Tür. Niemand da. Ich ging die Stufen hinab und schaute mich um. Zugegeben, ich hatte Angst. Die Nacht war klar und völlig still. Kein wegfahrendes Auto. Keine sich entfernenden Schritte. Entschlossen, meine Furcht zu überwinden, ging ich ein paar Minuten draußen auf und ab. Als ich mich wieder zum Haus wandte, sah ich es: Der Klingeldraht verlief außen unter der Dachrinne. Dreißig bis vierzig Fledermäuse baumelten kopfunter an dem vibrierenden Draht. Ebenso viele flatterten in einem dunklen Schwarm hierhin und dorthin. Offenbar hatten ihre Bewegungen am Draht die Glocke ausgelöst. Ich mag Fledermäuse. Kluge Tiere. Gut. Und jetzt Abendessen.

Ich aß. Ich trank. Ich dachte darüber nach, warum die Liebe so schwer und das Leben so kurz ist. Ich ging zu Bett. Im Zimmer war es jetzt etwas wärmer, und ich war schläfrig. Das Meeresrauschen mischte sich in den Strom meiner Träume.

Ich erwachte in tiefster Finsternis aus todesähnlichem Schlaf und hörte ... was? Was konnte ich hören? Es klang wie ein Kugellager oder eine Murmel, die auf dem blanken Fußboden über meinem Kopf rollte. Hart auf hart rollte das Ding weiter und prallte zuletzt gegen die Wand. Dann rollte es in die andere Richtung. Das wäre nicht weiter bemerkenswert gewesen, nur dass diese andere Richtung aufwärtsführte. Sachen können sich losmachen und abwärtsrollen, aber sie können sich nicht losmachen und aufwärtsrollen. Es sei denn, jemand ...

Der Gedanke war so unangenehm, dass ich ihn zusammen mit dem Gesetz der Schwerkraft beiseiteschob. Was auch immer da über mir rollte, es musste sich auf natürliche Weise gelöst haben. Das Haus war zugig und unbewohnt. Die Dachkammern lagen unter der Schräge, wo das Wetter hereinkonnte. Das Wetter oder auch Tiere. Siehe die Fledermäuse. Ich zog mir die Bettdecke bis an die Augenbrauen hoch und zwang mich, nicht hinzuhören.

Da war es wieder: hart auf hart, Aufprall, Pause, Rollen.

Ich wartete auf den Schlaf, auf das Tageslicht.

Wir, selbst die Schlimmsten unter uns, können uns glücklich schätzen, weil das Tageslicht kommt.

Dieser einundzwanzigste Dezember war ein unheimlicher Tag. Der kürzeste Tag des Jahres. Kaffee, Mantel an, Autoschlüssel. *Soll ich nicht doch noch schnell im Dachgeschoss nachsehen?*

Die obere Treppe war schmal, eine Dienstbotenstiege. Sie führte in einen kaum schulterbreiten Gang aus Lattenwänden. Ich musste husten. Das Atmen fiel mir schwer. Durch die Feuchtigkeit abgebröckelter Putz lag in dicken Haufen auf den Dielen. Auch hier gab es drei Türen. Zwei waren zu. Die Tür zu dem Raum über meinem stand einen Spaltbreit offen. Ich zwang mich hineinzugehen.

Die Kammer unter der Dachschräge hatte einen rauen, unebenen Boden. Ein Bett gab es nicht, nur einen Waschtisch und eine Kleiderstange.

Verblüfft war ich über die Weihnachtskrippe in der Ecke.

Sie war mehr als einen halben Meter hoch und ähnelte eher

einem Puppenhaus als einer Weihnachtsdekoration. In dem vorne offenen Stall standen die Tiere, die Hirten, die Krippe, Josef. Auf dem Dach war mit einem Stück Draht ein ramponierter Stern befestigt.

Die Krippe war alt und selbst gebaut, aber wohl eher von einem Heimwerker als von einem Handwerker, das bemalte Holz abgerieben und verblasst wie die Pigmente der Zeit.

Wenn ich sie mit nach unten nahm, konnte ich sie neben unseren Weihnachtsbaum stellen. Bestimmt war sie für Kinder gebastelt worden, als es hier noch Kinder gab. Ich steckte mir die Figuren und die Tiere in die Taschen, ging rasch hinaus und ließ die Tür offen. Ich musste los, zum Bahnhof. Mit dem Rest konnten mir Stephen und Susie später helfen.

Kaum aus dem Haus, war meine Lunge wieder frei. Das musste der Putzstaub gewesen sein.

Die Fahrt zum Bahnhof führte über die Küstenstraße. Einsam und unerbittlich, eine unübersichtliche enge Kurve nach der anderen. Nichts kam mir entgegen, und ich sah niemanden. Möwen kreisten über dem Meer.

Der Bahnhof war ein simpler Unterstand an einem einzelnen Gleis. Auskunftstafeln gab es keine. Ich checkte mein Handy. Kein Netz.

Endlich tauchte in der Ferne der Zug auf. Ich war aufgeregt. Die Erinnerung daran, wie ich als Kind meinen Vater auf seinem RAF-Standort besuchte, versetzt mich immer in freudige Erwartung, wenn ich mit dem Zug fahre oder auf einen warte, um jemanden abzuholen.

Der Zug wurde langsamer und hielt. Der Schaffner stieg kurz

aus. Ich behielt die Wagen im Auge – es war kein langer Zug, auf dieser Nebenstrecke –, aber keine der Türen ging auf. Ich winkte dem Schaffner, und er kam herüber.

»Ich wollte meine Freunde abholen.«

Er schüttelte den Kopf. »Der Zug ist leer. Nächster Halt ist Endstation.«

Ich war verwirrt. Ob sie zu früh ausgestiegen waren? Ich beschrieb sie. Der Schaffner schüttelte erneut den Kopf. »Fremde fallen mir auf. Sie wären in Carlisle zugestiegen und hätten mich gefragt, wo sie aussteigen müssen – machen die Leute immer.«

»Kommt heute noch ein Zug?«

»Einer am Tag, mehr gibt's nicht, und das ist fast schon einer zu viel. Wo wohnen Sie?«

»Highfallen House. Kennen Sie es?«

»Ja, klar. Das kennt hier jeder.« Er sah aus, als wollte er noch etwas hinzufügen. Stattdessen blies er in seine Pfeife. Der leere Zug fuhr los, ich sah ihm nach, und das rote Licht auf dem langen Gleis kam mir wie eine Warnung vor.

Ich musste aus diesem Funkloch raus.

Ich fuhr vom Bahnhof aus weiter, den steilen Berg hinauf, in der Hoffnung, mich dort wieder in die Welt einklinken zu können. Oben hielt ich an, stieg aus und schlug den Mantelkragen hoch. Der erste Schnee stach mir mit insektenhafter Beharrlichkeit ins Gesicht. Scharf und gehässig, wie lauter kleine Bisse.

Ich blickte auf die weiß werdende Bucht hinaus. Das dort musste Highfallen House sein. Aber was war das? Zwei Gestalten, die über den Strand gingen. Waren das Stephen und Susie?

Waren sie doch mit dem Auto gefahren? Während ich, weil die Entfernung täuschte, angestrengt hinüberspähte, fiel mir auf, dass die zweite Gestalt viel kleiner war als die erste. Sie gingen zielstrebig auf das Haus zu.

Als ich zurückkam, war es fast dunkel.

Ich machte Licht und fachte das Feuer an, bis es loderte. Keine Spur von dem mysteriösen Paar, das ich von dem Hügel aus gesehen hatte. Vielleicht waren es die Haushälterin und ihre Tochter gewesen, die nach dem Rechten sehen wollten. Ich hatte eine Telefonnummer von Mrs Wormwood, aber ohne Netz konnte ich sie nicht anrufen.

Der Schnee verdichtete sich zu wirbelnden Schwaden. Entspann dich. Trink einen Whisky.

Mit dem Whisky in der Hand lehnte ich mich an den warmen Herd. Die Holzfiguren vom Dachboden lagen auf dem Küchentisch. Jetzt noch den Stall herunterholen.

Ich will nicht.

Um erst gar kein Unbehagen aufkommen zu lassen, lief ich im Sturmschritt nach oben. Vor meinem Zimmer machte ich das Licht an. Schon besser. Die zweite Treppe lag im Dunkeln am Ende des langen Flurs. Wieder dieser Druck auf der Lunge. Warum halte ich mich wie ein alter Mensch am Geländer fest?

Der einzige Lichtschalter für das Dachgeschoss war am oberen Treppenende, rund und braun, aus Bakelit. Ich drückte ihn nach unten. Flackernd ging eine Glühbirne an. Das Zimmer lag direkt vor mir. Die Tür war zu. Hatte ich sie nicht offen gelassen?

Ich drehte den Knauf und blieb in der Tür stehen, das Zimmer vom Licht über der Treppe nur schwach erhellt. Waschtisch. Weihnachtskrippe. Kleiderstange. An der Stange hing ein Kinderkleid. Das war mir vorher gar nicht aufgefallen. Wahrscheinlich hatte ich es zu eilig gehabt. Ich schob meine Bedenken beiseite, ging entschlossen hinein und bückte mich nach der hölzernen Krippe. Sie war schwer, und ich hatte sie gerade erst sicher auf dem Arm, als das Licht über der Treppe ausging.

»Hallo? Ist da jemand?«

Irgendjemand atmet, als ob er kaum Luft bekommt. Nicht leise. Nach Atem ringend. Ich darf mich nicht umdrehen, denn er oder es ist hinter mir.

Ich blieb eine Weile still stehen und beruhigte meine Nerven. Dann tappte ich vorwärts, auf das von unten kommende Licht zu. An der Tür hörte ich hinter mir einen Schritt, geriet aus dem Gleichgewicht und streckte eine Hand aus, um mich festzuhalten. Ich bekam etwas Nasses zu fassen. Die Kleiderstange. Es musste das Kleidchen sein.

Mein Herz pochte wie wild. *Keine Panik.* Bakelit. Schlechte Kabel. Seltsames Haus. Dunkelheit. Alleinsein.

Aber du bist gar nicht allein, oder?

Wieder in der Küche, mit Whisky, Radio 4 und kochender Pasta, sah ich mir das Kleid genauer an. Es war für ein kleines Kind, handgestrickt. Die Wolle roch und war klatschnass. Ich wusch es aus und hängte es zum Austropfen über die Spüle. Wahrscheinlich war ein Loch im Dach, und das Kleid hatte über längere Zeit das Regenwasser aufgesogen.

Ich aß zu Abend, versuchte zu lesen, redete mir ein, da sei doch nichts gewesen, rein gar nichts. Es war erst acht. Ich wollte noch nicht schlafen gehen, obwohl der Schnee draußen wie ein Federbett war.

Ich beschloss, die Krippenfiguren aufzustellen. Esel, Schafe, Kamele, Heilige Drei Könige, Hirten, Stern, Josef. Die Futterkrippe war da, aber sie war leer. Kein Jesuskind. Und keine Maria. Hatte ich sie in dem dunklen Zimmer fallen lassen? Das hätte ich eigentlich hören müssen, die Holzfiguren waren fünfzehn Zentimeter hoch.

Josef trug eine wollene Tunika, aber auf seine hölzernen Beine waren Wickelgamaschen aufgemalt. Ich zog ihm die Tunika aus. Darunter trug er eine aufgemalte Uniform. Erster Weltkrieg.

Als ich ihn umdrehte, sah ich, dass in seinem Rücken eine Art Stichwunde klaffte.

Mein Telefon piepste.

Schnell legte ich Josef weg und schnappte mir das Handy. Es war eine SMS von Susie: »KONNTEN DICH NICHT ERREICHEN. ABFAHRT MORGEN.«

Ich drückte ANRUFEN. Nichts. Ich versuchte, eine SMS zu schicken. Nichts. Und wenn schon? Plötzlich fühlte ich mich erleichtert und ruhig. Sie waren aufgehalten worden, nichts weiter. Morgen würden sie hier sein.

Ich setzte mich wieder vor die Krippe. Vielleicht lagen die fehlenden Figuren im Stall? Ich griff hinein. Meine Finger schlossen sich um einen Gegenstand aus Metall. Es war ein kleiner eiserner Schlüssel mit ringförmigem Kopf. Vielleicht gehörte er zu der Tür im Dachgeschoss.

Draußen war Schnee gefallen, Schnee auf Schnee. Der Himmel hatte aufgeklart. Der Mond huschte schnell über das Meer hinweg.

Ich war zu Bett gegangen, schlief tief und fest, als ich es deutlich hörte. Über mir. Schritte. Hin und her. Durch das ganze Zimmer. Stehen bleiben. Umdrehen. Wieder zurück.

Mit blinden Augen starrte ich an die Decke. Warum öffnen wir die Augen, wenn wir nichts sehen können? Und was hätte ich überhaupt sehen können? *Ich glaube nicht an Gespenster.*

Ich wollte Licht machen, aber was, wenn das Licht nicht anging? Warum sollte eine unfreiwillige Dunkelheit schlimmer sein als eine selbst gewählte? Aber sie wäre schlimmer. Ich setzte mich im Bett auf und zog den Vorhang etwas zurück. So hell, wie der Mond am Abend geschienen hatte, musste doch draußen Licht sein.

Und da war Licht. Vor dem Haus standen Hand in Hand die reglosen, stummen Gestalten einer Mutter und eines Kindes.

Ich konnte bis zum Hellwerden nicht mehr schlafen, und als ich doch noch einschlief und wieder aufwachte, war es fast Mittag, und das Licht wurde bereits wieder schwächer.

Ich lief schnell hinunter in die Küche, um Kaffee zu machen, und sah, dass das Kleid nicht mehr da war. Ich hatte es tropfnass über die Spüle gehängt, und jetzt war es weg. *Nichts wie raus hier.*

Ich brach auf, zum Bahnhof. Raureif hatte die Bäume in glitzerndes Weiß gekleidet. Schön und tödlich. Die Welt in Eis gegossen.

Auf der Straße waren keine Fahrzeugspuren. Keine Geräusche außer dem Rauschen und Brausen des Meeres.

Ich fuhr langsam, es war niemand zu sehen. Ich fragte mich, ob in der erstarrten weißen Landschaft außer mir noch irgendwer am Leben war.

Am Bahnhof wartete ich. Ich wartete noch etwas über die Ankunftszeit hinaus, bis pfeifend der Zug einfuhr. Er hielt. Der Schaffner stieg aus. Als er mich sah, schüttelte er den Kopf. »Keiner da«, sagte er. »Keine Menschenseele.«

Mir war zum Heulen. Ich holte das stumme Telefon heraus, rief die SMS auf: »KONNTEN DICH NICHT ERREICHEN. ABFAHRT MORGEN.«

Der Schaffner sah sie sich an. »Vielleicht ist es besser, *Sie* fahren«, sagte er. »Bis zum 27. gibt es keinen Zug mehr über Carlisle hinaus. Morgen wäre der letzte gewesen, aber der fällt aus. Das Wetter.«

Ich schrieb eine Nummer auf und gab sie ihm. »Könnten Sie bitte meine Freunde anrufen und ihnen sagen, dass ich wieder nach Hause komme?«

Auf dem Rückweg nach Highfallen House dachte ich ständig über meine Abreise nach. Eine Nachtfahrt war lang und gefährlich, aber an eine weitere Nacht allein in dem Haus war nicht zu denken. Oder nicht allein.

Die vierzig Meilen bis Inchbarn mussten zu schaffen sein. Dort gab es einen Pub, eine Pension und Leben – nicht viel, aber doch.

Die SMS ging mir im Kopf herum. War eigentlich gemeint, dass ich abreisen sollte? Und warum? Weil Susie und Stephen nicht kommen konnten? Das Wetter? Eine Krankheit? Ein einziges Rätselraten. Tatsache ist, ich muss hier weg.

Das Haus wirkte bedrückend, als ich ankam. Ich hatte das Licht angelassen und ging gleich nach oben, um meine Tasche zu packen. Ich sah sofort, dass die Dachgeschosslampe brannte. Ich hielt inne. Atmete durch. Natürlich brennt sie. Ich habe sie nicht ausgeschaltet. Oder etwas ist mit der Leitung nicht in Ordnung. Muss ich der Haushälterin sagen.

Nach dem Packen legte ich die Essenssachen in eine Schachtel und schaffte alles ins Auto. Ich hatte vorn den Whisky und eine Decke, die ich vom Bett genommen hatte, und ich machte mir für alle Fälle eine Wärmeflasche.

Es war erst fünf. Im schlimmsten Fall würde ich um neun in Inchbarn sein.

Ich stieg ein und drehte den Schlüssel. Das Radio ging für eine Sekunde an und verstummte wieder, und da die Zündung immer nur klickte, wusste ich, dass die Batterie ganz leer war. Vor zwei Stunden am Bahnhof war der Motor auf Anhieb angesprungen. Selbst wenn ich die Scheinwerfer angelassen hatte … Aber ich hatte sie nicht angelassen. Kalte Panik erfasste mich. Ich trank einen Schluck Whisky. Im Wagen konnte ich nicht übernachten. Ich würde sterben.

Ich will nicht sterben.

Wieder im Haus, überlegte ich, wie ich die Nacht herumbringen sollte. Ich durfte nicht einschlafen. Als ich gestern das Erdgeschoss erkundet hatte, waren mir ein paar alte Bücher aufgefallen – diverse verstaubte Abenteuergeschichten und Erzählungen vom Empire. Bei der Durchsicht stieß ich auf ein ausgebleichtes samtbezogenes Fotoalbum. In dem kalten, verlassenen Wohnzimmer machte ich mich daran, die Vergangenheit zu entdecken.

Highfallen House 1910. Die Frauen in langen Röcken mit unglaublichen Wespentaillen. Die Männer in Tweed, für die Jagd gekleidet. Die Stallburschen in Westen, die Gärtnerjungen mit Schirmmützen. Die Hausmädchen mit gestärkten Schürzen. Und hier sind sie wieder in ihrem Sonntagsstaat: ein Hochzeitsfoto. Joseph und Mary Lock. 1912. Er war Gärtner. Sie war Hausmädchen. Hinten in dem Album lagen lose und unsortiert weitere Fotos und Zeitungsausschnitte. 1914. Die Männer in Uniform. Da war Joseph.

Ich nahm das Album mit in die Küche und legte es neben meinen hölzernen Soldaten. In Mantel und Schal ließ ich mich vor dem Holzherd auf zwei Stühlen nieder und döste und wartete, wartete und döste.

Es mochte zwei Uhr sein, als ich ein Kind weinen hörte. Nicht ein Kind, das sich das Knie aufgeschlagen oder ein Spielzeug verloren hat, sondern ein verlassenes Kind. Ein Kind, das sich nur noch mit seiner Stimme ans Leben klammert. Ein Kind, das weint und weiß, dass niemand kommen wird.

Das Geräusch war nicht über mir – es war über dem Übermir. Ich wusste, woher es kam.

Ich hielt mir die Ohren zu und steckte den Kopf zwischen meine Knie. Ich konnte das Geräusch nicht dämpfen; ein eingesperrtes Kind, ein hungriges Kind, ein Kind, das friert, das nass und verängstigt ist.

Zweimal stand ich auf und ging zur Tür. Zweimal setzte ich mich wieder hin.

Das Weinen hörte auf. Stille. Eine fürchterliche Stille.

Ich hob den Kopf. Schritte kamen die Treppe herunter. Es war kein normales Gehen, einen Fuß vor den anderen. Der eine Fuß wurde schleppend nachgezogen, dann wieder der andere, ein Stocken, eine weitere Stufe.

Am Fuß der Treppe verstummten die Schritte, um Sekunden später genau das zu tun, wovor mir mit jeder Faser meines Körpers graute: Sie kamen auf die Küche zu. Was auch immer dort draußen war, befand sich keine vier Meter von mir entfernt auf der anderen Seite der Tür. Ich stellte mich hinter den Tisch und griff nach einem Messer.

Die Tür flog mit solcher Gewalt auf, dass sich der Messingknauf in den Wandputz rammte. Wind und Schnee wehten in die Küche, wirbelten die Fotos und Zeitungsausschnitte vom Tisch hoch. Auch die Haustür stand weit offen, der Eingang war wie ein Windkanal.

Das Messer in der Hand, wagte ich mich aus der Küche, um die Haustür wieder zu schließen. Die eiserne Laterne, die von der Decke herabhing, schwang an ihrer langen Kette wild hin und her. Ein jäher Windstoß warf sie ruckartig hoch, wie eine zu heftig angeschobene Kinderschaukel. Beim Rückschwung krachte sie in das Oberlicht über der Haustür. Die Scheibe barst, die Scherben regneten um meine Schultern herab. Flackern. Summen. Dunkelheit. Im Haus waren alle Lampen erloschen. Kein Wind mehr. Kein Weinen. Totenstille.

Von Glassplittern getroffen in der nur noch vom Schnee erhellten Diele ging ich durch die Tür in die Nacht hinaus. Als ich mich an der Auffahrt nach links wandte, sah ich sie: Mutter und Kind.

Das Kind trug das wollene Kleid. Es hatte keine Schuhe an. Kläglich hob es die Arme zur Mutter auf, die dastand, als wäre sie aus Stein.

Ich rannte hin, riss das Kind in meine Arme.

Da war kein Kind. Ich war vornüber in den Schnee gefallen.

Hilfe.

Das ist nicht meine Stimme.

Ich bin wieder auf den Beinen. Die Mutter ist mir voraus. Ich folge ihr. Sie geht auf den ummauerten Garten zu, geht scheinbar durch das Tor und lässt mich auf der anderen Seite zurück.

BETRETEN VERBOTEN

Ich zog an dem ringförmigen Griff. Er brach ab und nahm ein Stück Holz mit. Ich trat das Tor auf. Es fiel aus den Angeln. Vor mir lag der verwilderte und verlassene Garten. Fast einen halben Hektar groß und von der schützenden Mauer umgeben hatte er einst zwanzig Menschen ernährt. Aber das war lange her.

Da waren Fußspuren im Schnee. Ich folgte ihnen. Sie führten mich zum Gärtnerhäuschen, dessen Dach mit Wellblech ausgebessert war. Eine Tür gab es nicht, aber das Innere schien trocken und intakt. An der Wand hing noch ein Abreißkalender: 22. Dezember 1916.

Ich steckte die Hand in die Tasche und fand den Schlüssel aus der Weihnachtskrippe. Zugleich hörte ich im Hinterzimmer einen Stuhl über den Boden schrammen. Ich hatte keine Angst mehr. Wie der Körper zunächst zittert und dann vor Kälte taub wird, so waren auch meine Gefühle eingefroren. Ich bewegte mich durch das Dunkel wie jemand, der träumt.

Im hinteren Raum brannte ein Feuerchen in dem winzigen Blechkamin. Rechts und links neben dem Feuer saßen die Mutter und das Kind. Das Mädchen war ins Spiel mit einer Murmel vertieft. Ihre bloßen Füße waren blau, aber sie schien die Kälte genauso wenig zu spüren wie ich.

Sind wir also tot?

Die Frau mit dem Kopftuch sah mich aus ausdruckslosen Augen unverwandt an oder durch mich hindurch. Ich erkannte sie wieder. Es war Mary Lock. Ihr Blick ging zu einem hohen Schrank. Ich wusste, dass mein Schlüssel zu diesem Schrank passte und dass ich ihn aufschließen musste.

Es gibt Sekunden, die ein ganzes Leben in sich bergen. Wer du warst. Was du werden wirst. Dreh den Schlüssel.

Eine verstaubte Uniform fiel heraus und sank in sich zusammen wie eine Marionette. Sie enthielt noch Überreste ihres Besitzers. Im Rücken der ausgebleichten Wolljacke klaffte auf Höhe der Lunge ein langer Schlitz.

Ich sah auf das Messer in meiner Hand.

»Machen Sie auf! Sind Sie da drin? Machen Sie auf!«

Ich erwachte in blendendem Weiß. Wo bin ich? Etwas schaukelt. Es ist das Auto. Ich war in meinem Auto. Ein schwerer Handschuh wischte den Schnee ab. Ich setzte mich auf, fand meinen Schlüssel, drückte den Entriegelungsknopf. Es war Morgen.

Draußen standen der Zugschaffner und eine Frau, die sich als Mrs Wormwood vorstellte. »Eine schöne Bescherung haben Sie hier angerichtet«, sagte sie.

Wir gingen in die Küche. Ich schlotterte so sehr, dass Mrs Wormwood sich erbarmte und Kaffeewasser aufsetzte. »Alfie hat mich geholt«, sagte sie, »nachdem er mit Ihren Freunden telefoniert hatte.«

»Da ist ein Toter«, sagte ich. »In dem ummauerten Garten.«

»Ach, da ist er also«, sagte Mrs Wormwood.

Weihnachten 1914 war Joseph Lock in den Krieg gezogen. Bevor er nach Flandern musste, hatte er für seine kleine Tochter eine Krippe gebastelt. Als er 1916 zurückkam, war er giftgasgeschädigt. Die anderen hörten, wie er beim Treppensteigen wegen seiner angegriffenen Lunge keuchte.

Er hatte den Verstand verloren, erzählte man sich. Nachts in der Dachkammer, wo er mit Frau und Kind schlief, lehnte er mit leerem Blick an der Wand und rollte die Murmeln seiner Tochter hin und her, hin und her, ging auf und ab, auf und ab. Eines Nachts kurz vor Weihnachten erwürgte er seine Frau und seine Tochter. Er ließ sie als vermeintlich tot im Bett liegen und verließ das Haus. Aber seine Frau war nicht tot. Sie folgte ihm. Am Morgen fand man sie neben der Weihnachtskrippe sitzend, ihr Kleid dunkel von Blut, am Hals die blauschwarzen Abdrücke seiner Finger. Sie sang ein Wiegenlied und stach die Spitze des Messers in den Rücken der Holzfigur. Joseph wurde nie gefunden.

»Rufen Sie die Polizei?«, fragte ich.

»Wozu?«, fragte Mrs Wormwood. »Sollen die Toten die Toten begraben.«

Alfie ging nach draußen, um nach meinem Wagen zu sehen. Er sprang sofort an, die Auspuffgase standen blau in der weißen Luft. Ich überließ den beiden das Aufräumen und wollte schon losfahren, als mir einfiel, dass ich das Radio in der Küche vergessen hatte. Ich ging noch einmal ins Haus. In der Küche war niemand. Ich konnte sie oben auf dem Dachboden hören. Ich nahm das Radio. Die Krippe stand noch genauso auf dem Tisch, wie ich sie zurückgelassen hatte.

Nein, nicht genauso.

Josef war da, ebenso die Tiere und die Hirten und der ramponierte Stern. Und in der Mitte war die Futterkrippe. Neben der Krippe standen die Holzfiguren einer Mutter mit ihrem Kind.

Kathy Ackers New Yorker Custard

Anfang der 1990er Jahre zog Kathy Acker von London zurück in die USA. Harold Robbins hatte sie verklagt, weil sie eine Passage aus seinem Buch *Der Pirat* unverändert in ihre rasante Neuveröffentlichung von *Young Lust* hineinmontiert hatte.

Robbins, Verfasser massentauglicher, leicht verdaulicher Softpornoromane für den schnellen Bücherkauf zwischendurch am Flughafenkiosk, interessierte sich nicht die Bohne für Ackers lebenslangen Kampf gegen Machtstrukturen oder ihr Verfahren, bereits existierende Texte – ob Meisterwerk oder Schund – auseinanderzunehmen, um neue Texte zu schaffen, die das Verhältnis der Leser zu ihrer Lektüre tiefgreifend störten.

Weil es keinerlei geistige Anstrengung erfordert, Harold Robbins zu lesen, hatte Kathy nicht im Entferntesten damit gerechnet, dass der Mann, der über 75 Millionen Bücher von seinem Schmuddelkram verkauft hatte, so viel Hirnschmalz dafür aufwenden würde, eine literarische Freibeuterin wie sie gerichtlich verfolgen zu lassen.

Aber Robbins hatte eine hohe Meinung von seinen Fähigkeiten als Schriftsteller. Mit der teilweisen Aneignung seines Werks hatte Kathy auf komische Weise klargemacht, dass jenseits des Kontextes seiner reißerischen Sexgeschichten – in denen Sprache keine andere Funktion hat als die eines Gleitmittels, das den Übergang von einem Geschlechtsakt zum nächsten erleichtert – Robbins' Prosa unsäglich ist. Das war das Problem. Kathy Acker hatte Harold Robbins bloßgestellt. Vor ihm selbst.

Robbins bestand auf einer Entschuldigung, und das war genau die Art von Macho-Arschloch-Attitüde, die Kathy so zuwider war.

Kathy blieb sich treu und schrieb eine Entschuldigung, die verheerender war als die Bombe, die sie hatte hochgehen lassen.

Dann fühlte sich Kathy, die kampferprobte Banditin, plötzlich in typischer Acker-Art angreifbar, kritisiert, missverstanden. Sie packte ihre Sachen und kehrte nach Manhattan zurück.

Doch Manhattan war auch nicht ganz das Richtige. Für Kathy war es nirgendwo ganz richtig, und so kam sie wenig später zurück und bezog nicht weit von mir eine Mietwohnung, die ich ihr besorgt hatte. Das war kurz vor Weihnachten.

Die Wohnung war ein trauriges Relikt englischer Exzentrizität, bevor auch noch die letzte Londoner Immobilie von Besitz- und Geldgier verschlungen wurde, eine hallende Souterrainwohnung mit Gewölbedecken und Steinboden in einer leer stehenden georgianischen Altbauvilla. Ich nahm an, Kathy würden die hohen Fenster gefallen, die auf einen verwilderten ummauerten Garten hinausgingen. Der Eigentümer war verstorben, die Erben warteten noch auf die Testamentseröffnung. Die

Miete war kaum der Rede wert, und ich wohnte nur ein paar Häuser weiter.

Aber es gab auch Schattenseiten. Als ich diese Geschichte meiner Frau Susie Orbach erzählte, die lange in Manhattan gelebt hat, sowohl Jüdin als auch Amerikanerin und in Kathys Alter ist, fragte sie: »Wie jetzt, du hast eine in Sutton Place aufgewachsene Jüdin in eine Wohnung ohne Kühlschrank einquartiert?«

Ich begriff nicht. »Sie brauchte keinen Kühlschrank«, sagte ich. »Es gab ja keine Heizung.«

Das war die falsche Antwort. Susie stützte den Kopf in die Hände und sagte: »Sutton Place ist eine der exklusivsten Adressen in Manhattan – es ist wie Belgravia.«

»Aber Kathy war eine Geächtete.«

»Sie war auch eine Prinzessin!«

Richtig. Und das erklärt, warum Kathy dieses Weihnachten in der Wohnung ihre russische Pelzmütze trug. Damals habe ich das nicht verstanden, jetzt verstehe ich es.

Sie verlor natürlich nie ein Wort darüber, denn was man bei Kathy Acker, der Sexrebellin und Post-Punk-Ikone, gern vergisst: Sie hatte makellose Umgangsformen.

Es war Weihnachten. Ich sagte: »Kathy, wir müssen Custard machen.«

Die Geschichte des Custard geht auf die Römer zurück, die feststellten, dass Milch und Eier ein gutes Bindemittel für alles sind, ob pikant oder süß. Da die Römer überallhin kamen, kam auch der Custard überallhin. Im Mittelalter war ein Crustarde eine gefüllte Pastete wie unsere Quiches oder Flans – ein knuspriger Teigboden, bei dem eine Eiercreme die übrigen Zutaten zusammenhielt.

Die Franzosen sind Custard-Fans, haben aber kein Wort dafür – sie sagen »Crème anglaise« dazu. Aber ob es nun eine Füllung für ein Eclair oder eine Quiche ist, man kann sich darauf verlassen, dass es sich immer um Custard handelt.

Der flüssige, gießfähige Custard, der sich um Weihnachten herum solcher Beliebtheit erfreut, wurde im 19. Jahrhundert zu einem Renner – zusammen mit Weihnachten in all seiner Pracht. Lob oder Tadel dafür gebührt Alfred Bird, einem Chemiker aus Birmingham, dessen Frau gegen Eier allergisch war. Die arme Mrs Bird mochte Custard, konnte ihn aber nicht vertragen, weshalb Alfred 1837 eine pulverförmige Version zauberte, die statt Eiern Maisstärke enthielt. Mr Bird setzte der Stärke noch Zucker und gelbe Lebensmittelfarbe zu, und schon bald war Bird's Custard Powder überall in England und dem gesamten Empire in bunten Dosen erhältlich.

Der Run auf Dosenpulver, das mit Milch angerührt wurde, erreichte die andere Seite des Atlantiks, als die Brüder Horlick aus England emigrierten und 1873 eine Fabrik in Chicago gründeten, um dort ihr weltberühmtes Getränk – Horlicks – herzustellen.

Aus irgendeinem Grund verbreitete sich seit dem ausgehenden 19. Jahrhundert unter durchaus wohlgenährten Männern und Frauen die Furcht vor einem völlig aus der Luft gegriffenen Übel namens »nächtliche Hungerattacke«. Getränke wie Horlicks sollten dieses Problem lösen.

Kathy Acker mochte Horlicks, und ich bereitete es immer für sie zu. Kathy, die Horlicks trank, über die Unmöglichkeit von

Custard lachte (sie konnte nicht kochen – sie konnte nicht mal umrühren) und in allem obsessiv war, fand für mich heraus, dass Dylan Thomas ein Fantasieprodukt namens Night Custard erfunden hatte.

In den 1930er Jahren, als Dylan auf der Couch eines hoch bezahlten Freundes aus der Werbebranche pennte, der einen Vertrag mit Horlicks hatte, meinte Dylan, er könnte mit Night Custard sein Glück machen. Er dachte sogar daran, dass man es auch als Haarcreme oder Vaginalgleitmittel verwenden könnte.

Diese Information brachte mich vorübergehend vom Custard ab. Aber Weihnachten ist Weihnachten, und Weihnachten bedeutet Custard.

Acker mit ihrem Blaustrumpf-Enthusiasmus und ihren nicht vorhandenen Kochkünsten hatte jetzt sogar eine immerwährende Verbindung zwischen Custard und New York City hergestellt.

Schließlich hatte Bob Zimmermann ja seinen Namen seinem persönlichen Helden Dylan Thomas zu Ehren in Bob Dylan geändert (vielleicht hat »Tambourine Man« alles dem Night Custard zu verdanken).

Und Dylan Thomas starb in New York im Chelsea Hotel.

Immer wenn ich Custard mache, kommen mir Gedanken ohne Gedanken und Bilder ohne Bilder, von einem New York, so unwiederbringlich verloren wie Atlantis, von Beat-Hotels, betrunkenen Dichtern und messerscharfen Stimmen so unterschiedlich wie die von Andy Warhol und Patti Smith, Bob Dylan, Dylan Thomas und Kathy Acker … die wenige Jahre nach dieser Zeit starb, 1997, im erbitterten Kampf gegen den Krebs und im Gedenken an Dylan Thomas' Gedicht:

Geh nicht gelassen in die gute Nacht (…)
Verfluch den Tod des Lichts mit aller Macht.

Unsere großen Gesten und unsere kleinen Handlungen sind gar nicht so weit voneinander entfernt. Wir erinnern uns an unsere Freunde wegen der unbedeutenden und albernen Sachen, die wir miteinander gemacht haben, und wegen der Größe, die sie ebenfalls besaßen.

Hier nun der Custard.

Sie brauchen:

570 ml Milch
1 Schuss Sahne
4 Eigelb
30 g Kristallzucker oder gesiebten braunen Zucker
2 Teelöffel Maisstärke (nach Belieben)

Zubereitung

Die Eigelbe in einer Schüssel gut schaumig schlagen. Die Eiweiße können Sie für Baisers oder ein Eiweißomelette verwenden.

Beim Schlagen nach und nach den Zucker zugeben.

Milch und Sahne erwärmen, aber nicht kochen.

Die Milchmischung in die Schüssel mit der Eimischung geben und schlagen, schlagen, schlagen!

Alles wieder in den Topf geben und erhitzen. Nicht kochen!

Ja, Sie können Cognac oder Rum hineingeben. Manche Leute

fügen auch gern Vanille hinzu, sie kommt dann in die Milchmischung.

Und zum Andicken können Sie wie Mr Bird Maisstärke hineinrühren – höchstens zwei Teelöffel in die Eimischung, NICHT in die Milchmischung. Und dann heißt es schlagen, schlagen, schlagen.

Zum Schlagen eignet sich am besten ein Ballonschneebesen. Ich verwende einen Kupferschneebesen, eine Kupferschüssel und einen Kupfertopf, aber nur aus optischen Gründen.

Entscheidend ist, dass man weiterrührt, sobald der Custard wieder im Topf ist und erhitzt wird. Wenn Sie das Umrühren einem Dichter oder einem Träumer überlassen, wird womöglich Rührei daraus.

Gießfähiger Custard wie dieser sollte noch heiß serviert – und gegessen – werden.

Weihnachten in New York

Alle Jahre wieder gehen die Kollegen und ich in der Woche vor Heiligabend einen Happen essen – und ein paar Gläser trinken. Wir kennen da ein Lokal in der 12. Straße, das Wallflower – die Decke aus Blech, die Sitzbänke aus irgendwas in Orange. Es gibt französisches Essen und amerikanische Cocktails.

An diesem Abend kam das Gespräch auf früher – vor allem auf das Weihnachten unserer Kindheit, als es, wenn wir der Erinnerung, unserem Bollwerk gegen die Geschichte, glauben durften, noch nicht so kommerziell zugegangen war. Kein Mensch stürzte sich in den Einkaufstrubel, trotzdem lagen immer Geschenke unter dem Baum. Die Kinder gingen Schlittenfahren, und wenn sie heimkamen, spielten sie vor dem Kaminfeuer Mensch-ärgere-dich-nicht. Jeder hatte einen alten Hund und eine Oma, die Klavier spielte. Jeder trug einen selbst gestrickten Pullover.

Man baute einen Schneemann mit Karottennase und Schal um den Hals und sang »Winter Wonderland«.

Und an Heiligabend durfte man ums Verrecken nicht einschlafen, weil man unbedingt den alten Knaben in Rot mit seinem Schlitten sehen wollte – und obwohl man ihn dann doch nicht sah, kam er und trank den Whisky, der in der Küche für ihn bereitstand.

»Der Weihnachtsmann muss Alkoholiker gewesen sein.«

»Stimmt, und den Rest des Jahres hockte er im Entzug.«

»Noch einen Bourbon? Martini? Einen Twinkle?«

»Schlagt zu, Leute! Die Runde geht auf mich.«

Ich ging zur Toilette. Setzte mich wieder an den Tisch. Sah doppelt.

»Sam? Geht's dir nicht gut?«

Das kam von Lucille, die sich in ihrem kleinen Grauen mit dem weißen Kragen neben mich auf die Bank quetschte. Sie arbeitete im Zeichnungsbüro, ich in der Konstruktionsabteilung. Ich sagte ihr, mir fehle nichts.

»Du warst vorhin so schweigsam, als wir über Weihnachten geredet haben – magst du Weihnachten nicht?«

Nein, ich mag Weihachten nicht. Ich weiß nicht mehr, wozu es gut sein soll – außer dass man sich in Schulden stürzt und mit seinen Verwandten in die Haare kriegt. Ich lebe allein, deshalb habe ich meine Ruhe. Ich lebe allein. Und das ist gut so.

»Ich fahre Weihnachten nach Hause«, sagte Lucille. »Und du?«

»Ich bleib zu Hause.«

»Allein?«

»Ja. Ich gönn mir eine Auszeit, weißt du.«

Lucilles Nicken war eher ein Kopfschütteln. »Dann erzähl mir doch wenigstens, wie ihr früher Weihnachten gefeiert habt. Nur eine einzige Geschichte.«

»Du hast die freie Auswahl, sie sind alle gleich. Wir haben Weihnachten nicht gefeiert.«

»Seid ihr Juden?«

»Nee, bloß Spaßbremsen.«

Weiter kam ich nicht, denn die anderen stimmten »Fairytale of New York« an, noch schauriger als die Version von den Pogues.

Wozu dieses Chichi? Lag es an dem pseudofranzösischen Bistro, dass wir pseudofranzösisch gefühlig wurden und uns küssten, als wäre es uns ernst damit?

Und obwohl es nichts zu bedeuten hatte, prosteten die Kollegen einander zu und fütterten sich gegenseitig mit Krabben.

Lucille beugte sich zu ihnen hinüber und machte mit; das war dann wohl das Ende des Weihnachtsverhörs. Ich atmete tief durch und verzog mich noch mal aufs Klo. Mich hielt hier nichts mehr. Ich beschloss, zu Fuß nach Hause zu gehen.

Nachdem ich meinen Mantel vom Haken genommen hatte, warf ich einen letzten Blick auf unsere Truppe. Dann viel Spaß noch.

Auf dem Bürgersteig lachende Menschen, Arm in Arm, die das Gesicht in die Schneeflocken hielten.

Wozu das Getue? Schnee ist doch bloß Regen, der zu viel Kälte abgekriegt hat.

»Ich liebe den Schnee«, sagte Lucille, die plötzlich neben mir stand, in russischer Pelzmütze und Doktor-Schiwago-Mantel. Lucille ist in Ordnung, aber seltsam. Sie bringt Blumen mit ins Büro. Sie fragte: »Wollen wir ein Stück gehen?«

Und wir stapften los durch das lichte Weiß und den zarten Schleier aus Schnee. Auf den Straßen war es laut, doch man merkte es nicht. Der Schnee dämpfte die Geräusche und senkte den Pulsschlag der Stadt. Und die Nacht roch frisch.

»Diese zerbrochene Welt«, sagte ich.

»Wie bitte?«

»Hart Crane.«

»Ach so.«

Und wir wanderten, vorbei an Bars und Restaurants und den kleinen Geschäften, die noch geöffnet hatten, vorbei an dem Händler, der unter einer Plane hervor Taschen verkaufte, und dem Lumpenbündel, das in einem Eingang hockte, vor sich ein Schild: FROHE WEIHNACHTEN LEUTE. Aus dem Lüftungsschlitz neben ihm quollen Dampf und die Crackdünste einer chemischen Reinigung. Lucille gab ihm fünf Dollar.

»Nun sag schon, wie hast du Weihnachten als Kind erlebt?«

»Da gibt's nichts zu erzählen – *nada*. Keine Weihnachtsdeko, kein Baum, keine Geschenke, kein gemeinsames Essen im Familienkreis. Mein Vater hat Lastwagen gefahren, immer lange Touren nach Kanada, und besonders gern an den Feiertagen – da verdient er das Dreifache, hat er gesagt. Aber wofür er dreifach bezahlt wurde oder wofür er die Zulage ausgegeben hat, weiß ich auch nicht.«

»Soll das heißen, du hast noch nie ein Weihnachtsgeschenk bekommen?«

»Ach was! Ich bin ein erwachsener Mann. Ich habe Freundinnen gehabt, ich habe Bekannte. Natürlich haben die mir etwas geschenkt! Aber Weihnachten als solches bedeutet mir gar nichts.«

Ein angeleintes Hündchen sprang hoch und schnappte nach dem Schnee, als könnte es ihn fangen.

»Weihnachten hat für dich wohl eine Bedeutung«, sagte Lucille. »Es bedeutet Traurigkeit.«

O Gott, dachte ich. Eine Esoterikerin oder eine, die fünfmal die Woche zum Seelenklempner rennt. Bloß das nicht.

Vor dem Lebensmittelladen an meiner Abzweigung standen die eingetopften Weihnachtsbäume geschützt hinter einem Plastikvorbau. Es roch nach kalter Tanne und Putzmitteln.

»Hier muss ich um die Ecke«, sagte ich.

»Dein Bart ist ganz weiß«, sagte sie. »Wie weihnachtlich.«

Ich wischte mir den Schnee vom Kinn, steckte die Hände in die Manteltaschen und ging weiter. Auf halber Strecke drehte ich mich um. Keine Ahnung, warum. Lucille war nicht mehr da. Was auch sonst? Junge Frauen stehen nicht im Schnee an einer Straßenecke rum.

Ich stieg die Treppe zu meiner Wohnung hoch – einem Einzimmerapartment in einem Haus mit einem toten Portier, weil ein Portier immer etwas hermacht und ein toter wohl billiger kommt als ein lebender. Tagaus, tagein sitzt er vor laufendem Fernseher in seinem Kabäuschen. Ich wohne seit zwei Jahren hier. Seinen Hinterkopf kenne ich gut, aber ich habe den Mann noch nie in Bewegung gesehen.

Ich schloss die Tür auf – drei Schlösser in einem nackten Beschlag aus Sicherheitsstahl – und machte Licht. Mit meiner Wohnung ist es wie mit meiner Kleidung: Ich gebe nicht viel drauf, aber irgendwas muss der Mensch schließlich tragen. Ich habe sie möbliert gemietet und noch nie ein eigenes Stück hineingestellt.

Doch nun? Stand direkt vor mir, dick und fett und mitten im Zimmer: ein Weihnachtsbaum.

Ich rannte wieder nach unten und hämmerte an das Fenster der Loge, in der sich von Rechts wegen ein quicklebendiger Portier befinden sollte, der den Bewohnern mit Rat und Tat zur Seite stand.

Keine Reaktion. Ich hätte schwören können, dass er den Fernseher lauter drehte.

Dann musste ich eben die Polizei rufen.

»Ich möchte einen Vorfall anzeigen.«

»Was für einen Vorfall?«

»In meiner Wohnung steht ein Weihnachtsbaum.«

»Haben Sie was getrunken, mein Junge?«

»Nein. Doch. Aber nicht viel. Ein Einbrecher hat mir einen Weihnachtsbaum in die Wohnung gestellt.«

»Irgendwelche Schäden? Ist was weggekommen?«

»Nein.«

»Okay, mein Junge. Dann rufen Sie jetzt Ihre Freunde an und bedanken sich schön. Frohe Feiertage und gute Nacht.«

Er hatte aufgelegt. Ich rief beim toten Portier an. Er ging nicht ran.

Am nächsten Tag, meinem letzten Arbeitstag, stand ich früh auf, was mir nicht schwerfiel, weil ich sowieso kaum geschlafen hatte. Der Baum war noch da. Auf dem Weg zur Tür kam ich kaum an ihm vorbei. Als ich mich im Hinausgehen noch einmal nach ihm umdrehte, sah es ganz so aus, als ob er sich eins schmunzelte.

In der Firma sagte ich zu Lucille: »Meinst du, Bäume können grinsen?« Sie lächelte, ein offenes, liebes Lächeln, das mir bis dahin noch nie aufgefallen war.

»Das fragst ausgerechnet du, Sam? Das klingt ja fast romantisch.«

»Ich bin ein bisschen durch den Wind«, sagte ich.

Es war ein Tag, an dem die Wintersonne die Stadt mit einem Diamanten- und Perlenfunkeln überzog. Der Himmel stahlblau, leuchtend wie Neonlicht. Die Schaufenster der großen Kaufhäuser wie magische Spiegel in eine andere Welt.

Es zog mich zum Rockefeller Center. Warum auch immer. Es herrschte ein Wahnsinnstrubel, jeder Mensch war mit sechs Tüten bepackt, keiner fand ein freies Taxi.

Jedes Jahr stellt die Stadt einen zwanzig Meter hohen Weihnachtsbaum auf, der mit einer kilometerlangen Lichterkette geschmückt ist und auf dessen Spitze ein riesiger Stern aus Swarovski-Kristall prangt.

Ich ging darauf zu, warum auch immer. Ich stellte mich darunter. Der Baum ist so gewaltig, dass man sich als erwachsener Mann wieder wie ein kleines Kind vorkommt.

Sam! Sam! Du kommst sofort rein.

Aber ich will den Baum sehen, Mom. Sie holen doch gerade den Baum aus dem Wald!

Du hast mich gehört. Du kommst jetzt rein, sonst gibt es kein Abendessen.

In das dunkle Haus. Ins Bett. Ende.

»Sam?« Das war Lucille. »Was machst du denn hier?«

»Ich? Ach, ich hatte bloß in Midtown was zu erledigen.«

Lucille lächelte immer noch – lächelt sie eigentlich immer, und wenn ja, warum? Sie sagte: »Ich finde es herrlich, mir den Baum anzuschauen. Er macht mich froh.«

»Ein Baum macht dich froh? Wie das?«

»Weil das Anschauen nichts kostet, wo es doch sonst in New York nichts umsonst gibt, und weil er so schön ist; die Leute sind locker und entspannt – auch mit ihren Kindern, und die alte Frau da drüben sieht aus, als ob sie etwas Wunderbares träumt.«

»Wahrscheinlich feiert sie Weihnachten allein«, sagte ich.

»Du auch?«, fragte Lucille.

»Nein, ach was. Natürlich nicht. Also dann, Lucille – schöne Feiertage, ich muss …«

»Ich wollte gerade auf einen Kakao ins Bouchon. Hast du Lust?«

Und als wir da zusammen saßen – Lucille noch immer lächelnd, ich noch immer nicht – und sie von Weihnachten erzählte, sagte ich plötzlich: »Gestern Abend stand ein Weihnachtsbaum in meiner Wohnung. Einfach so.«

»Im Ernst?«

»Ich hab bei der Polizei angerufen.«

»Du hast wegen einem Weihnachtsbaum in der Wohnung bei der Polizei angerufen?«

Ein Typ in einer karierten Fleecejacke, der sich mit zwei Bechern Lebkuchenmokka an uns vorbeischob, beugte sich zu Lucille runter und sagte so laut, dass ich es hören musste: »Du hast ein besseres Date verdient, Schätzchen.«

Sie lachte, aber ich fand es gar nicht witzig und rief hinter ihm her: »Sie ist nicht mein Date!«

Der Karierte drehte sich um. »Dann musst du blöd sein. Alles klar. Fröhliche Weihnachten.«

»Ich hatte einen Einbrecher in der Wohnung! Arschloch!«

Aber der Karierte war längst weg, und ich stand da, verlegen und allein. Doch ich war nicht allein. Lucille war noch da.

»Gefällt er dir?«, fragte sie.

»Der Kakao ist lecker, ja … danke.«

»Der Weihnachtsbaum. Gefällt er dir?«

Während ich – allein – nach Hause ging, dachte ich über ihre Frage nach. Gefiel es mir, im Alter von zweiunddreißig Jahren zum ersten Mal einen Weihnachtsbaum zu haben?

Ich bog um die Ecke. Die Afghanen standen vor ihrem Laden. Ich sagte: »Habt ihr gestern Abend einen Weihnachtsbaum bei mir abgeliefert?«

Sie schüttelten den Kopf und boten mir ein paar heiße Kastanien frisch aus dem Kohlebecken an. Ob ich Weihnachten nach Hause fahre? Nein. Sie würden gern nach Hause fahren. Einer von ihnen zückte die Brieftasche und zeigte mir ein zerknittertes Foto vom Haus seiner Eltern, einem flachen Betonklotz vor einem steilen Berg mit schneebedecktem Gipfel. Er sagte nichts – hielt nur das Bild in der Hand, wie ein Licht oder einen Spiegel oder die Antwort auf eine Frage. Bis eine Kundin kam, die Apfelsinen kaufen wollte.

Ich ging ebenfalls hinein, kaufte eine Portion Hühnchen mit Reis, Cashewnüssen und Aprikosen und ging nach Hause.

Meine Wohnung liegt im dritten Stock, das Wohnzimmerfenster geht zur Straße raus.

In dem Fenster ein Lichtschein, der von drinnen kam, woher auch immer. Wie von einer Tischlampe. Ich besitze keine Tischlampe. Ich bin ein Deckenlampentyp.

Ich rannte ins Haus.

Der tote Portier saß in der Loge vor seinem Fernseher. Ich baute mich davor auf und fuchtelte mit den Händen, um ihn auf mich aufmerksam zu machen, aber ich erntete bloß die übliche Reaktion: Die Lautstärke wurde aufgedreht. Wenn der Knabe nicht aufpasst, jagt er den Apparat noch in die Luft.

Wir haben keinen Aufzug. Ich nahm die Treppe, zwei Stufen auf einmal, so rasant, dass die Soße aus der Essensbox schwappte. Ich riss die Tür auf – alle drei Schlösser waren unversperrt. Keine Anzeichen für ein gewaltsames Eindringen. Den Griff zum Lichtschalter hätte ich mir sparen können.

Der Weihnachtsbaum war hell erleuchtet.

Ein schweres Schnaufen kam die Treppe herauf. Angespannt und auf alles gefasst, drückte ich mich tiefer in die Türöffnung. Doch es war bloß Mrs Noblovsky aus dem vierten Stock, die sich, mit bunten Tüten beladen – oder von ihnen emporgezogen? –, nach oben kämpfte. Sie verschwand fast hinter ihren Einkäufen. »Soll ich Ihnen helfen?«, fragte ich, weil es sich so gehört.

Als Mrs Noblovsky vor meiner Wohnung stehen blieb, sah sie den friedlich vor sich hin leuchtenden Weihnachtsbaum und seufzte. »Schöne Bäumchen, Sam; meine ist Plastik.«

»Wollen Sie ihn? Ich bringe ihn Ihnen auch nach oben.«

»Braves Jungchen. Liebes Jungchen. Danke, aber geht nicht. Flieg ich morgen nach Philadelphia, meine Tochter besuchen. Du feierst hier, ja? Mit so feine Bäumchen.«

Und damit nahm sie die nächste Treppe in Angriff. Während ich ihr die Tüten hinterherschleppte, erzählte sie mir von Weihnachten in Sowjetrussland und dem Spezialwodka ihrer Großmutter, der hellseherische Kräfte verlieh.

»Schon wo drei Jahre ich war, Großmama gesagt hat zu mir: ›Agata, du in Amerika wirst leben.‹ Und bin ich hier.«

Dagegen gab es nichts mehr zu sagen. Mrs Noblovsky schloss auf, und ich stellte ihr die Tüten in die Diele. Ich war noch nie in ihrer Wohnung gewesen. Sie war größer als meine.

Alles war in Braun gehalten: schokoladenbrauner Teppichboden, karamellbraune Möbel, kaffeebraune Samtvorhänge. Der Schirm der mahagonibraunen Stehlampe hatte algenbraune Fransen, der hochbeinige Fernsehschrank mit dem vorsintflutlichen Apparat darin war mit Nussbaum furniert. Der Kühlschrank rumpelte vor sich hin, und es klang fast, als hielte die Wohnung ein Verdauungsschläfchen. Als würde Mrs Noblovsky im Bauch eines großen Braunbären wohnen.

Sie nahm eine Flasche aus dem Schrank. »Wodka«, sagte sie und drückte sie mir in die Hand. »Für zum Hellsehen. Von meiner Babuschka das Rezept. Brennt ihn mein Bruder in Brooklyn, aus Kartoffeln.«

»Können Kartoffeln hellsehen?«

»Ist geheime Zutat drin. Familiengeheimnis. Nimm mit. Bist braves Jungchen.«

Ich protestierte, zierte mich, zierte mich, protestierte. Dann fiel mir plötzlich etwas ein. »Mrs Noblovsky, was meinen Sie? Unser Portier unten in der Loge, der ist doch nicht tot, oder?«

»Ich glaube nein«, sagte sie. »Warum?«

»Ich wohne jetzt seit zwei Jahren hier, und er hat noch nie ein Wort mit mir geredet.«

»Mit mir hat geredet er vor zwanzig Jahren. Hatte Gasleck in Wohnung. Wozu er soll reden mit dir? Hast du auch Gasleck?«

»Weil er der Portier ist.«

Sie zuckte nur mit den Schultern und schaltete den Fernseher ein. Ich dankte ihr für den Wodka und ging wieder nach unten.

Und in meiner Wohnung stand der Baum. Der leuchtende Baum. Wer auch immer ihn aufgestellt hatte, musste Geschmack haben. Aber das war nun wirklich nicht der springende Punkt. Ich aß das Hühnchen, den Reis und die Cashewnüsse, die Aprikosen ließ ich liegen. Ich hätte die Lämpchen ausschalten können. Stattdessen saß ich davor und starrte sie an. Nach vier Gläsern von Mrs Noblovskys Hellseherwodka war mir der Baum beinahe ans Herz gewachsen. Ich konnte mir vorstellen, mir im nächsten Jahr vielleicht selbst so etwas zuzulegen.

Ich schlief auf der Couch ein.

»Das ist für dich, Mom. Ein Weihnachtsgeschenk.«

»Wir feiern Weihnachten nicht, Sam.«

»Warum nicht?«

»Das hat es bei uns noch nie gegeben, und das wird es auch in Zukunft nicht geben.«

»Ich hab's von meinem Taschengeld gekauft.«

Meine Mutter packte das Geschenk aus. Eine Butterdose aus Aluminium. In Form einer Muschel. »Ich glaube, das ist Silber«, sagte ich.

»Danke, Sam.«

»Freust du dich?«

Kaltes Tageslicht. Die Müllabfuhr hatte mich geweckt. Ich ging zum Fenster. Die Häuser in der Straße waren noch dunkel. Mehr Schnee über Nacht, wie ein Geheimnis, das wir hüteten. Der Müllwagen fuhr weiter, rasch füllten sich die Reifenspuren mit den weißen Federn der Schneegans im Himmel.

Schneegans? Hab ich sie noch alle?

Anziehen, rausgehen, Besorgungen machen. Es war Heiligabend.

Ich ging zu Russ and Daughters, kaufte Lachs, Frischkäse und Pastrami. Es wurden Plätzchen verschenkt. Ich nahm mir ein paar. Um die Ecke liegt das zugehörige Café. Eine Scheibe Toast mit Fischrogen und ein Cocktail wären genau das Richtige für neun Uhr an Heiligabend.

Ich hockte mich an die Theke und griff nach dem Platzdeckchen, das auch als Speisekarte fungierte.

»Hallo«, sagte Lucille.

Sie saß an einem Tisch und trank Kaffee. »Leistest du mir Gesellschaft?«

Warum nicht? Darauf kam es jetzt auch schon nicht mehr an. Nicht genug damit, dass ich, wo ich ging und stand, über diese Frau stolperte, ich wurde auch noch mit einem leuchtenden Weihnachtsbaum und einer Flasche Hellseherwodka beschert.

Verständnisvoll hörte sie sich an, wie ich ihr mein Leid klagte – bloß den Teil, der mit ihr zu tun hatte, ließ ich weg. »Sollen wir ein Eis essen?«

»Morgens um halb zehn?«

»Ist das verwerflicher als ein Martini um neun?«

Da war was dran. Wir aßen Eis; Ingwer für mich, Erdbeere für sie. »Feierst du morgen bei deinen Freunden«, fragte sie, »oder kommen sie zu dir?«

»Das haben wir noch nicht entschieden«, sagte ich leicht panisch. Natürlich hatte ich Freunde, aber nicht an Weihnachten. Doch auch das behielt ich lieber für mich.

Sie nickte. »Wollen wir zusammen einkaufen gehen? Geschenke auf den letzten Drücker?«

Ich schüttelte den Kopf. »Keine Geschenke! Die gehören bei mir nicht zur Tradition.«

»Hast du dem Weihnachtsmann nie einen Wunschzettel geschrieben?«

»Den gibt es doch gar nicht«, sagte ich.

»Hattest du nie einen Wunsch, der so groß war, dass du ihn dem Weihnachtsmann einfach schicken musstest?«

»Du willst mich wohl auf den Arm nehmen.«

Wollte sie nicht.

»Höchstens einen Schlitten. Einen aus echtem Holz mit einem Zugseil aus Leder und Stahlkufen.«

»Den könntest du dir doch immer noch zulegen.«

Ich winkte ab. »Das war eine andere Zeit.«

»Das ist ja gerade das Tolle an der Zeit«, sagte Lucille. »Sie ist nie vorbei. Was du damals nicht konntest, kannst du jetzt.«

»Zu spät.«

»Zu spät, um ein Wunderkind zu werden, das schon. Aber doch nicht, um dir einen Schlitten zu kaufen.«

Ich erwiderte ihr Lächeln. Dann stand ich auf und griff nach meinem Mantel. »Schöne Feiertage, Lucille. Wir sehen uns im neuen Jahr in der Firma.«

Sie nickte und vertiefte sich in die Speisekarte. Ich zögerte. Was bin ich doch für ein Trottel. Aber weil ich nun mal einer war, sagte ich nicht, was ich so gern gesagt hätte. Ich ging.

Dichterer Schnee und weniger Autos. Höchste Zeit, nach Hause zu kommen. Irgendwo hatte ich gelesen, dass in Manhattan mehr als die Hälfte aller Menschen allein leben.

Vor dem Laden an der Ecke röstete Farouk wieder Kastanien. Mit der Blechschaufel fischte er mir klappernd eine Portion aus den Kohlen. »Um vier Uhr machen wir zu. Wir feiern ein Fest. Kommst du auch?«

»Gern. Was soll ich mitbringen?«

»Gar nichts – du bist mein Gast.«

Da fiel mir ein, dass Lucille nun schon zweimal für mich mitbezahlt hatte. Für den Kakao und fürs Frühstück. Vorhin hatte ich doch glatt vergessen, mein eigenes Frühstück zu bezahlen. Ich muss sie anrufen. Ich kann sie nicht anrufen. Ich hab ihre Handynummer nicht.

Ich ging ins Haus.

Am Kabäuschen des toten Portiers hing eine große rote Schleife. Ich klopfte laut an die Scheibe, aber ich sah nur seinen

Hinterkopf und Angela Lansbury, die in »Mord ist ihr Hobby« durch die Gegend wetzte.

Ob die geheimnisvolle Christbaumfee schon auf mich lauerte, um mich zu töten? Verdient hätte ich es.

Beklommen und aufgeregt zugleich sperrte ich die drei Schlösser der Wohnungstür auf. Was würde ich dieses Mal vorfinden?

Die Antwort? Nichts. Enttäuschungen sind die Konstante in meinem Leben. Baum und Lichterkette waren da, doch es war nichts Neues dazugekommen.

Ich arbeitete ein paar Firmenmails ab. Sie kamen alle mit einer Abwesenheitsnotiz zurück. Die amerikanische Arbeitsmoral ließ schwer zu wünschen übrig. Es war gerade mal elf Uhr morgens.

Bis um zwölf hatte ich geduscht, mich rasiert und umgezogen, und mir fiel die Decke auf den Kopf. Ich könnte eine Runde spazieren gehen. Auf jeden Fall etwas für Farouk kaufen. Er stand auf Baseballkappen.

Im Fenster der Buchhandlung McNally's lag ein Hart Crane. Während ich davor stand, hörte ich mich sagen:

»Nie dachte ich
An das Sieden, das stete Sichglätten der Marschen
Bis die Zeit mich brachte ans Meer.«

Crane schrieb diese Zeilen mit sechsundzwanzig. Er starb mit zweiunddreißig. Mein Gesicht war nass vom Regen oder vom Schnee. Ich ging hinein und kaufte das Buch.

Der Hart Crane war nicht für Farouk bestimmt, der bekam die Baseballkappe mit Leopardenmuster.

Ich saß mit ihm auf der rostigen Feuertreppe hinter dem Haus. Drinnen war es mir zu warm geworden – sämtliche Afghanen in New York hatten sich auf der Party versammelt. Es wurde musiziert und viel gelacht. Farouk musste mitbekommen haben, wie ich mich auf die Feuertreppe verdrückte. Er kam mit einem Bier hinter mir her. Da holte ich die Kappe raus, die ich ihm gekauft hatte.

»Passt sie? Setz mal auf.«

Auf dem Absatz der Treppe stand ein kaputter Kühlschrank. Farouk benutzte die Scheibe der offenen Glastür als improvisierten Spiegel und sein Handy als Beleuchtung, als er sich den Schirm der Kappe bis über die nachtschwarzen Augen in die Stirn zog. »Ein Leopardenbasecap hab ich noch nie gesehen.«

»Wahrscheinlich ein Wintermodell.«

»Ich komm mir vor wie eine Bergkatze im Hindukusch. Warst du schon mal in Afghanistan?«

»Ich? Nein.«

»Das schönste Land der Welt. Hier, ich zeig dir ein paar Fotos. Auf dem Handy. Ziegen, Adler, der Markt, auf dem mein Vater arbeitet – in den Säcken da ist Reis. Er kann sie noch tragen, obwohl er schon siebzig ist. Ein starker Mann. Er glaubt, ich bin Taxifahrer. Er wollte selbst immer Taxifahrer werden.«

»Würdest du wieder nach Hause gehen, wenn du könntest?«

Farouk schüttelte den Kopf. »Was heißt nach Hause? Wo ist zu Hause? Die Heimat ist ein Traum. Ein Märchen. Dieses Afghanistan existiert nicht mehr. Nicht für mich. Die Heimat ist da, wo man sie sich schafft, mein Freund. Soll ich sie mal umgekehrt aufsetzen?«

Er drehte die Kappe um. »Deine Freundin – so nett, und wie sie lächelt. Wo steckt sie heute Abend?«

»Sie ist nicht meine Freundin.«

Farouk machte ein trauriges Gesicht. »Eine tolle Frau, du musst dir mehr Mühe geben.«

Es war später, sehr viel später, und ich war wieder zu Hause, starrte den Baum an und trank den Rest von Mrs Noblovskys Hellseherwodka. Ich konnte die Zukunft sehen: Alles bleibt, wie es ist. Und so was nennt sich Zukunft?

Ich riss die Fenster auf. Atmete ein paarmal tief durch. Auf der Party wurde immer noch Musik gemacht. Ich sollte ins Bett gehen. Eine Nacht in voller Montur auf dem Sofa war mehr als genug.

Aber vorher musste ich noch etwas erledigen.

Auf dem Kleiderschrank stand eine Schachtel mit einer Schachtel darin. Sie enthielt auch noch andere Sachen, aber ich wollte an die Schachtel in der Schachtel, aus Pappe und mit Küchengarn verschnürt.

Meine Mutter hatte sie mir zum Abschied mitgegeben, als ich zu Hause auszog, um zur Uni zu gehen. Ich lächelte, küsste sie und hob mir die Schachtel für die Zugfahrt auf.

Ich band sie auf, genau wie damals. Was hatte sie mir als Andenken mitgegeben?

In der Schachtel lag die Alu-Butterdose in Muschelform.

Sie konnte nie etwas annehmen. Sie konnte nie etwas geben.

Ich hätte sie aus dem Zugfenster schmeißen sollen. Stattdessen behielt ich sie bei mir, wie ein bereits geschlucktes Gift. Warum?

Meine Hände zitterten. Ich ging zum Fenster, holte weit aus und schleuderte das Ding mit ganzer Kraft hinaus, vorbei an den Klimaanlagenkästen und den Satellitenschüsseln, mitten hinein in die nächtlichen Sterne. Mitten hinein ins Nichts. Ich hörte sie nirgendwo aufprallen.

Dann schlief ich.

Der Morgen kam. Er kommt immer.

Noch in Boxershorts und T-Shirt schlurfte ich gähnend ins Wohnzimmer. Da war der Baum. Da waren die Lichter. Und unter dem Baum lag eine lange Kiste aus Pappe mit einer silbernen Schleife.

Ich ging wieder ins Schlafzimmer und wiederholte die ganze Nummer: gähnen, recken, strecken und vorsichtig wieder zurück. Das Geschenk – was sollte es sonst sein, wenn es unter dem Weihnachtsbaum lag? – war noch da.

Allmählich kam ich mir beim Betreten meines eigenen Wohnzimmers vor, als hätte ich ein wildes Tier im Haus. Was nun, wie weiter? Ich kochte mir einen Kaffee, checkte mein Handy; keine Nachrichten. Ich war nicht betrunken. Und ja, das Ding unter dem Baum war noch da.

Na schön. Tief durchatmen. Ruhig bleiben. Anziehen. Jeans. Hemd. Pulli. Das Paket in die Diele bringen, die Treppe runter und raus auf die Straße. Aufmachen. Was drin war, musste raus.

Ich nahm ein Küchenmesser mit, für die dicke Pappe. Die Kiste war schwer und unhandlich. Die Jalousie vor dem Fenster des toten Portiers war heruntergelassen. Oben. Unten. Gehopst wie gesprungen. Tot ist tot.

Okay, jetzt war ich draußen. Es war ein herrlicher Morgen. Bei den Minusgraden gestern Nacht hatte sich der Schnee in einen blütenweißen Teppich verwandelt, der bis zum Ende des Straßenzugs reichte. Die Sonne schien, doch auch der Mond stand noch am Himmel. Es war schneidend kalt. Mit meinem längst nicht so scharfen Messer schlitzte ich die Pappe auf, ich riss sie herunter.

Sachen machen nicht glücklich. Diese Sache schon.

Zum Vorschein kam ein auf Hochglanz polierter Holzschlitten mit rotem Lederzugseil und blauen Stahlkufen. Die vorderen waren sogar beweglich, sodass man steuern konnte. Ich vergaß alles um mich herum, setzte mich darauf und probierte die Lenkung aus. Fantastisch.

Erst als mir die blitzenden Radkappen eines Retro-Käfers die Sonne in die Augen warfen, merkte ich, dass ein Wagen neben mir angehalten hatte.

»Sollen wir in den Riverside Park fahren, damit du ihn testen kannst?«

Lucille mit Pudelmütze, das Verdeck offen.

»Hast du ihn mir geschenkt, Lucille?«

Wir ließen keine Schlittenbahn aus. Pilgrim Hill im Central Park, Hippo im Riverside, Owl's Head Park. Und ich rodelte in der Zeit zurück, oder die Zeit existierte nicht mehr, denn schließlich ist nur einmal im Jahr Weihnachten.

Erst als die Sonne unterging, hatten wir genug. Ich sagte: »Kommst du noch mit auf Lachs und Frischkäse? Es ist kein richtiges Weihnachtsessen, aber … Ich habe Schwarzbrot und einen interessanten Wodka … gehabt. Ich hab die Flasche gestern Abend leer gemacht.«

»Ich nehme dich mit zu mir«, sagte Lucille. »Ich wohne in einer WG und habe nicht viel Platz, aber die anderen sind über die Feiertage nach Hause gefahren. Es gibt auch was zu essen. Aber vorher fahren wir noch bei dir vorbei. Ich muss was abliefern.«

»Hast du nicht schon genug abgeliefert? Den Baum, die Lichter … die waren doch von dir, oder?«

Lucille nickte. Was für sanfte Augen. Ich liebe ihr Lächeln.

»Aber wie bist du reingekommen?«

Lucille wartete unten auf mich, während ich schnell in meine Wohnung sprang, trockene Sachen anzog und den Lachs einpackte. Ich zögerte kurz, dann steckte ich auch ein frisches T-Shirt, Boxershorts und meine elektrische Zahnbürste in die Tasche. Und noch etwas. Ich wusste, ich hatte es für Lucille gekauft.

»Danke«, sagte ich im Hinausgehen zu dem Baum.

Unten stand Lucille mit einem älteren Mann zusammen, der das gleiche strahlende Lächeln besaß wie sie. Irgendwie kam er mir bekannt vor. Als sie mich sah, sagte sie zu ihm: »Das ist Sam.«

»Sam? Den kenn ich«, sagte der mir nicht ganz Fremde. »Der will immer was von mir, deshalb beachte ich ihn gar nicht.«

Er drückte Lucille einen Kuss auf den Scheitel und wandte

sich zur Pförtnerloge. Am Hinterkopf erkannte ich ihn wieder. »Dann bis morgen, Spätzchen.« Hinter dem ganz und gar nicht toten Portier schloss sich die Tür.

»Das ist mein Großvater«, sagte Lucille.

Wir stiegen in den VW. Wir fuhren zu ihr, in ihre winzig kleine Wohnung. Wir aßen. Wir redeten. Fast hätte ich sie geküsst, doch ich schenkte ihr den Hart Crane, und sie küsste mich. Sie war ja auch die Herrin im Haus. Ich sagte: »Ich schulde dir noch was für den Kakao und das Frühstück.«

Sie sagte: »Dafür haben wir noch das ganze nächste Jahr Zeit.«

Mein Heiligabend-Räucherlachs mit Champagner

Wir schaffen uns unsere eigenen Traditionen.

An Heiligabend ist es frostig. Der Himmel ist klar. Die Sterne glänzen wie Glocken. Der Tag ist kurz, und das Feuer brennt im Kamin. Es herrschen Friede und Vorfreude.

So sieht ein Heiligabend in meiner Vorstellung aus, da kann er in Wirklichkeit sein, wie er will. Normalerweise regnet es, die Stadt erstickt im Dauerstau, entweder ist für das Weihnachtsessen nichts vorbereitet, oder die Geschenke müssen noch eingepackt werden, und das alte Tantchen bekommt mal wieder Badesalz.

Seit einigen Jahren weiß ich genau, wie der ideale Einstieg in die Weihnachtsfeiertage bei mir auszusehen hat.

Schon immer höre ich mir an Heiligabend mit großer Freude »A Festival of Nine Lessons and Carols« im Radio an. Der Gottesdienst beginnt um 15 Uhr und wird von der BBC seit Urzeiten – seit 1928 – aus der Kapelle des King's College in Cambridge live übertragen.

In nur neunzig Minuten werden neun Bibelstellen aus dem

Alten und dem Neuen Testament gelesen, die vom Kommen des Messias und von seiner Geburt handeln. Der Gottesdienst beginnt mit einem Knabensopran, der eine Kerze hereinträgt und »Once in Royal David's City« singt.

Heutzutage kann man sich das Ganze auch im Fernsehen anschauen. Fragt sich bloß, wozu?

Der Gottesdienst lebt ja gerade von der Schönheit der Musik, der Stimmen, der Lesungen und Gebete. Und nicht zuletzt von der Beständigkeit – das beherrscht die Religion ganz wunderbar.

Er vermittelt ein Gefühl der Zugehörigkeit, der Teilhabe an etwas, was wichtiger ist als shoppen und feiern. Eine spirituelle Erfahrung, ob man nun an Gott glaubt oder nicht.

Wo auch immer auf der Welt ich mich gerade befinde, ich höre mir den Gottesdienst an. In diesen anderthalb Stunden geistiger Entspannung und seelischer Sammlung muss alles andere warten. Ich lausche den Lesungen, die ich auswendig kenne, und singe die Lieder laut mit.

Wenn ich zu Hause bin, mache ich Feuer im Kamin und zünde die Kerzen an. Und sobald die Küche ordentlich geputzt ist, bereite ich Jahr für Jahr das gleiche Essen zu, das verlangt das Ritual. Mit ihrem feststehenden Ablauf dienen Rituale dazu, die Gedanken erst zu konzentrieren und dann zu sortieren. Sie sind der Grund dafür, dass zum Beispiel auch Juden, die ihren Glauben nicht praktizieren, am Freitagabend die Schabbatkerzen anzünden.

Rituale verändern die Zeit. Soll heißen, dass man sich für eine Weile aus der Hektik des Alltags davonstehlen kann.

Hier mein Heiligabendritual:

Backen Sie ein wirklich gutes dunkles Brot – Roggen oder Sauerteig. Natürlich können Sie auch eins kaufen, aber das Selberbacken gehört einfach zu den Freuden der Auszeit, die man sich gönnt.

Kaufen Sie die beste Butter, die Sie sich leisten können.

Und den besten Räucherlachs, den Sie sich leisten können.

Eine Zitrone.

Und Sie brauchen Rosé-Champagner. Für Heiligabend bevorzuge ich Veuve Clicquot oder Billecart-Salmon, sie sind vollmundig und spritzig, aber nicht schwer. Bollinger ist mir am Nachmittag ein bisschen zu stark.

Wenn Ihnen das alles zu teuer wird, ist es auch kein Beinbruch. Es gibt Alternativen, ich habe sie alle schon ausprobiert.

Beim besten Brot bleibt es, aber dazu kommt dann ein Töpfchen Taramasalata, am besten hausgemacht, oder ein paar Dosen hochwertige Ölsardinen.

In beiden Fällen können Sie wegen des Öls auf die Butter verzichten.

Oder Sie bereiten am Vortag eine Hühnerleberpastete zu. Kostet nicht viel und schmeckt.

Schneiden Sie das dunkle Brot in kleine Vierecke und legen beziehungsweise streichen Sie den Belag darauf. Bloß nicht knausern. Es ist schließlich Weihnachten!

Räucherlachs und Rosé-Champagner sehen zu dem braunschwarzen Brot fantastisch aus.

Laden Sie sich eine anständige Portion auf den Teller.

Wenn Sie keinen Champagner mögen, nehmen Sie einfach Ihren Lieblingswein.

Schnurzegal. Zur Not reicht auch eine Kanne Tee mit einer Scheibe Toast.

Oder eine leckere Tasse Kaffee mit einem Teller Schokoladenplätzchen – die Sie natürlich selbst gebacken haben.

Warum ich vorschlage, zu diesem kleinen Mahl etwas von eigener Hand Zubereitetes beizutragen: Zu jedem Ritual gehört die erwartungsvolle Spannung. Wir stimmen uns praktisch und psychisch darauf ein; mit ein Grund dafür, dass Rituale so guttun.

Es geht darum, sich sein eigenes Zeitfloß zu zimmern. Den eigenen Weg zu Weihnachten.

Man kann sich natürlich Verwandte und Bekannte dazu einladen oder die Häppchen beim Geschenkeeinpacken nebenher verspeisen, aber das wäre nicht halb so wirkungsvoll.

Bei einem Ritual geht es nicht ums Multitasking.

Ein Ritual ist aus der Zeit herausgelöste Zeit. Begeht man es richtig, entwickelt es eine große emotionale Kraft.

Wir sind zu hektisch, von zu vielem abgelenkt. Jeder weiß, dass die Zeit immer schneller läuft, wie ein Auto mit Rallyestreifen, und dass wir kaum mit ihr Schritt halten können. Und ausgerechnet Weihnachten ist die hektischste Zeit überhaupt. Natürlich ist es schön, Freunde und Verwandte zu besuchen, aber dann darf man sich bei all dem Gehetze doch sicher auch mal anderthalb Stündchen Zeit für sich nehmen.

Anfangs bedarf es einer bewussten Anstrengung – alles, was sich zu tun lohnt, beginnt mit einer bewussten Anstrengung. Aber nach einer Weile werden Sie an den Feiertagen auf dieses Ritual – oder auf Ihre eigene selbst gebastelte Version – vielleicht nie wieder verzichten wollen.

Die Mistelbraut

In diesem Teil Englands will es der Brauch, dass man an Heiligabend Verstecken spielt. Manche sagen, die Tradition stamme aus Italien, wo die Feiernden auslosen, wer der Teufel ist und wer der Papst. Wenn sich alle im Haus versteckt haben, stöbern Teufel und Papst die Sünder auf. Die einen werden verdammt, die anderen erlöst. Dann müssen sich alle mit einem Pfand beim Teufel und beim Papst auslösen. Für gewöhnlich mit einem Kuss.

Heute Abend verkündet mein Gemahl, dass wir Jäger und Hindin spielen wollen. Die Damen verstecken sich. Die Herren suchen sie.

Mein Gemahl zieht mich zärtlich auf seinen Schoß und küsst mich. Er hat mich erbeutet, aber noch nicht besessen. Die Zeit wird kommen.

Es ist meine Hochzeitsnacht. In diesem Landesteil ist es Brauch, an Heiligabend zu heiraten. Es ist eine heilige Zeit, von seltsamen Lichtern durchschienen. Noch ist der Christtag nicht angebrochen; noch ist es der Tag der unerwarteten Besuche und des Mummenschanzes.

Ich stamme nicht von hier. Ich komme aus einem wilden Land, doch ich bin von edler Geburt. Mein Bräutigam zählt vierunddreißig Jahre, doppelt so viele wie ich. Er sagt mir, ich sei ein Vögelein, mir fehlten allein die Flügel. Er meint es freundlich. Ich bin von zartem Körperbau, und wenn ich stürze, tue ich mir nichts. Meine Schritte hinterlassen keine Spuren. Mein Gemahl liebt meine Taille, schlank wie ein Seil. Er sagt, meine Hände und Füße seien so fein wie ein Spinnengewebe. Er nennt mich sein Gespinst. Als wir uns kennenlernten, löste er behutsam mein Haar und küsste mich.

»Ihr werdet mich lieben lernen«, sagte er.

Ich bin meines Vaters jüngste Tochter. Meine Mitgift ist klein, und ich hatte mich schon damit abgefunden, ins Kloster zu gehen. Doch mein Bräutigam ist reich, und es ist ihm gleichgültig, ob seine Gemahlin Juwelen ihr Eigen nennt. Ich bin sein Juwel. Er möchte, dass ich an seiner Seite glänze, statt stumpf und matt hinter Klostermauern zu verkümmern.

Hier ist es Brauch, dass der Bräutigam für das Hochzeitskleid sorgt: weiß, aber an einer von ihm selbst gewählten Stelle mit einem kleinen roten Fleck versehen, als Sinnbild für den Verlust der Jungfräulichkeit. Die Zofe war mir beim Anlegen des Kleides behilflich. Sie wünschte mir Glück und Gesundheit.

»Ist er ein guter Mann, mein Bräutigam?«, fragte ich, während sie mir das Mieder schnürte.

»Er ist ein Mann«, sagte sie. »Alles andere müsst Ihr selbst beurteilen.«

Als ich angekleidet war, betrachtete ich mich in dem silbernen Spiegel. Die Zofe hielt eine Phiole Blut in der Hand. »Für den Fleck«, sagte sie.

Sie tupfte mir das Blut aufs Herz.

Mein künftiger Gemahl und ich verließen mein Vaterhaus zu Pferd. Für eine Kutsche waren die Straßen zu unwegsam. Das Land lag unter einer weißen Decke, in Schnee gebettet. Mein Zaumzeug war reifgerändert.

»Reinheit«, sagte mein Gemahl. »Eine weiße Welt für Euren Hochzeitstag.«

Der Atem, der mir von den Lippen strömte, stand so klar in der Luft, dass ich mir einbildete, ihn lesen zu können. Es war, als spräche ich mit mir selbst in einer diesigen, dunstigen Sprache. Mein Atem bildete Wörter:

LIEBE. VORSICHT. MUT. LIST.

Mit diesem Spiel vertrieb ich mir den zapfenkalten, langen Ritt. Als wir durch den Forst von Bowland kamen, erhob sich mein Künftiger in den Steigbügeln und schnitt einen tief hängenden Mistelzweig von einer Eiche. Er wand ihn zu einem Krönchen, das er sich an den Sattelknauf hängte. Das sei für mich, sagte er, für die Hochzeit. Für seine Mistelbraut.

Ich blickte ihn aus den Augenwinkeln an; wie stark und selbstsicher er war. Ich bin schüchtern und sanftmütig. Mir gefiel seine Ruhe, seine Unbefangenheit.

»Sie ist scheu wie ein Hase«, sagte mein Vater. »Ängstlich wie ein aufgescheuchter Hase.« Mein Gemahl sagte, er werde mich schon vor die Flinte kriegen. Seine Männer lachten, mein Vater ebenfalls. Ich errötete. Aber er ist nicht hartherzig.

Nachdem wir losgeritten waren, hatte ich das Gefühl, als trabte mein kindliches Ich noch eine Zeit lang neben mir her. Doch an der ersten Wegkreuzung wendete es sein Pferd und winkte mir zum Abschied. Während all dieser Meilen hatte ich nur daran gedacht, was ich in der Heimat zurückließ. Einen Teil meiner selbst.

Ich verlor noch mehr auf diesem düsteren Weg. Das freie, heitere, sorglose Ich, etwa wenn ich ganz allein durchs Moor streife oder mich in dunkler Nacht bei Kerzenschein über ein Buch beuge – es konnte nicht mitkommen, sosehr es sich auch bemühte.

Je mehr mir mein Künftiger im freundlichen Plauderton über meine Pflichten als seine Ehefrau erzählte, desto aussichtsloser sah ich mich in einem Alltag gefangen, der nur darin bestand, Anweisungen zu geben und Gäste zu empfangen. Für die Gemahlin eines Burgherrn ziemte es sich nicht, einfach einen Umhang überzuwerfen und in den Regen hinauszulaufen.

Aber das gehörte wohl zum Erwachsenwerden und war gewiss nichts, wovor ich mich fürchten musste. Ein neues Ich würde mich schon erwarten.

Posaunen. Fahnen. Eilige Schritte. Fackeln.

Meine Holde, Euer neues Heim.

Ja. Da war sie. Die Burg. Alt und von einer Ringmauer umgeben. Von seinen Ahnen vor Jahrhunderten erbaut. Es ist, als würden wir mitten unter ihnen leben.

Und an der Zugbrücke stand es und wartete auf mich. Mein zukünftiges Ich – älter, ernster, dunkler. Es nickte mir zu, als ich über die heruntergelassene Brücke ritt. Ohne zu lächeln.

Posaunen. Fahnen. Geneigte Häupter. Fackeln. Musik.

Wir sind verheiratet.

Mein mir frisch angetrauter Ehemann hielt meine Hand und flüsterte mir zu, er werde mich überall finden, wo ich mich auch versteckte. Er könne mich wittern. Während ich auf seinem Schoß saß, barg er das Gesicht an meinen Hals. Er sagte, er sei mein zärtlicher Jäger, alle Räume der Burg stünden mir offen. Hier könne mir nichts Böses geschehen.

Während er sich an mich schmiegte, klopfte es laut an der Tür. Zu Weihnachten will es der Brauch, dass jeder Fremde, der unangekündigt zu Besuch kommt, feierlich und würdig empfangen wird.

Aber es ist mein Hochzeitstag.

Die großen Türflügel wurden entriegelt. Lauter Hufschlag hallte durch den steinernen Saal, als wäre er voll von unsichtbaren Pferden und unsichtbaren Reitern.

Auf einer großen schwarzen Stute kam eine verschleierte Dame hereingeritten, ganz in Grün. Sie zügelte das Pferd. Sie stieg nicht ab. Mein Gemahl ging zu ihr, bot ihr die Hand und hob sie aus dem Sattel. Mit einem Handkuss hieß er sie willkommen. Er führte sie zu mir. Ihr Gesicht konnte ich nicht sehen, aber ihre Lippen waren rot, ihr Haar schwarz.

Mit den Worten »Meine Gemahlin« stellte er mich ihr vor, aber mich muteten diese Worte, die in der Luft hingen wie mein

Atemwörterbuch, missverständlich an. Ein Fremder hätte nicht gewusst, welche von uns beiden gemeint war.

Die Dame neigte den Kopf.

Die Musikanten spielten auf. Er tanzte mit ihr, verschlang sie mit den Augen, während ich, ganz in Weiß, zusah und wartete. Bald trat er wieder zu mir und sagte mit einer Verbeugung: »Ein Brauch – der ungeladene Gast.«

»Dann kennt Ihr sie nicht?«, fragte ich.

»Ob ich sie kenne?« Er lächelte. »Es ist Heiligabend.«

Die Dame tanzte jetzt mit einem anderen. Der Saal strahlte, der Tanz war mitreißend, fröhlich. Ich trank Wein. Ich aß. Alle Gäste wollten mich ehren. Auch ich war fröhlich. Die Stunden vergingen.

Und dann …

Mein Gemahl zog seinen Dolch aus dem Gürtel und schlug mit dem Heft auf den Tisch. Die Musik brach ab.

»Die Jagd kann beginnen!«, sagte er, und alles lachte. Er zog eine weiße Maske hervor und reichte sie mir. Die Damen und Herren legten ebenfalls ihre Masken an. Mein Gemahl trug das Gesicht eines Leoparden, tief heruntergezogen wie ein Visier. Er fing an zu zählen.

Sogleich stoben die Damen kichernd und schnatternd davon, ich hinterdrein, die grauen Flure hinunter, so lang wie ein Traum.

Ich wusste nicht, wohin. Die großen, schweren Kerzen, die steif und stumm wie Dienstboten in den Fensternischen standen, warfen kaum Licht auf die steinernen Wände. Ich folgte einem Mädchen in meinem Alter, das jeden Winkel, jede Treppe zu kennen schien.

Während ich ihr nacheilte, fiel mir eine geöffnete Flügeltür auf, die in ein hohes Gemach führte. Sie lief weiter. Ich trat nach kurzem Zögern ein.

Das Bett zierten zwei ins Holz geschnitzte Schwäne. Die Kissen waren mit Blütenblättern von eigens für die Winterhochzeit im Warmbeet gezogenen Rosen bestreut.

Es brannten keine Kerzen. Allein das Licht des Kaminfeuers erhellte den Raum.

Ich verstand sofort, dass ich mich im Brautgemach befand. Hierher würde er mich bringen, wenn er mich gefunden hatte. Hier würde unser gemeinsames Leben beginnen.

Auf der goldfarbenen Decke lagen wie schlafende Ritter zwei weiße Nachtgewänder, das seine mit Leoparden, das meine mit Hindinnen bestickt.

Beim Anblick unserer friedlich schlummernden Abbilder musste ich lächeln, und ich fragte mich, wie viele Jahre uns wohl so, Seite an Seite liegend, beschieden sein würden. Auf dem Kopfkissen prangte das Mistelkrönchen, geheimnisvoll und giftig, weiß wie der Tod, grün wie die Hoffnung.

Schnell entschlossen nahm ich die Halskette ab, die mein Vater mir zum Abschied geschenkt hatte. Ich küsste sie und legte sie auf das Gewand meines Gemahls. Damit schenkte ich mich ihm. Er brauchte mich nicht zu erjagen.

Glückselig huschte ich wieder hinaus, leicht wie ein Schatten. Ich hatte mich tief ins Haus verirrt. Während ich mich noch ratlos umblickte, hörte ich ganz in der Nähe Schritte, die auf dem Steinboden hallten. Rasch jetzt, ein Versteck gesucht! Das musste er sein.

Am Ende des Ganges stand eine große alte Truhe unter dem Fenster. Der Deckel ließ sich kaum heben. Es war ein Kampf. Gedämpfte Stimmen, die rund um die Wendeltreppe heraufkamen. Mit letzter Kraft stemmte ich den Deckel hoch und sprang in die Truhe. Sie war leer und tiefer, als ich erwartet hatte. Ich konnte bequem im Sitzen warten.

Ja. Seine Stimme. Seine Schritte. Gleich würde er die Truhe öffnen und mich auf seinen Armen ins Brautgemach tragen. Ich musste mich beherrschen, um vor lauter Glück und Vorfreude nicht laut aufzulachen. Vielleicht hatte er das junge Mädchen angewiesen, mich hierherzuführen.

Doch da erklang eine Frauenstimme. Sie lachte und fragte: »Dort hinein?«

Er antwortete: »Nein, dort nicht.«

Sie fragte: »Wohin dann? Oder hast du es dir vielleicht anders überlegt?«

Nun lachte er. Dann herrschte Stille – falls man Küsse und Liebkosungen als Stille bezeichnen möchte. Ich hob den Deckel der Truhe so weit an, dass ich hinausspähen konnte.

An der Wand lehnte die Dame in Grün. Der ungeladene Gast. Zu Ehren des Weihnachtsfestes.

Ihr Kleid war bis zur Taille aufgeschnürt, und die Hände meines Gemahls lagen auf ihren Brüsten. Ihre Hände wanderten auf seinem Rücken nach unten, rissen ihm das Hemd aus der Hose. Er ließ kurz von ihr ab, um sich, ungeachtet der Kälte, Wams und Hemd auszuziehen. Ein schöner Mann. Kräftig. Schlank.

Unverwandt sah sie ihn an, während sie ihm den Hosenlatz aufknöpfte, aus dem ihr seine Männlichkeit entgegensprang, und dann kniete sie auch schon vor ihm.

Ich wusste, was als Nächstes kam, denn ich hatte es schon gesehen, bei Tag und in meinen Träumen. Zwischen Knechten und Dienstmägden. Und nun sah ich meinen eigenen Gemahl dabei. In mir mischten sich Verlangen, Erregung und Angst, und ich hatte den Fischgeschmack von Erbrochenem in der Kehle. Noch eine Sekunde, und ich hätte den Deckel aufgestoßen und die beiden zur Rede gestellt. Doch da zog mein Gemahl die Dame zu sich hoch, drehte sie um und drückte sie nach vorn, auf und über die Truhe. Mit einem Klicken rastete der Deckel ein, dann waren nur noch Röckerascheln und Liebesgestöhn zu hören.

Die Truhe hielt der Belastung stand. Ich hob die Hand, genau unter den Bauch der Dame, nur durch einen Zollbreit Holz von ihr getrennt. Ich tastete am Deckel entlang bis zu der Stelle, wo er in sie eingedrungen war. Ich atmete mit ihnen und wartete.

Das war meine Hochzeitsnacht.

Es dauerte nicht lange, bis sie sich wieder entfernten. Das Lachen und die leisen Stimmen verklangen. Ihre Schritte klapperten die dunkle Steintreppe hinunter.

Meine Hände zitterten, sie waren klamm, und ich hatte keine Kraft in ihnen. Deshalb kauerte ich mich auf alle viere und stemmte mich mit dem Rücken gegen den Deckel.

Er rührte sich nicht. Ich war gefangen.

Ich war schweißgebadet. Mein Herz schlug viel zu schnell. Die Luft ging zur Neige, ich konnte kaum noch atmen. Mühsam wälzte ich wieder auf den Rücken und attackierte den Deckel mit den Füßen.

Er gab nach, doch er sprang nicht auf. Mit dem leisen Klicken, das mir ans Ohr gedrungen war, als er die Dame auf die Truhe warf, hatte sich das seit Jahren nicht mehr benutzte rostige Schloss heillos in seinem Kasten verkeilt.

Ich rief. Er würde mich hören. Jemand würde kommen. Irgendjemand. Atmen. Lauschen. Atmen. Keine Luft. Kein Geräusch, nur Leere. Warum sollte er sich ohne seine Braut ins Brautgemach begeben?

Waren mir die Sinne geschwunden? Es schien mir, als säße ich am heimatlichen Flussufer und wartete auf den Sonnenaufgang. Hatte ich die ganze Nacht dort verbracht? Doch schon überfiel mich das Grauen: Mir wurde klar, dass ich nie wieder einen Sonnenaufgang sehen würde. Es war, als löste ich mich auf wie ein Nebelhauch.

LIEBE. VORSICHT. MUT. LIST.

Die Wörter füllten den immer kleiner werdenden Raum in der Truhe. In meiner Brust. Ein letzter Atemzug … ein letzter Atemzug …

Ich starb nicht.

Plötzlich lag ich neben der Truhe auf dem Boden, die Zofe beugte sich über mich.

»Ich hab gesehen, was Ihr gemacht habt«, sagte sie. »Und auch, was sie gemacht haben.«

»Ich werde ihn zur Rede stellen«, sagte ich.

Sie schüttelte den Kopf. »Die Dame ist seine Base. Er darf sie nicht heiraten, der Bischof hat's verboten. Er muss einen Erben zeugen. Wenn Ihr ihm einen geschenkt habt, schafft er Euch aus dem Weg und heiratet sie.«

»Er schafft mich aus dem Weg?«

»Er will Euch mit Mistelbeeren vergiften. Nächstes Weihnachten ist das Kind, das Ihr heute Nacht empfangen werdet, der Mutterbrust entwöhnt. Damit habt Ihr Euren Zweck erfüllt. Und dann holt sie ihn sich, bestimmt, genau wie vorhin.«

»Wer weiß davon?«, fragte ich.

»Wir alle«, sagte sie.

»Dann hilfst du mir bei der Flucht?«

Sie half mir, brachte mir Kleider aus seiner Kammer. Zu groß für mich, doch mein Körper war darin geschützt.

Ich riss mir das Brautkleid vom Leib, stopfte es in die Truhe, raffte einige Preziosen zusammen und schenkte dem Mädchen die wenigen Münzen, die ich von zu Hause mitgebracht hatte. Die Halskette ließ ich auf seinem Nachtgewand liegen. Zur Erinnerung.

Die Zofe führte mich über eine Treppe nach unten, bis zu einer Pforte in der Burgmauer.

Die dunkle Gestalt in dem Kapuzenumhang, die ich bei meiner Ankunft gesehen hatte, stand noch immer reglos wartend neben der Zugbrücke. Sie wandte sich mir zu. Ich starrte sie trotzig an und schüttelte den Kopf. Die Zukunft ist nur festgeschrieben, wenn wir nicht aufbegehren.

Ich schritt aus der hell erleuchteten Burg hinaus in das Dunkel der Weihnachtsnacht, wanderte durch die Nacht wie durch ein Land, das man durchqueren kann, und erreichte im Morgengrauen des Weihnachtstages nach vielen Meilen ein Kloster. Und ich läutete und läutete, so heftig und laut, als wollte ich eine neue Welt einläuten.

Die Nonnen kamen ans Tor gelaufen und ließen mich ein.

Weihnachten, sagten sie, geschehe stets ein Wunder, etwas Geheimnisvolles, das sich nicht erklären lasse.

Sie verlangten keine Erklärung, und ich gab ihnen keine.

Und so blieb ich im Konvent des Ersten Wunders. Ich bin die Brauerin. Es ist meine Aufgabe, Wasser in Wein zu verwandeln.

Zwei Jahre später, am kürzesten Tag des Jahres, dem Tag der Wintersonnenwende, wurde der Haushofmeister der Burg im Kloster vorstellig, um uns einige Fässer von meinem Met abzuhandeln. Der Burgherr wolle sich erneut vermählen.

»Er ist vom Unglück verfolgt«, sagte der Haushofmeister. »Erst an Neujahr hat er sich verehelicht. Sie waren so glücklich, und die junge Herrin hat ihm ein Kind geboren, einen Sohn. Doch dann ist sie in den Wassergraben gestürzt. Ihr Geist wandert noch immer. Oft kann man sie auf den kalten Zinnen umhergehen und auf den Graben hinunterblicken sehen, in dessen Eis sie eingebrochen und in dem sie versunken ist.«

Ich hörte zum ersten Mal, dass er sich eine neue Frau genommen hatte. Und noch dazu so bald nach mir. Ich schenkte dem Haushofmeister Glühwein nach.

»Ich dachte, Euer Herr hätte bereits eine Gemahlin«, sagte ich. »Nannte man sie nicht die Mistelbraut?«

»Ja«, sagte er. »Ja, das Glück ist ihm fürwahr nicht hold. Jene verschwand in der Hochzeitsnacht, an Weihnachten vor zwei Jahren. Niemand weiß, was aus ihr wurde.«

Er beugte sich vor und raunte verschwörerisch, dass man sich noch eine andere Geschichte erzähle. Das Hochzeitskleid der Braut sei in einer alten Truhe gefunden worden, ihr Leib vollständig vermodert. Als die Diener das Kleid heraushoben, seien von ihr keinerlei Überreste zu finden gewesen. Als wäre sie zu Staub zerfallen.

»Was für eine seltsame Geschichte«, sagte ich. »Ihr habt recht, Euer Herr hat wahrhaftig kein Glück in der Liebe. Wer soll seine neue Gemahlin sein? Ein junges Mädchen aus gutem Hause?«

Das Gesicht des Haushofmeisters lief rot an, allerdings nicht etwa wegen des heißen Dampfes, der aus seinem Glühwein aufstieg.

»Da der Burgherr nun einen Sohn und Erben hat, hat der Bischof ihm den Dispens erteilt, seine Base zu ehelichen …«

»Dunkles Haar, rote Lippen, grünes Kleid«, murmelte ich wie zu mir selbst. Er sah mich erstaunt an.

»Ja«, sagte er. »Man munkelt, sie wären bereits ein Liebespaar.«

»Klatsch und Tratsch«, gab ich zurück. »Ohne Zweifel.«

»Ohne Zweifel.«

Nachdem sein Fuhrwerk beladen war, gab ich ihm, bevor er aufbrach, für die Brautleute noch ein besonderes kleines Fässchen mit, als Brauttrunk. Ich wand einen Kranz aus Mistelzweigen darum, wie einen Ehering.

»Ein Geschenk des Klosters«, sagte ich.

Dass ich ein Elixier aus Misteln in den Trank gemischt hatte, behielt ich wohlweislich für mich. Man schmeckt es überhaupt nicht, und es bringt den Schlaf, aus dem es kein Erwachen gibt.

Susies Graved Lachs für Heiligabend

Wie mein Vater sein letztes Weihnachtsfest mit mir verbrachte, erzähle ich in dem Rezept für Dads Sherry Trifle. Das neue Jahr hat er nicht mehr erlebt.

Ich sagte sämtliche Januartermine ab, darunter auch ein Interview mit der Psychoanalytikerin Susie Orbach über ihr neuestes Buch *Bodies: Schlachtfelder der Schönheit*.

Ich las ihre Bücher schon seit Jahren. Besonders begeistert war ich von ihrem Klassiker, dem »Antidiätbuch«, und von »Intime Beziehungen, schwierige Gefühle«. Aber wir waren uns nie begegnet.

Im Nachhinein denke ich, es muss wohl Schicksal gewesen sein, dass wir uns in jenem trostlosen Januar 2009 nicht kennenlernten.

Ich war nach einer langen Krise gerade wieder auf die Beine gekommen. In *Warum glücklich statt einfach nur normal?* habe ich darüber geschrieben. Es ging mir besser, ich war nicht mehr psychisch krank. Ich hatte nicht mehr das Gefühl, man könnte durch mich hindurchgreifen – als wäre ich ein Geist in meinem eigenen Leben. So halbwegs war ich wieder gefestigt, aber immer noch nicht ganz tauglich für die Welt. Und dann starb Dad. Obwohl sein Tod keinen Rückfall auslöste, hatte ich doch erheblich daran zu knapsen.

Wie ich später erfuhr, hatte Susie gerade die schmerzhafte Scheidung von einem wunderbaren Mann hinter sich, der sich nach vierunddreißig Ehejahren als doch nicht ganz so wunderbar entpuppte. Er hatte inzwischen eine andere, und Susie tat das psychologisch einzig Richtige: Sie trauerte nach der Trennung zwei Jahre lang, ohne zu verbittern oder vor die Hunde zu gehen.

Als wir uns im April 2009 doch noch kennenlernten, befanden wir uns beide in einer Phase des Neuanfangs. Womit allerdings keine von uns beiden rechnete, war, dass wir miteinander von vorn anfangen würden.

Eine neue Liebe ist die Entdeckung einer neuen Welt. Die Welten, die wir ineinander entdeckten, lagen weit abseits der uns vertrauten Seelenlandschaften. Nicht zuletzt deshalb, weil Susie sich in ihrer Heterosexualität immer sehr wohlgefühlt hatte. Und ich kein großes Interesse daran hatte, schon wieder eine Heterofrau zu bekehren.

Zum Glück ist die Liebe flexibel. Der Sex war noch der kleinste unserer Unterschiede.

Ich bin von Natur aus eine Einzelgängerin. Ich wohne in einem Wald. Ich brauche unverplante Zeit zum Imaginieren und zum Schreiben. Ich komme prima damit klar, wochenlang mit keinem Menschen zu reden, und bin am glücklichsten bei der

Gartenarbeit. Ich schlafe gern. Mit Urlauben am Strand kann ich nichts anfangen. Und die Weihnachtszeit ist meine liebste Jahreszeit.

Susie ist gesellig, extrovertiert, rührig, hat ein Leben in New York (ihre Mutter stammte aus New York, ihre Tochter wohnt dort, und mit ihrem Mann, einem Amerikaner, hat sie selbst drei Jahre in der Stadt gelebt). Sie fliegt gern, sitzt gern in Miami im Liegestuhl, schläft nie und kann nicht gärtnern (davon gehen ihre Nägel kaputt). Sie ist ultraurban und Jüdin.

Wobei Letzteres für Weihnachten wichtig ist.

Zu unserem ersten gemeinsamen Weihnachtsfest kreuzte ich mit einem riesigen Kranz bei ihr auf, selbst geflochten aus Stechpalme und Efeu aus dem Wald hinter meinem Häuschen. »Für deine Haustür«, sagte ich.

»Spinnst du?«, sagte sie.

Im Laufe der Jahre haben wir uns dann auf ein Weihnachtsarrangement verständigt, auch wenn ich zugeben muss, dass Susie jedes Jahr für ein paar Tage mit Freunden nach Miami fliegt, während ich zu Hause vor dem Kaminfeuer liege und lese und bei ihr an Heiligabend eine große Party steigt.

Wenn Sie sich meinen Heiligabend ansehen, können Sie feststellen, dass ich ihn mit meinem ganz eigenen Ritual begehe. Mir ist es lieb und recht so – und feiern kann man später immer noch.

Es ist eine Herausforderung, jemanden zu lieben, der sowohl kulturell als auch vom Temperament her völlig anders ist als man selbst. Susie und ich mussten lernen, dass man eine Herausforderung nicht mit einem Streit verwechseln darf. Natürlich streiten wir auch, aber wir bemühen uns, dabei das, was uns ausmacht, außen vor zu lassen.

Sie kennen die Story? Man verliebt sich in einen Menschen, weil er so ist, wie er ist, um anschließend bis ans Lebensende an ihm herumzunörgeln, weil er so ist, wie er ist.

Jeder Mensch ist anders. Entweder wollen wir damit leben, oder wir wollen es nicht. Eine Beziehung ist kein Tauziehen, sondern eine geteilte Erfahrung.

Was mache ich also, wenn die Weihnachtsparty immer lauter wird und gar nicht mehr aufhören will? Ich drehe eine Runde um den Block und gehe ins Bett. Glücklich.

So, und jetzt probieren Sie diese Köstlichkeit aus Susies Küche.

Sie brauchen:

1,5 kg hochwertigen rohen Lachs, filetiert und entgrätet
1 große Tasse Meersalz oder koscheres Salz
1 Teelöffel Kristallzucker – oder weniger
1 kleines Glas Kartoffelwodka, den besten
Meerrettich

Außerdem benötigen Sie eine lange Servierplatte für den Fisch, jede Menge Alufolie und kleine Ziegelsteine oder andere Gewichte.

Susie sagt: Ich nenne das Rezept Graved Lachs, obwohl es gegen die Regeln verstößt – wenig Zucker und kein Dill. Auf Rote Bete verzichte ich ebenfalls. Mir gefällt zwar die Farbe, aber ich finde, die Rote Bete trägt nichts zum Geschmack bei. Außerdem zieht sie zu viel Wasser. Ich bin keine große Dillfreundin, dafür gebe ich manchmal etwas geriebenen Meerrettich zwischen die beiden Filets. Jedem nach seinem Geschmack.

Zubereitung

Die Lachsfilets mit Küchentüchern abtupfen. Eventuelle Gräten mit der Pinzette entfernen. Legen Sie die Alufolie auf die Servierplatte. Nicht abschneiden – Sie müssen den Fisch später in die Folie einwickeln.

Die Filets mit der Hautseite nach unten auf ein großes Brett oder auf die Arbeitsplatte legen und den Wodka darübergießen. Mischen Sie Salz und Zucker und verteilen Sie die Mischung mit den Händen GLEICHMÄSSIG auf den Filets.

Platzieren Sie ein Filet mit der Hautseite nach unten auf der mit Alu ausgeschlagenen Servierplatte, legen Sie das zweite Filet mit der Hautseite nach oben auf das erste – Lachsfleisch auf Lachsfleisch.

Wickeln Sie die Filets stramm in die Alufolie ein. Wickeln Sie noch eine weitere Lage Alufolie darum.

Beschweren Sie das Paket so mit den Gewichten, dass sich der Druck über die gesamte Länge auf dem Fisch verteilt.

Die Platte in den Kühlschrank stellen und zwölf Stunden lang nicht anrühren. Dann herausnehmen, die Flüssigkeit abgießen, das Fischpaket umdrehen und erneut beschweren. Es tritt ziemlich viel Flüssigkeit aus.

Diesen Vorgang insgesamt viermal wiederholen. Nach achtundvierzig Stunden ist der Lachs perfekt gebeizt.

Wenn der Fisch fertig ist, tupfen Sie ihn mit saugfähigen, nicht zu dünnen Küchentüchern trocken. Sie können dafür auch ein sauberes Geschirrtuch nehmen. Den Lachs mit einem sehr scharfen Messer schräg von oben nach unten und so dünn wie möglich aufschneiden. Geben Sie etwas frisch geriebenen Meerrettich darüber und garnieren Sie das Ganze mit Dillzweigen, wenn Sie möchten.

Wer Soße mag, rührt dazu noch eine selbst gemachte Wodkamayonnaise an.

Als Getränk reichen Sie eisgekühlten Kartoffelwodka aus dem Gefrierfach.

Und die Mayo …

Mayonnaise ist keine Hexerei. Amerikaner haben ihre Schwierigkeiten damit, weil sie die Eier im Kühlschrank aufbewahren. Damit eine Mayo gelingt, müssen die Eier Raumtemperatur haben. Das ist auch schon das ganze Geheimnis.

Trennen Sie drei Bio-Eier. Sie benötigen nur die Dotter.

Die Eidotter in einer warmen Schüssel verschlagen, bis die Masse dickflüssig wird, dann unter kräftigem Rühren tröpfchenweise ein erstklassiges, nicht zu fruchtiges Olivenöl untermischen. Außerdem kommen noch ein paar Spritzer Zitronensaft und eine gute Prise Salz hinein. Wenn die Mayo zum Graved Lachs gegessen werden soll, ein Schlückchen Wodka einrühren. Statt Wodka können Sie aber auch Dijon-Senf nehmen. Die meisten Leute geben noch Essig hinzu – bei der Graved-Lachs-Mayonnaise nehme ich keinen.

Wenn es Ihre erste selbstgemachte Mayo ist, schmecken Sie

so lange ab, bis Sie damit zufrieden sind. Es ist wie bei jedem ersten Mal – alles eine Frage der Übung.

Selbstgemachte Mayo mit selbstgemachten Pommes und einem Rib-eye-Steak ist ein Katerfrühstück, das sogar J.W. so hinkriegt, wie ich es mag. Probieren Sie es aus, wenn es auf Ihrer Silvesterparty Graved Lachs gab und Ihnen am nächsten Morgen der Kopf platzt.

O'Briens erstes Weihnachtsfest

Die Leuchtschrift war nicht zu übersehen. Noch furchterregender als die andere, die laufend die wachsende Staatsverschuldung anzeigte, verkündete sie: »NOCH 27 EINKAUFSTAGE BIS WEIHNACHTEN.«

Genauso gut hätte da stehen können: »NOCH 27 TAGE BIS ARMAGEDDON.« Der Wahnsinn war der Gleiche – die fieberhafte Hektik, möglichst viele Sachen einzukaufen, die man nicht brauchte und sich nicht leisten konnte. Unerwünschtes Zeug, das sich nur als Geschenk eignete. Geschenk – ein seltsames Wort, es bedeutet »eine Enttäuschung, die man in der Hand halten kann«.

Und Lebensmittel. Warum gibt es in dieser Jahreszeit nichts Wichtigeres, als sich einen Vorrat an Schokobrezeln anzulegen? Wer braucht Kartoffelpüree aus der Tüte? Oder Liköre, die aus billigem Whisky und pasteurisierter Milch zusammengepanscht sind? Oder hauchdünne Minztäfelchen?

Vor allem Letztere ließen O'Brien nicht los. Auf welches Wort kam es hier an? Hauch? Dünn? Minze? Waren die Dinger für Magersüchtige gedacht? Klapperdürre Minzmädelchen. Kam es nur auf die Füllung an? O'Brien hatte sämtliche gefüllten Schokoprodukte persönlich probiert. Und sämtliche Bodylotions. Was Farbe, Konsistenz und Duft anging, waren beide identisch. Irgendwo in einer namenlosen Stadt, in die sich nie ein Mensch verirrte und die mit keinem Navi zu finden war, stand eine Fabrik, die sich der ganzjährigen Herstellung von klebriger Pampe verschrieben hatte. In Bottichen und Kesseln kühl gelagert wurde sie dann in der Adventszeit für den großen Weihnachtsreibach auf den Markt geworfen.

Das Kaufhaus, in dem O'Brien arbeitete, brüstete sich damit, stets sämtliche Waren vorrätig zu haben. Ganz gleich, welche Mengen gekauft wurden, am nächsten Tag waren die Regale wie durch ein Wunder wieder voll. Zu viel war noch lange nicht genug.

O'Brien konnte Weihnachten nicht leiden. Wenn sie über die Feiertage nach Hause fuhr, musste sie sich in Cork von ihren unzähligen Tanten nach ihren Heiratsaussichten ausquetschen lassen. Ihr Vater fragte sie nach ihren Berufsaussichten. Ihre Mutter löcherte sie wegen ihrer Haare, die immer schon dünn und braun gewesen waren. O'Brien schnitt sie sich hinten am Rücken und vorn über der Stirn gerade ab. »Warum machst du nicht ein bisschen was aus dir?«, wollte ihre Mutter wissen. »Eine Schönheit wirst du sicher nicht mehr, aber musst du deswegen rumlaufen wie ein Esel unter Rennpferden?«

O'Briens Kleider waren braun. Ihre Haare waren braun. Und ihre Seele, fand sie, war ebenfalls braun. Sie hatte ein Buch gelesen, *Mein Stern geht auf*, war aber nie über den ersten Satz hinausgekommen: »Das Leben strahlt, und ich strahle mit.« Deprimierender ging's nicht.

Ihre Freundinnen hatten es alle weiter gebracht als sie. Was auch immer das hieß. Nur sie hatte keine Großtat vollbracht, die vom Radar der Welt erfasst wurde.

»Und womit verdienst du noch mal dein Geld?«

O'Brien hatte die Nase voll davon, eine Versagerin zu sein, dafür besaß sie einen viel zu kämpferischen Stolz. Sie war überzeugt, dass sie mehr war als ein Nichts – aber mehr als nichts blieb anscheinend nicht übrig, wenn man die Menschen aus dem Geschenkpapier ihres Lebens wickelte. Die Verpackung war toll, fragte sich bloß, was in der Schachtel steckte.

Darum fuhr sie nicht heim nach Cork, sondern blieb allein in London – allein bis auf ihre Vermieterin, die aus Prinzip nicht wegfuhr. Sie war Scientologin und wartete auf die Befreiung von ihren negativen Engrammen. Da war an eine Reise natürlich nicht so leicht zu denken.

»Und ich bin Ungarin«, sagte die Vermieterin, ohne sich jemals näher darüber auszulassen, was das eigentlich zur Sache tat. Es war einfach ihr Totschlagargument. Wenn ein Mieter sie um irgendetwas bat – einen neuen Teppich oder einen Tag Zahlungsaufschub für die Miete –, sagte sie weder Ja noch Nein, sondern zuckte nur mit den Schultern und schüttelte bedauernd den Kopf. »Ich bin Ungarin.«

Als Verkäuferin in der Haustierabteilung bekam O'Brien fünfunddreißig Prozent Mitarbeiterrabatt auf alles, was lebte. Da wäre es nur logisch gewesen, sich ein Haustier anzuschaffen, es hätte ihr Gesellschaft leisten können, aber ihre Vermieterin erlaubte es nicht. »An Haaren lagern sich streunende Moleküle an«, sagte sie. »Und was wäre haariger als ein Tier?«

Das wusste O'Brien auch nicht. Also schlug sie stattdessen ein Aquarium vor. Ihre Vermieterin zuckte mit den Schultern und schüttelte den Kopf. »Ich bin Ungarin«, sagte sie.

O'Brien musste Weihnachten wohl wieder solo feiern.

In der Mittagspause surfte sie im Internet auf Dating-Portalen. Kontaktanzeigen in Hülle und Fülle! Und in diesen Tagen sogar noch mehr, ein weihnachtliches Überangebot, wie von allen anderen Sachen auch. Wie konnte es sein, dass so viele normale, schlanke, intelligente, finanziell unabhängige, attraktive Männer und Frauen ohne erkennbare perverse Neigungen, aber mit Sinn für Humor die Feiertage allein verbringen mussten? Genau wie sie.

O'Brien hatte schon mal ihr Glück beim Online-Dating probiert. Der Computer suchte einen Klavierstimmer für sie aus, ein nervöses kleines Kerlchen. Sie hatte angekreuzt, dass sie gern Klavier spielte und nicht auf große, laute Männer stand. Also bekam sie den Schweiger mit der Stimmgabel. Beim Essen war er nicht sehr gesprächig gewesen – O'Brien hatte angekreuzt, dass sie gern auch mal einen ruhigen Abend zu Hause verbrachte, was aber längst nicht dasselbe war wie ein ruhiger Restaurantbesuch mit einem weitgehend stummen Begleiter.

Am Ende des Abends schlug er ihr eine Blitzheirat per Sondergenehmigung vor, ein Antrag, den O'Brien mit der Begründung ablehnte, eine stürmische Romanze ohne ausreichende Übung sei ihr zu anstrengend. Das sei dasselbe wie eine Stunde

Aerobic, obwohl man auf dem Hometrainer keine fünf Minuten schaffte. Warum er es denn mit dem Heiraten so eilig habe?

»Ich hab's mit dem Herzen«, sagte er.

Tatsächlich! Genau wie Aerobic.

Später hatte sie sich einem Fotoklub angeschlossen, weil sie annahm, in Zeiten der Digitalkamera davor gefeit zu sein, in der Dunkelkammer von haarigen Pranken begrapscht zu werden. Doch die Gruppe entpuppte sich als Transvestitentreffen. Sie konnte die Herren Damen gut leiden und bekam mehrere Handtaschen geschenkt, aber an ihrem Singledasein änderte sich nichts.

Die Tanten in Cork wussten Rat. »Du darfst eben nicht nach den Sternen greifen, Kind.«

Aber O'Brien liebte die Sterne schon seit ihrer Kindheit auf dem Land. Sobald sie ins Bett gebracht worden war, hatte sie sich Abend für Abend aus dem Fenster gelehnt und versucht, die Lichtpünktchen zu zählen.

Als junge Frau in der von gelben Straßenlaternen erhellten Großstadt blieb ihr meistens nichts anderes übrig, als sich die Sterne vorzustellen, so selten bekam sie sie zu Gesicht, die Sieben Schwestern in ihrer romantischen Einsamkeit und den Jäger Orion, mit dem Hundsstern zu seinen Füßen. Im Dezember, wenn die Sterne besonders hell leuchteten, ging sie manchmal rauf nach Hampstead Heath, um ins Dunkel zu spähen. Um in die Nacht zu blicken und sich selbst in einem anderen Leben und glücklich zu sehen.

Ihr Chef blieb bei ihr stehen. Er pfiff das Lied »Climb Every Mountain« vor sich hin. Pfeifen war sein Hobby. Weil überall auf der Welt gepfiffen wurde, hatte er unendlich viele Freunde, und seit es das Internet gab, konnten sie sich gegenseitig etwas vorpfeifen.

Er schenkte O'Brien einen Schokoweihnachtswichtel, begleitet von der Aufforderung, nicht so traurig aus der Wäsche zu gucken. Es sei schließlich Weihnachten!

»Finden Sie Ihren Traum!«, sagte er zu ihr.

»Wann ist diese Traumsucherei eigentlich eingerissen?«, fragte O'Brien. Er sah sie verständnislos an und zog mit seiner Tüte Schokowichtel weiter, um nach den Frettchen zu sehen.

Ob die Traumindustrie wohl mit Martin Luther King angefangen hatte? Aber der hatte ja tatsächlich einen Traum gehabt, einen, der es wert war, in die Welt hinausgetragen zu werden. O'Brien dachte über Träume als Botschaften nach – der schamanische Traum. Über Träume als Ausdruck unterdrückter Triebe – der freudsche Traum. Und an Joseph Campbell mit seinen Träumen als Symbolen des inneren Erlebens.

Träume waren so anstrengend. Ein Wunder, dass sich überhaupt noch jemand traute, nachts schlafen zu gehen.

Feierabend. O'Brien holte ihre Sachen aus dem Spind. Sie ging auf die Toilette und betrachtete sich im Spiegel. Braun, dachte sie. Mein Leben ist zu braun.

Weil sie mit diesem Gedanken nichts anfangen konnte, außer sich damit zu belasten, machte sie sich auf den Weg zum Lift, zunächst durch einen Sternenkorridor und dann unter einem großen Schild hindurch: FOLGE DEINEM STERN.

Früher hatten alle nach den Sternen navigiert, es gab keine

andere Methode. Machte es etwas aus, ob man auf einen Bildschirm statt zum Himmel sah? Änderte es etwas am Selbstempfinden?

»Was haben Sie gesagt?«

Sie stand vor der Werkstatt des Weihnachtsmanns. In einem Kaufhaus führte der Stern natürlich zu einer Verkaufsaktion.

Für den Weihnachtsmann war die Schicht ebenfalls zu Ende. Er nahm Bart und Mütze ab. Ein junger Mann, dunkelhaarig und glattrasiert. »Sie haben irgendwas von Bildschirmen und vom Himmel gesagt.«

»Ich habe mit mir selbst geredet«, sagte O'Brien. »Ich vergesse immer, dass in der Großstadt nur Verrückte Selbstgespräche führen.«

»Ich komme vom Land«, sagte der Weihnachtsmann.

»Und woher genau?«

»Vom Nordpol.«

»Na, dann passt es ja, dass ausgerechnet Sie den Weihnachtsmann spielen.« O'Brien wurde rot. Sie hatte mal wieder den Witz nicht erkannt. Schnell ging sie weiter. Sie hätte sich in den Bauch beißen können.

Als sie nach Hause kam, stand ihre Vermieterin vor der Tür und hängte einen Stechpalmenkranz auf.

»Der ist nicht für mich, ach was«, sagte die Wirtin. »Der ist für meine Mieter. Ich bin Ungarin.«

O'Brien ging hinein. In der Diele lagen selbst gebastelte Papierketten auf einem Haufen. Die Vermieterin kam ihr nach und verlangte Hilfe. Während sie minutenlang auf der quietschenden Aluleiter rauf- und runterkletterte, den Mund voller Heftzwecken wie die Zähne eines Vampirs, reichte O'Brien ihr die Enden der Ketten hinauf.

»Sie fahren Weihnachten nicht nach Hause?«, sagte die Wirtin. Es war eine Frage, klang aber wie ein Befehl.

»Nein. Ich habe mir vorgenommen, über mein Leben nachzudenken und es zu ändern. Mein Leben ist sinnlos. Wozu das Ganze?«

»Das Leben hat keinen Sinn«, sagte die Vermieterin. »Da hilft nur eins: Heiraten oder Volkshochschule.«

Da biss sich der Hund in den Schwanz. O'Brien hatte beides schon versucht.

»Ihre Vergangenheit ist Ihr Trauma«, sagte die Wirtin. »Wenn Sie Scientologin werden, können Sie Ihre Engramme löschen und zum Schluss sogar ein Thetan werden.«

»Sind Sie ein Thetan?«

»Ich bin Ungarin.« Lag es an Weihnachten, daran, dass O'Brien so traurig aussah, oder an ihrer ungarischen Seele? Jedenfalls fragte die Wirtin: »Wollen Sie eine Dose Sardinen fürs Abendessen? Nicht in Öl, sondern in Tomatensoße.«

Allein in ihrem Zimmer stellte O'Brien im Geist eine Liste der Dinge zusammen, die den Menschen einfielen, wenn sie an die Zukunft dachten: Heiraten und Kinderkriegen – damit lagen die Tanten in Cork richtig. Eine gute Stelle, Geld, noch mehr Geld, Reisen, Glücklichsein. An Weihnachten rückten diese Ziele auf einmal besonders scharf in den Fokus. Wer einige, viele oder alle erreicht hatte, durfte sich über die Feiertage zufrieden dem Schlemmen und Schmausen im Familienkreis hingeben. Wer dagegen einige, viele oder alle verfehlt hatte, litt umso mehr. Man fühlte sich als Außenseiter. Und was, wenn man sich keine Geschenke leisten konnte? Wie seltsam, dass sich bei einem Fest, mit dem die ärmlichste aller Geburten begangen wurde, alles nur noch um ostentativen Konsum drehte.

O'Brien hatte nicht viel Ahnung von Theologie, aber eins wusste sie genau: Irgendwo war irgendwas mächtig schiefgelaufen.

»Vielleicht bin ich einfach nicht normal«, seufzte sie.

»Jeder sollte versuchen, normal zu sein«, sagte ihre Wirtin, die plötzlich, ohne anzuklopfen, in der Tür stand. »Normalsein tut nicht weh. Hier sind die Sardinen.«

Tut nicht weh, dachte O'Brien. Aber tut es auch gut?

Sie lag die ganze Nacht wach, leise berieselt von Musik und Wortbeiträgen aus dem Radio. Da war die Geschichte von der Prinzessin, die auf einen Ball eingeladen wurde. Ihr Vater ließ ihr einhundert Ballkleider bringen, aus denen sie sich eines aussuchen sollte, aber keines passte, und der König weigerte sich, sie ändern zu lassen. Kein Kleid. Kein Ball. Da kletterte die Prinzessin einfach aus dem Fenster und lief heimlich trotzdem zum Ball. Und obwohl sie nur ein seidenes Unterkleid trug und ihr das Haar offen auf die Schultern fiel, war sie die Schönste von allen.

Anscheinend war O'Brien doch noch eingeschlafen, warum sonst wäre sie plötzlich mit dem Gefühl aufgewacht, nicht mehr allein im Zimmer zu sein? Und tatsächlich. Am Fußende des Betts saß eine elfenhafte kleine Frau in einem Organza-Tutu.

O'Brien geriet nicht in Panik. Die andere Untermieterin auf

ihrer Etage war in der Erotikbranche tätig. Vickys Freundinnen trugen alle exotische Outfits und kamen sie oft mitten in der Nacht besuchen, wenn sie Feierabend hatten.

»Vickys Zimmer ist neben der Treppe«, sagte sie.

»Ich bin die Weihnachtsfee. Du hast einen Wunsch frei.«

Alles klar, der späte Gast musste betrunken sein. O'Brien schwang die Beine aus dem Bett. »Komm, ich zeig's dir.«

»Die Adresse stimmt«, sagte die Fee. »Du bist O'Brien. Ich bin hier, um dir einen Wunsch zu erfüllen. Du kannst alles haben, Liebe, Abenteuer, was du willst. Bloß Geld gibt's nicht.«

O'Brien überlegte kurz. Wahrscheinlich wollte ihr jemand aus ihrem Bekanntenkreis einen Streich spielen. Allerdings hatte sie keinen Bekanntenkreis. Sie beschloss, kein Spielverderber zu sein. »Okay, was kannst du mir anbieten?«

Die Fee zückte ihr iPad. Eine Fee mit iPad? Wo gab es denn so was?

Die Fee erriet ihre Gedanken und sagte: »Elementarwesen brauchen Elektrizität. Ihr Menschen habt schon fast mit uns gleichgezogen. Bei uns laden sich die iPads von alleine wieder auf. Da kommt ihr auch noch hin.«

O'Brien sah auf den Bildschirm. Sie las die Überschrift: »Kompatible Männer.«

»Such dir ein Pixie aus«, sagte die Fee.

»Du meinst ein Pixel«, sagte O'Brien.

Die Fee verzog das Gesicht und wischte über den Bildschirm. »Hier sind die kompatiblen Frauen. Das ist für mich Jacke wie Hose.«

»Müsstest du mir das nicht vorsingen?«, fragte O'Brien.

»Wieso?«, fragte die Fee zurück. »Hast du es nicht so mit dem Sprechen?«

»Nein, aber wenn du doch so was wie ein singendes Telegramm oder eine singende Website bist …«

»Ich bin eine Fee«, sagte die Fee. »Deine Tante O'Connor hat mich aus Versehen gerufen – und dann wusste sie nicht, was sie mit mir anfangen sollte. Und weil ich nicht wieder verschwinden kann, ohne meinen Auftrag erledigt zu haben, hat sie mich zu dir weitergeschickt. Wären damit alle Unklarheiten beseitigt?«

Nicht im Geringsten. O'Brien sah auf den Wecker. 4.30 Uhr.

»Die Zeit wird knapp«, sagte die Fee. »Was ist dein Wunsch?«

»Na schön.« O'Brien wollte nur noch weiterschlafen. »Ich wünsche mir, blond zu sein.«

»Da hätte ich mir aber etwas Substanzielleres erwartet«, sagte die Fee. »Aber es ist schließlich dein Wunsch. Und weil Weihnachten ist, lege ich noch eine Haarwäsche, einen Neuschnitt und ein Umstyling oben drauf. Wenn du aufwachst, ist dein Wunsch in Erfüllung gegangen.«

»Wo gehst du jetzt hin?«, fragte O'Brien.

»Ich hab Feierabend – und ein Date mit einem Pixel.«

O'Brien schlief tief und fest. So tief und fest, dass sie ihren Wecker nicht hörte und gerade noch Zeit hatte, unter die Dusche und dann gleich in ihre Klamotten zu springen. Zum Glück brauchte sie sich übers Anziehen weiter keine Gedanken zu machen – Braun zu Braun passte immer.

Im Kaufhausfahrstuhl traf sie eine Kollegin aus der Dessousabteilung, die ebenfalls im Untergeschoss lag.

»Wow!«, sagte Lorraine. »Ich hab dich gar nicht erkannt! Deine Haare sind der Wahnsinn! Das muss ja ein Vermögen gekostet haben!«

Lorraine sprach immer mit Ausrufezeichen, weil sie BHs und Slips an die Frau bringen musste, in denen die Kundin »fantastisch!« aussah.

Auf dem Weg zum Spind lief O'Brien dann Kathleen aus der Abteilung für Heimtextilien über den Weg. »Steht dir wirklich gut. Bräuchtest bloß noch ein bisschen mehr Make-up.«

Mehr Make-up? O'Brien schminkte sich nicht. Für sie wäre schon der Kauf eines Lippenstifts eine ganze Menge mehr. Das müsste zu schaffen sein.

Sie verschwand in der Toilette und sah in den Spiegel.

Sie war blond. Blond wie eine Wikingerin. Maisblond mit honigblonden Strähnchen. Ihr Haar hatte Fülle und modischen Schwung. Vielleicht war es eine Perücke. Sie zog daran. Keine Perücke.

Manche Menschen wurden über Nacht weiß – aber blond? War das möglich? Und ausgerechnet im Winter? Maiskolben. Polenta. Sandkuchen. Zitronen. Sie hatte nichts Gelbes gegessen. Sie musste krank sein. Wahrscheinlich Gelbsucht. Das hätte gepasst. Aber sie fühlte sich nicht krank. Sie fühlte sich auf eine seltsame, unerklärliche Weise glücklich.

Als sie die Damentoilette verließ, kam gerade der Weihnachtsmann aus der Herrentoilette, rote Hose mit Hosenträgern, die pelzgesäumte Jacke über dem Arm.

»Könnten Sie mir wohl meinen Bauch umbinden?«

Scheu legte O'Brien ihm das dicke Polster um den schmächtigen Leib und schnallte es hinten zu. Sie spürte die Wärme, die von ihm ausging. »Sie müssen mal was Anständiges essen«, sagte sie.

»Ist das eine Einladung?«, fragte er. Zum Glück wandte er ihr den Rücken zu und sah nicht, dass sie rot wurde. Als sie fertig war, drehte er sich um und blickte auf sie hinunter. Er war mindestens einen Kopf größer als sie.

»Tolle Haare!«, sagte er. »Das haben Sie gestern Abend noch gemacht, richtig?«

»So ungefähr«, sagte O'Brien. Und dann fragte sie: »Glauben Sie an Feen?«, was sie sogleich bitter bereute.

»Aber klar! Schließlich bin ich der Weihnachtsmann!« Er hatte ein nettes, freundliches Lächeln und blaue Augen mit einem offenen Blick. »Wissen Sie was? Ich muss gleich für die Kinderheiligabendparty zwei Dutzend Wichtel aufblasen. Meine Weihnachtsmannwerkstatt ist aus Styropor, also sowieso schon nicht besonders gut für die Lunge, deshalb dachte ich mir, ich blase sie woanders auf. Sollen wir es zusammen machen? In der Haustierabteilung? Dafür spendiere ich Ihnen auch hinterher das Mittagessen.«

»Woher wissen Sie, dass ich in der Haustierabteilung arbeite?«, fragte O'Brien, aber der Weihnachtsmann, der Tony hieß, schmunzelte bloß.

In dem vegetarischen Café um die Ecke, wo jede Scheibe Linsenbraten mit einem Zweiglein Stechpalme dekoriert war, fragte Tony, ob O'Brien vielleicht Lust hätte, mit ihm in eine Show zu gehen. »Ich bin nämlich Schauspieler. Wenn auch ein momentan arbeitsloser, aber meine Kumpels haben einen Auftritt. Wir kommen umsonst rein.«

»Können wir bis nach Mitternacht bleiben?«

Tony sah sie verwundert an. »Natürlich. Hinterher gehen wir noch was trinken. Aber warum?«

»Ich traue meinen Haaren nicht, weil ich sie doch von einer Fee habe. Womöglich werden sie um Mitternacht wieder braun.«

Tony lachte. »Das gefällt mir: eine Frau, die sich selbst auf die Schippe nehmen kann. Du hast wirklich Sinn für Humor.«

O'Brien staunte. War das nicht das, wonach auf den Dating-Seiten alle suchten? Sinn für Humor?

Sie sahen sich die Show an; O'Brien mochte Tonys Freunde, und Tonys Freunde mochten sie, und um fünf Minuten vor Mitternacht standen sie an O'Briens Straßenecke, und dann schlug die Uhr zwölf.

»Meinst du, ich könnte dich küssen, bevor die Fee aufkreuzt?«, fragte Tony.

Am nächsten Tag hatte O'Brien frei. Also ging sie shoppen, wie alle anderen Menschen auch. Sie kaufte sich ein paar neue Klamotten – kein einziges Teil in Braun –, etwas Leckeres zu essen und zu Ehren von Weihnachten eine Lichterkette.

Dann bot ihr der Mann mit dem Stand an der Ecke einen runtergesetzten Christbaum an. Sie schulterte ihn und trug ihn nach Hause. In der Diele traf sie ihre Vermieterin.

»Sie wollen also den ganzen Teppich vollnadeln«, sagte die.

»Es ist Weihnachten«, sagte O'Brien. »Und danke für die Sardinen. Möchten Sie ein paar von meinen Mandarinen?«

Die Wirtin schüttelte den Kopf. »Und Ihre Haare sind auch anders.«

»Ja«, sagte O'Brien, »aber das ist ein Geheimnis.«

»Hoffentlich steckt kein Mann dahinter.«

»Nein, schon eher eine Frau.«

»Jedem das Seine«, sagte die Vermieterin. »Ich bin Ungarin.«

Und damit verschwand sie in ihrer Wohnung.

O'Brien, in rotem T-Shirt und rotem Rock, kochte Rote-Bete-Linguine, Tony brachte eine Flasche Rotwein mit. Er nahm sie in den Arm. »Dann sind dir die Haare also geblieben.«

»Sieht ganz so aus«, sagte O'Brien.

»Deine Fee … Hilft sie nur Iren, oder würde sie mir auch einen Wunsch erfüllen?«

»Was wünschst du dir denn?«

»Weihnachten mit dir zu feiern.«

»Um den Wunsch kümmere ich mich schon selbst«, sagte O'Brien.

Sie machten die Flasche auf und prosteten einander zu, tranken auf Weihnachtsmänner, Zwerge und Feen, Pixies und Pixel, wo auch immer sie waren.

O'Brien hängte die Lichterkette in ihr kleines Fenster, und draußen in der Nacht leuchteten die Sterne.

Dads Sherry Trifle

Mein Vater war Jahrgang 1919, ein Kind des Sieges, freudig begrüßt. Aber der Ernst des Lebens ließ nicht lange auf sich warten.

Er kam im Liverpooler Hafenviertel zur Welt. Mit zwölf verließ er die Schule und schuftete wie ein Mann – wenn es denn Arbeit gab. Es war die Zeit der Weltwirtschaftskrise, nicht nur in Großbritannien, sondern auch in den USA, und Liverpool war ein wichtiger Hafen. Ungefähr jeder dritte Mann im erwerbsfähigen Alter war arbeitslos.

Damals bekam jeder Tagelöhner einen Nullstundenvertrag. Man ging im Morgengrauen zum Hafen und hoffte, für einen Tag oder vielleicht sogar zwei eine bezahlte Arbeit zu ergattern.

In seiner Jugend besaß Dad nicht viel, nicht einmal Socken – weshalb er bis an sein Lebensende zu der seltenen Sorte Mann gehörte, die sich über Socken als Weihnachtsgeschenk tatsächlich FREUT. Einfache Wollsocken. Viel besser als Zeitungspapier in den Schuhen.

Weihnachten hielt noch eine weitere Freude bereit: ein Sherry Trifle.

Diesen Nachtisch verdankte er dem Konzern Del Monte und dessen Fruchtcocktail. Der Name der Konserve rührt daher, dass die gemischten Früchte in den ersten Jahren auch Alkohol enthielten.

Dad war Schauermann, er entlud die unterschiedlichsten Schiffsladungen (wie Eddie, der Hafenarbeiter aus Arthur Millers *Blick von der Brücke*). Die gefragteste Fracht von allen waren Lebensmittel und darunter am beliebtesten wiederum haltbare Esswaren, die man in einer geheimen Jackentasche unauffällig mitgehen lassen konnte. Sprich Konserven.

Und so bereitete seine Mutter für die Familie jedes Jahr zu Weihnachten ein Sherry Trifle zu. Obwohl die Lebensmittel, als Dad 1947 heiratete, rationiert waren, musste er auf sein Festtagstrifle trotzdem nicht verzichten. Vielleicht erklärt sich die Herkunft der Büchsen dadurch, dass meine Mutter damals im Konsum arbeitete.

Meine Eltern waren von Konserven regelrecht besessen. Mrs Winterson hütete noch in den 1960er Jahren ihre Kriegsvorräte wie einen Schatz, Berge von Sachen, mit denen sie uns, wären sie jemals geöffnet worden, todsicher vergiftet hätte. Doch zum Verzehr waren sie gar nicht gedacht. Sie dienten als Absicherung gegen die Kommunisten oder Armageddon, je nachdem, was uns früher blühte.

Natürlich aßen wir auch Konserven – aus der Dose war das Obst billiger als frisch –, und bis ich irgendwann einen Schülerjob bei einem Obst- und Gemüsestand auf dem Wochenmarkt ergatterte, war der Fruchtcocktail unser Sonntagsnachtisch – und er gehörte in jedes Sherry Trifle.

Für mich, die ich in den 1960er Jahren groß geworden bin, war Sherry Trifle gleichbedeutend mit Weihnachten. Und zubereitet wurde er von Dad.

Sie brauchen:
Altbackenen Kuchen
Mandelplätzchen – müssen nicht sein, schmecken aber
Wackelpudding – einen halben Liter, aus Pulver angerührt
Obst – eine große Dose Del-Monte-Fruchtcocktail
Vanillesoße – eine Dose Bird's Custard
Sahne – oder eine Dose Kondensmilch
Harveys Bristol Cream Sherry
Liebesperlen – die in den Fläschchen

Ein Wort zum altbackenen Kuchen: Profiköche verlangen, dass man für das Trifle extra einen Biskuitboden backt. Dass Löffelbiskuits aus dem Supermarkt nicht jedermanns Sache sind, sehe ich ein. Aber beim Essen ging es schon immer viel um Resteverwertung. Trockener Kuchen ist für ein Trifle geradezu ideal, weil ein frisch gebackener Feuchtigkeit enthält und sofort durchweicht, wenn man ihn mit Sherry tränkt. Altbackener Kuchen saugt den Sherry auf und schmiegt sich passgenau in die Schüssel. Lassen Sie es sich gesagt sein.

Zubereitung
Holen Sie Ihre beste Kristallglasschüssel aus dem Küchenschrank, wo sie im obersten Fach vor sich hin staubt. Sonst kaufen Sie sich im Secondhandkaufhaus eine gebrauchte. Nur so

kommt das Trifle richtig zur Geltung. Die Schüssel gründlich abwaschen.

Legen Sie die Schüssel mit dem altbackenen Kuchen aus, schön dicke Scheiben und nicht nur auf dem Boden, sondern auch ein bisschen an den Seiten hoch, wie bei einem Brotpudding – noch so ein leckerer Nachtisch aus trockenen Resten.

Wenn Sie den Geschmack mögen, krümeln Sie ein paar Mandelplätzchen darüber. Sie können auch schicke Amarettini nehmen.

Träufeln Sie den Sherry darauf. Beugen Sie sich dabei nicht über die Schüssel, die Alkoholschwaden einer frisch geöffneten Flasche Harveys Bristol Cream können einem ganz schön zu Kopf steigen. Warten Sie fünf Minuten, bis der Kuchen den Sherry aufgesogen hat. Den Rest der Flasche nur im äußersten Notfall trinken.

Kippen Sie den Fruchtcocktail dazu. Eine oder zwei Dosen, je nach Geschmack.

Dann geben Sie den flüssigen Wackelpudding darauf und stellen die Schüssel zum Festwerden in den Kühlschrank. Wir brauchten dafür keinen Kühlschrank, weil es bei uns kalt genug war (siehe dazu: »Mrs Wintersons Mince Pies«).

Wenn der Pudding fest ist, können Sie eine dicke Schicht Vanillesoße darauf verteilen.

Zur Krönung des perfekten Sherry Trifle spritzen Sie die geschlagene Sahne in Tüpfelchen auf die Soße. (Natürlich können Sie die Sahne auch mit dem Löffel verteilen, aber im Kriegs- und Nachkriegsengland war die Spritztüte ein absolutes Muss). Man kann die Sahne durch zwei Dosen Kondensmilch ersetzen, was ich allerdings nicht empfehlen würde.

Mit Liebesperlen dekorieren – sie sehen aus wie bunte Kügelchen aus einem Kugellager.

Die Schüssel wieder in den Kühlschrank stellen und zur gewünschten Zeit servieren.

Der moderne Mensch gibt frische oder gefrorene Himbeeren hinein, kocht die Vanillesoße selbst, lässt den Wackelpudding meistens weg und bestreut das Ganze noch mit Mandelblättchen. Und fürwahr: ein Augenschmaus.

Aber stellen Sie sich vor, Sie sitzen irgendwann mit einem alten Kuchen, einer Dose Bird's Custard, einer Dose Fruchtcocktail, einem Tütchen Wackelpudding, einem Rest süßen Sherry und einem Töpfchen Sahne da – oder von mir aus auch mit einer Dose Kondensmilch, wenn Sie beispielsweise gerade campen sind. So was kann schon mal passieren.

Dann wissen Sie jetzt, was zu tun ist.

2008 starb mein Vater, nachdem er sein letztes Weihnachten auf Erden bei mir verbracht hatte.

Wenn Sie meine Memoiren *Warum glücklich statt einfach nur normal?* gelesen haben, brauche ich Ihnen über dieses letzte Weihnachten nicht mehr viel zu erzählen.

Dad war neunundachtzig und so schwach, dass er die Treppe zum Gästezimmer nicht mehr hochkam. Ich machte es ihm im Wohnzimmer vor dem Kamin auf Kissen bequem, überzeugt, dass er die Nacht von Heiligabend auf Weihnachten nicht überleben würde. Er aß nichts mehr, bis auf … ja, er wünschte sich ein Sherry Trifle, und zwar einen von der altmodischen Sorte.

Ich machte ihm einen, und wir sahen uns zusammen »Toy Story« im Fernsehen an.

Drei Tage später, wieder zu Hause oben im Norden, starb er.

Wenn ich an unsere letzte Begegnung zurückdenke, bin ich, ohne sentimental werden zu wollen, der festen Ansicht, dass wir uns nach Kräften bemühen sollten, uns mit unserer Vergangenheit auszusöhnen – ob nun mit den Eltern, den Partnern oder Freunden. Ein Wunder darf man nicht erwarten, nur einen Kompromiss, und es läuft auch nicht auf heile Familie oder neugeknüpfte Freundschaftsbande hinaus – oft genug ist der Schaden irreparabel, oft ist die Trauer zu groß. Doch es könnte Akzeptanz daraus erwachsen und – ein großes Wort – Vergebung.

Im Laufe der Jahre habe ich schmerzhaft erkennen müssen, was ich im Leben am meisten bereue: nicht die falschen Entscheidungen, sondern den Mangel an Einfühlungsvermögen.

Deshalb bin ich froh um das letzte Weihnachten mit meinem Dad. Es konnte zwar die Vergangenheit nicht umschreiben, aber wenigstens den Schluss unserer gemeinsamen Geschichte. Bei allem Schmerz und mitunter auch Schrecken endete sie nicht tragisch, sondern in Vergebung.

Das zweitbeste Bett

Gibt es Dinge, die man nicht erklären kann? Und wenn ja, wie erklären wir sie?

Meine beste Freundin Amy hat in diesem Sommer der City den Rücken gekehrt und ist in ein weitläufiges altes Haus ohne Heizung gezogen, drei Stunden von London entfernt.

Sie und ihr Mann Ross wollen Kinder. Ross ist zehn Jahre älter als Amy; als sie heirateten, hatte er eine eigene Wohnung und eine gut gehende IT-Firma, und er hat immer davon geträumt, seine Kinder auf dem Land großzuziehen – so wie er selbst aufgewachsen ist.

Amy ist Hebamme, und im dortigen Krankenhaus ist man froh, dass sie angeheuert hat. Ross kann überwiegend von zu Hause aus arbeiten, vorausgesetzt, er hat eine Satellitenverbindung, und während Amy das Haus aufgemöbelt hat, war er den Sommer über damit beschäftigt, den Mast für die Satellitenschüssel aufzustellen.

An Weihnachten waren sie dann bereit für Gäste und Feste, also packte ich meinen Wagen voll und fuhr los. Ich freute mich darauf wegzukommen. Meine letzte Beziehung ist nicht so gut gelaufen wie die von Amy. Ich weiß, sie hofft, dass sich etwas zwischen mir und Ross' jüngerem Bruder Tom ergibt. Ich habe Tom kennengelernt, und ich glaube, er ist schwul.

Ich kam als Letzte an. Orientierung ist nicht gerade meine größte Stärke, und mein Auto ist zu alt und zu billig für ein Navi. Schnell fahren konnte ich auf den kurvenreichen, eisglatten Straßen sowieso nicht, und dann musste ich auch noch an jeder Abzweigung abbremsen, um auf die ausgedruckte Karte auf dem Beifahrersitz zu schauen.

Als ich endlich da war, holte Amy gerade das Abendessen aus dem Backofen, deshalb brachte Ross mich nach oben, damit ich mein Gepäck abladen und mich frischmachen konnte.

»Wir haben dich hier einquartiert. Wir nennen es das zweitbeste Bett. Unser Schlafzimmer ist am anderen Ende vom Flur. Die Jungs habe ich einen Stock höher untergebracht, die kommen dir also nicht in die Quere.«

Das Zimmer war groß und quadratisch und hatte ein Erkerfenster mit Blick über den Garten. Es war warm und hell beleuchtet, mit einem flauschigen Teppich auf dem Parkett und einem Schreibtisch unter dem Fenster. Das Bett war ein Himmelbett.

»Das Bett gehörte zum Haus«, sagte Ross. »Steht angeblich schon seit 1840 hier. Aber keine Bange, die Matratze ist neu.«

Unten erscholl ein Gong. »Den haben wir auch übernommen«, sagte Ross. »Amy findet ihn toll.«

Er ließ mich allein, ich wusch mir das Gesicht, bürstete mein

Haar und zog ein dünneres Oberteil an. Es war fast zu warm hier. Was ich von einem Landhaus nicht erwartet hätte. Ich sah mich im Zimmer um und lächelte. Man meinte es gut mit mir. Allmählich löste sich die Anspannung vom Fahren.

Beim Abendessen umarmten mich Tom und Sean und wollten unbedingt wissen, was es bei mir Neues gab. Tom arbeitet beim Fernsehen, und Sean, Amys Bruder, studiert noch und will Arzt werden. In der Familie sind alle Mediziner. Nur Amy hat sich dagegen entschieden – nicht weil es ihr an Grips fehlt, sondern weil sie so viele unterschiedliche Interessen hat. Sie ist Töpferin und Köchin und möchte Mutter werden, und da sie es von beiden Eltern kennt, weiß sie, wie sehr einen der Arztberuf in Anspruch nimmt.

Ich habe Amy sehr gern. Sie fing gerade an, Biologie zu studieren, als ich meinen Bachelor in Geschichte machte. Wir haben uns auf Anhieb verstanden. Es ist schwer für mich, dass Amy aus der Stadt weggezogen ist. Es war schon schwer für mich, als sie Ross geheiratet hat. Aber alles ist bestens zwischen uns. Ross kann schwierig sein – er ist besitzergreifend –, aber überwiegend ist alles bestens.

In der Küche reckte sich Amy, um mich zu umarmen; ich bin einen Kopf größer als sie. Es war wunderbar, sie wiederzusehen. Sie ist wie ein Teil von mir.

Beim Essen – alle redeten durcheinander – machten wir Pläne für Weihnachten, welche Filme wir uns ansehen, welche Spiele wir spielen wollten. In ein, zwei Tagen sollten ein paar Leute aus dem Dorf kommen – man will ja seine Nachbarn kennenlernen.

Um elf war ich nur noch am Gähnen. Ich musste ins Bett. »Ich hab dir eine Wärmeflasche ins Bett gelegt«, sagte Amy.

»Genau wie in den alten Zeiten«, sagte ich. Bevor Amy zu Ross zog, hatten wir zusammengewohnt. Alle sagten mir Gute Nacht, als ich mich zurückzog. Nur Ross nicht.

Ich war schon halb eingeschlafen, als ich die anderen auf der Treppe hörte. Draußen war alles still. Keine Hauptstraße. Keine Menschen. Ich sank in tiefen Schlaf.

Wie spät war es, als ich wach wurde? Meine Uhr und das Handy hatte ich auf den Schreibtisch gelegt. Im Haus regte sich nichts.

Ich drehte mich vom Rücken auf die Seite.

Neben mir lag jemand.

Ich streckte die Hand aus. Ja. Da war jemand in meinem Bett.

Der Mensch lag reglos da. Wer immer es auch war, er trug einen dicken Flanellschlafanzug oder ein warmes Nachthemd. Und er war kalt. Ich hörte ihn atmen. Langsame, leise, unregelmäßige Atemzüge.

Der Lichtschalter war an der Wand. Leicht zu finden, als ich ins Bett geschlüpft war und das Licht ausgemacht hatte. Doch als ich jetzt danach tastete, fand ich ihn nicht.

Mein Herz pochte wie wild, aber ich geriet nicht in Panik. Wer immer es war, er schlief.

Vorsichtig stieg ich aus dem Bett. Sofort fing ich an zu zittern. Es war so kalt im Zimmer. Ich trat ans Fenster, zog die Vorhänge auf und schaute über den Garten. Zum ersten Mal sah ich Ross' Mast, umgeben von Erdhaufen. Der Halbmond spendete etwas Licht.

Ohne es zu wollen, drehte ich mich zum Bett um. Ja, da lag eine Gestalt, auf dem Rücken, wie mir schien, obwohl die Bettdecke hochgezogen und der Kopf im Dunkeln war. Die Gestalt war lang und schmal. Keine Frau.

War es Sean? Oder Tom? War einer der Jungs länger aufgeblieben und betrunken ins falsche Zimmer gestolpert?

Es war doch mein Zimmer, oder? Ja, da stand mein Gepäck. Also hatte ich nicht geschlafwandelt. Mein Besucher vielleicht?

Aber die fürchterliche Kälte im Zimmer trieb mich weg vom Fenster, hinüber zu dem Stuhl, über dem mein Morgenmantel hing, und im nächsten Moment war ich zur Tür hinaus und lief die Treppe hinab.

Im Haus war es still. Nichts war zu hören bis auf ein leises Schnarchen. Ich ging in die Küche und machte Licht. Normal. Alles normal. Der Kühlschrank brummte. Die Spülmaschine war durchgelaufen und blinkte. Der Tisch war abgeräumt. Auf der großen tickenden Uhr an der Wand war es vier.

Ich öffnete den Kühlschrank, machte mir Milch heiß. Aß Schokokekse. Was man in einer Winternacht macht, wenn man nicht schlafen kann oder Angst hat.

Dann kuschelte ich mich unter einem fremden Mantel auf dem ramponierten Sofa zusammen und schlief ein.

Und das träumte ich.

Ich bin in einer altmodischen Apotheke. In den Regalen stehen reihenweise Gläser mit Kräutern, Pulvern, Granulaten, Flüssigkeiten. Neben einer Messingwaage sind Gewichte wie Spielmarken gestapelt. Ein alter Mann wiegt etwas ab. Er schüttet es in ein Papiertütchen, zwirbelt die Enden zusammen und reicht es der Frau, die vor ihm steht. Sie ist jung und gut gekleidet, trägt eine Haube und macht ein ängstliches Gesicht.

»Sonst nichts?«

»Mehr können Sie sich nicht leisten.«

»Barmherziger Gott!«

Der Alte sieht sie lüstern an. »Außer Sie zahlen in Naturalien.«

Die junge Frau erschaudert, nimmt das Päckchen und verlässt die Apotheke.

Ich wurde von Amy geweckt, die mich sanft an der Schulter rüttelte und mit einer Tasse Kaffee neben mir stand.

»Sally? Was ist passiert?«

Steif und benommen setzte ich mich auf. »In der Nacht hat sich jemand zu mir ins Bett gelegt.«

Amy hockte sich auf die Sofakante. »Was?«

»Er hatte einen Flanellschlafanzug an und hat noch nicht mal Hallo gesagt. Aber es war unheimlich. Einer von den Jungs muss sich wohl im Zimmer geirrt haben. Haben sie noch bis spät in die Nacht gebechert?«

»Komm, wir sehen mal nach«, sagte Amy.

Zusammen gingen wir nach oben. Irgendwo ließ sich jemand ein Bad einlaufen.

Ich öffnete die Tür zu meinem Zimmer.

»Mein Gott, ist das kalt hier!«, sagte Amy. »Ross muss sich mal den Heizkörper ansehen. Wir haben einen neuen Boiler einbauen lassen.«

Wir sahen uns das Bett an. Es war leer.

Auf meiner Seite hatte offensichtlich jemand geschlafen, die Bettdecke war zurückgeschlagen, wie ich in der Nacht aufgestanden war. Die Vorhänge waren noch halb aufgezogen. Meine Sachen waren da. Die andere Bettseite war unberührt. Die Decke ordentlich glatt gezogen. Das Kopfkissen prall.

Amy ging einmal um das Bett herum.

»Ich sag's nicht gern, aber ich glaube, du hast geträumt. Von Tom?«

»Nein!«, sagte ich. »Wie peinlich.«

Wir lachten. Sie nahm mich in den Arm. »Na komm, du Schlafwandlerin. Ein Bacon-Sandwich?«

»Ich dusche nur schnell; in einer Viertelstunde bin ich unten.«

Ich ging ins Bad. Alles war, wie ich es zurückgelassen hatte. Keinerlei Spur von einem anderen Menschen.

Beim Frühstück erzählte Amy den anderen von meinem nächtlichen Abenteuer. Es gab viel Gelächter auf meine Kosten, aber das machte mir nichts aus. Ich war froh, dass es hell war und ich mit meinen Freunden zusammensaß. Wir hatten vor, eine Winterwanderung zu machen und Zweige zu schneiden, um damit das Haus zu schmücken.

Von der Landschaft hatte ich am Abend nur das mitbekommen, was meine Scheinwerfer erfassten. Jetzt, in der blendenden Wintersonne, konnte ich sehen, warum es den Leuten hier gefiel. Es war sauber, und die Luft roch nach Kiefern und Holzrauch. Der Wald fing nicht weit unterhalb des Hauses an. Amy gab uns Körbe und Schnur, wir sollten Stechpalmenzweige schneiden und was wir sonst so fanden.

Die Jungs blieben bei Amy; sie wollten auf die Bäume klettern und Misteln runterholen. Amy fing an, Efeuranken von uralten Bäumen abzulösen.

»Sammelst du ein paar Kiefernzapfen, Sally? Die liegen am Waldrand massenhaft rum.«

Ich ging bis zu den Bäumen und suchte den Waldboden ab.

Das Herumgestöber machte Spaß, und ich war ganz vertieft. Nicht weit weg hörte ich die anderen, aber ich konnte sie nicht sehen.

Schon bald geriet ich tiefer in den Wald hinein.

Wie schön es hier war. An den Ästen haftete noch der Raureif der vergangenen Nacht. Es war ein Winterwunderland, und ich kam mir vor wie auf einer Weihnachtskarte.

Ich war wohl völlig in Gedanken, denn urplötzlich stand es vor mir, zwischen den Bäumen, ein kleines Gebäude, wie eine gemauerte Hütte. Neugierig ging ich darauf zu, meine Schuhe hinterließen scharfe, klare Spuren im Schnee. Kein Problem, den Rückweg zu finden.

Es war eine winzige Kate, seit Langem verlassen, der Kamin zusammengestürzt zu einem Haufen Ziegel neben dem verrotteten

Fenster. Die Dachpfannen waren noch intakt, und es gab eine Tür, deren feuchtes Holz alterssilbern glänzte. Ich spähte durch das schmutzige Fenster ins Innere. In die eine Wand war ein gusseiserner Herd eingelassen, über dem an Haken noch zwei uralte Küchengeräte hingen.

Ich ging um das Häuschen herum. Noch ein Fenster, diesmal von einem Schlafzimmer. Das eiserne Bettgestell stand mitten im Raum, und an der Wand hing ein angeschimmeltes Bild von einer vor dem Kreuz knienden Gestalt. Die Inschrift lautete VERGIB UNS UNSERE SCHULD.

Mich fröstelte. Die Viktorianer liebten den Schatten, und dieses Häuschen war unter zwei riesigen Fichten erbaut worden. Wahrscheinlich bekam es nie viel Licht ab, nicht einmal im Sommer.

Genug. Es wurde Zeit, mich mit meinem Korb wieder zu den anderen zu gesellen.

Ich ging in meiner Spur zurück. Sie war deutlich zu sehen, doch der Weg war weiter, als ich gedacht hatte. Nun habe ich keinen Orientierungssinn. Trotzdem hatte ich das Gefühl, dass ich in die falsche Richtung ging.

Der strahlende Tag hatte sich eingetrübt. Die frische, scharfe Luft war weich geworden und feucht. Von den eisverkrusteten Ästen über mir tropfte es. Mir war kalt bis auf die Knochen.

Vor mir sah ich ein verrostetes Eisentor, der eine Flügel schwang in den Angeln hin und her wie ein kaputter Galgen.

Ich ging weiter. Durch das Tor. Der Boden war mit dornigem, blattlosem Brombeergestrüpp und verwelktem braunem Farnkraut überwachsen. Beiderseits des Pfads mit seinem zertrümmerten Pflaster reihten sich Eiben, längst von Birken und Ahornbäumen umwuchert, die niemand gepflanzt hatte.

Es war ein Friedhof.

Ich rannte wieder hinaus – wie war ich hierhergekommen? Im Laufen sah ich, dass auf dem Boden nur eine Fußspur war – und die führte zum Friedhof hin. Ich blieb stehen, um Luft zu schöpfen, und versuchte zu begreifen. Ich war meiner eigenen Spur gefolgt, hatte also eine zweite Reihe von Fußstapfen angelegt. Wo waren sie?

Wessen Spur war ich gefolgt?

Ich lief schnell weiter, sprang über umgestürzte Baumstämme, hoffte auf irgendein Geräusch, das mir weiterhalf. Endlich hörte ich ein Auto vorbeifahren. Das Motorengeräusch führte mich zu einem Zaun, der an die Straße grenzte. Erleichtert stieg ich hinüber und kam mir albern vor. Wovor fürchtete ich mich? Die anderen hätten mich sicher bald gefunden. Es war doch bloß ein verlassener Friedhof.

Dann dachte ich an die Fußstapfen.

Hinter einer Biegung stieß ich auf eine Steinbrücke und sagte laut: »Gott sei Dank.« Auf dieser Straße war ich hergekommen. Die Abzweigung zum Haus war weniger als eine Meile entfernt.

Beim Mittagessen, es gab Lasagne, versuchte ich den anderen zu erklären, was passiert war. Die Jungs fanden es lustig – ist das typisch Mann, das Unerklärliche ins Lächerliche zu ziehen?

Ross war verständnisvoller. Er hatte den Wald erkundet. Er kannte das verlassene Häuschen.

»Das hier war mal ein richtiges Landgut«, sagte er, »mit viel Grundbesitz und Dienstboten. Das Häuschen gehörte dem Gärtner. Aber dort wohnt seit den dreißiger Jahren niemand mehr. Damals wurde der Besitz aufgeteilt. Wegen der Erbschaftssteuer, vermute ich mal. Es gibt da weder Wasseranschluss noch Strom, damals musste man das Wasser aus dem Brunnen holen.«

»Es gehört nicht zu unserem Grundstück«, sagte Amy. »Der Wald unterliegt der staatlichen Forstverwaltung.«

»Da drin ist ein verlassener Friedhof«, sagte ich.

Sean stieß einen leisen Pfiff aus. »Den muss ich mir ansehen. Ich finde gespenstische alte Orte toll.«

»Ich fand ihn gar nicht toll«, sagte ich.

»Hast du dir die Grabsteine angesehen? Treusorgende Ehefrau und so?«

»Ich bin gerannt – wie gesagt, ich bin weggerannt.«

»Du hast dich wirklich erschreckt, was?«, sagte Amy. Sie legte mir die Arme um die Schultern. »Heute Nachmittag fahren wir ins Dorf – Proviant einkaufen für Weihnachten. Und wir bleiben alle schön zusammen.«

»Gibt's da einen Pub?«, wollte Tom wissen.

»Natürlich gibt's da einen Pub«, sagte Ross. »Was meinst du denn, warum wir hergezogen sind?«

Es ist alles so leicht mit ihnen, ihre Herzlichkeit, ihre Freude an ihrem neuen Zuhause und aneinander. Und ich will über Weihnachten hierbleiben. Da möchte ich mich nicht aufführen wie eine viktorianische Hysterikerin.

Doch während Tom den Tisch abräumt, ich die Spülmaschine belade, Sean und Ross Brennholz für den Abend hereinbringen und Amy das Auto aus der Garage holt, habe ich nur einen einzigen Gedanken: Ich habe mich nicht erschreckt. Irgendetwas oder irgendjemand hat mich erschreckt.

»Ich zeige dir das Dorf«, sagte Amy, als wir vor dem Pub hielten. »Es ist so richtig hübsch altmodisch, mit kleinen Lädchen. Es gibt einen Metzger, einen Bäcker …«

»Ein tapferes Schneiderlein …«, sagte Tom.

»Nein, aber schau dir die alte Apotheke hier an. Hast du so was schon mal gesehen? – Sally? Was ist?«

Mir war ein kleiner Schrei entfahren.

Ich starrte auf das geschwungene Bleiglasfenster mit dem eingravierten Schriftzug. Durch die Scheibe sah ich die hohen Regale mit den Apothekergläsern.

»Da steht eine große Messingwaage drin, stimmt's?«

»Ja«, sagte Amy verwundert.

»Verstehst du denn nicht? Mein Traum! Ich hab dir doch davon erzählt. Die Apotheke.«

»Du hast dir das Dorf vorher im Internet angesehen, nichts weiter«, sagte Ross. »Und den Traum hattest du, weil wir in einem großen, seltsamen Haus am Ende der Welt wohnen. Da kann einem der Verstand schon mal einen Streich spielen.«

»Ich habe das Dorf nicht gegoogelt, Ross.«

Ich ging hinein. Die Glocke bimmelte, und ich war darauf gefasst, den kleinen, lüstern schauenden Apotheker mit dem Backenbart zu sehen. Doch es war eine mollige Frau im weißen Kittel. Sie wog Hustenbonbons aus einem Glas ab.

Amy kam hinter mir herein. »Ich hab die anderen in den Pub geschickt«, sagte sie. »Wir kümmern uns um die Lebensmittel. Sally, was hast du?«

»Das bildet sie sich doch nur ein«, sagte Ross zu Amy, als wir ihn eine Stunde später abholten; die beiden standen an der Bar, während Sean und Tom kickerten. »Hoffentlich beruhigt sie sich wieder. Ich hab keine Lust auf Geister und Dämonen zu Weihnachten.«

»Dir wär's lieber, sie wäre gar nicht erst gekommen, stimmt's?«, fragte Amy.

»Sie ist deine Freundin. Du kannst einladen, wen du willst.«

»Ja, sie ist meine Freundin, und das könntest du langsam mal akzeptieren.«

»Ich gebe mir ja Mühe. Aber sie muss immer im Mittelpunkt stehen.«

Ich kam vom Klo. Ich sah, wie sie sich stritten. Ich wusste, dass es um mich ging. Ross hat das enge Verhältnis zwischen Amy und mir nie gefallen. Wir haben früher halbe Nächte lang in ihrem großen Bett gesessen und geredet oder am Wochenende im Morgenmantel rumgehangen und Filme angeschaut. Er wollte unbedingt, dass Amy zu ihm zog – und mit ihm zusammen war. Und nicht mit mir, das war einer der Gründe.

Ich bin ungerecht.

Als wir wieder zurück waren, ging Ross mit uns hinters Haus, um uns den Satellitenmast zu zeigen. Sie hatten ein riesiges Loch gegraben, um ihn im Boden zu verankern. Er war sieben Meter hoch und trug eine Zweimeterschüssel.

»Was ist das?«, fragte Tom. »Dein Phallussymbol?«

»Hier gibt es überhaupt kein Netz«, sagte Ross. »Ich krie-ge meine Verbindung über irgendeinen Sputnik am Himmel.«

»Vielleicht ließe sich sogar noch mehr daraus machen«, sagte Tom. »Mit dem Ding könntest du deinen eigenen Fernsehsender betreiben.«

Neben dem riesigen Erdhaufen befand sich eine Steintreppe, die ins Nirgendwo führte.

»Die haben wir freigelegt«, sagte Ross. »Da unten müssen mal Kellerräume gewesen sein. Vielleicht ein Eiskeller.«

»*Hilfe.*«

»Was? Wieso rufst du um Hilfe?«

»Tu ich doch gar nicht.«

Ross sah mich streng an. »Doch, Sally. Jetzt krieg dich mal langsam wieder ein mit deinen Sperenzchen.«

Er stapfte davon. Tom, der ein paar Schritte abseits stand, machte ein verlegenes Gesicht. »Achte gar nicht auf ihn. Der war schon immer ungenießbar.« Er legte den Arm um mich. »Heiße Schokolade?«

Der Rest des Tages und der Abend verliefen richtig harmonisch. Tom und Sean machten mit ihrer guten Laune Ross' Brummigkeit wett, und Amy hatte beschlossen, ihn zu ignorieren. Als ich ins Bett gehen wollte, bot sie mir an, mit hinaufzugehen, um nach dem Rechten zu sehen.

Wir öffneten die Tür. Im Bett lag mit klar erkennbaren Konturen eine Gestalt unter der Decke.

Amy prallte zurück. Ich war starr vor Schreck. Wer war diese reglose Gestalt? Oder was?

Amy nahm mich an der Hand, und wir gingen in die Küche hinunter – wo Tom und Sean sich kaum das Lachen verbeißen konnten.

Tom hob die Hände. »Okay, okay, wir haben ein Polster ins Bett gelegt. Tut mir leid.«

Amy warf ein Kissen nach ihm. Ross schaute auf. »Genug Aufmerksamkeit für heute, Sally?«

»Und letzte Nacht, wart ihr das auch?«, fragte ich Tom.

Er schüttelte den Kopf. »Nein, natürlich nicht.«

Ich legte mich ins Bett. Amy gab mir einen Gutenachtkuss und zog die Tür hinter sich zu. Das Zimmer war in Ordnung. Völlig in Ordnung. Und ich schlief ein.

Ich träumte, ich war in meinem Zimmer und stand am Fenster. Im Bett lag eine Gestalt, und die junge Frau, die ich in der Apotheke gesehen hatte, beugte sich mit einem kleinen Glas in der Hand zu ihr hinunter.

»Setz dich auf, Joshua; du musst das trinken.«

Der Mann versuchte, sich aufzurichten. Ich sah seinen abgemagerten Arm. Sein Gesicht war wächsern.

»Du musst zu Kräften kommen. Wir müssen weg von hier.«

Der Mann sagte nichts. Mit großer Mühe trank er die Medizin.

Ich wachte auf. Wandte mich panisch um. Es lag niemand im Bett. Mit klopfendem Herzen drehte ich mich wieder auf den Rücken. Was ging hier vor?

Am nächsten Tag schlug Sean mir vor, ihm den Friedhof zeigen. Ich hatte eigentlich keine Lust dazu, aber ich kam mir albern und hysterisch vor und dachte, es würde mir guttun – eine Spinne in die Hand nehmen, wenn man einen Horror vor Spinnen hat.

Wir gingen los, und nach etwa einer Stunde ziellosen Wanderns sahen wir das Tor. Seans robuste Normalität war beruhigend. Er ging geradewegs hinein, weiter, als ich es getan hatte, und wischte Moos und Raureif von den verwitterten Grabsteinen, um die Inschriften lesen zu können.

»Ich gehe gern auf Friedhöfe«, sagte er. »Das ist meine Art, mit dem Tod klarzukommen.«

Meine Kehle war wie zugeschnürt, und meine Lunge wehrte sich gegen die kalte Luft. Ich war benommen. Tief atmen. Tief atmen.

Sean war jetzt vor mir. Es war ein klarer Morgen. Hier gab es nichts außer meiner schauerlichen Fantasie. Und dann sah ich auf dem Boden Fußstapfen. Nicht von uns.

Die Spuren führten zu einem Mausoleum. Eine Art Familiengruft. Sie musste früher einmal recht ansehnlich gewesen sein.

Jetzt war sie verfallen, verwittert und mit Farnkraut überwuchert. Der Türsturz trug eine Inschrift: WILLIAMSON. MÖGEN SIE IN FRIEDEN RUHEN.

Darunter die übliche Liste von Namen – Augustus, liebender Gatte von …, Evangeline, treu ergebene Gattin, Arthur, im Feld geblieben. Und dann etwas, was mir auffiel: Joshua, 22 Jahre alt, verstorben 1851, Desgleichen Seine Schwester Ruth, 25 Jahre alt, verstorben 1852.

Sean kam herüber. Er war fasziniert. Seine Anwesenheit gab mir Mut, und ich wagte mich noch ein paar Schritte weiter bis zu einer Reihe kleiner Grabsteine, zweifellos Kindergräber. Ich bückte mich und sah eine auf der Seite liegende Steintafel. Jemand hatte etwas eingraviert – von Hand, mit einem Meißel, ungelenk: ER IST NICHT HIER.

Ich fuhr zurück. »Sean?«

Er trat zu mir und warf einen Blick darauf. »Das soll nur heißen, dass er bei Jesus ist oder im Himmel. Was hast du?«

»Da ist noch eine andere Fußspur im Schnee.«

Sean ging den Weg zurück, den wir gekommen waren. »Nein, Sally, nur deine und meine.«

Er hatte recht.

Halluzinationen und Gemütskrankheiten.

Was ist bloß mit mir los?

»Soll ich dir verraten, was mit Sally los ist?«, sagte Ross ärgerlich zu Amy, die vor ihm saß. »Sie wollte dich für sich haben.«

»Wir waren nie ein Liebespaar«, sagte Amy. »Und selbst wenn, was wäre schon dabei? Kommst du mit Intimität zwischen Frauen nicht klar?«

»Ein klassischer Fall«, sagte Ross. »Sie ist verklemmt, sie ist verbittert. Sie hat mich von Anfang an abgelehnt.«

»Sie mag dich«, sagte Amy schlicht. »Und dafür, dass sie größer ist als du, kann sie nichts.«

Ross knallte sein Glas auf den Tisch. »Sie will uns Weihnachten kaputtmachen, weil wir ihr Leben ruiniert haben.«

»Wir haben ihr Leben natürlich nicht ruiniert!«

Sie hatten mich nicht gesehen, als ich zur Küchentür hereingekommen war. Sie hatten nicht gemerkt, dass ich ihr Gespräch mithörte.

Meine Wangen glühten vor Scham und Zorn. Ich sollte heimfahren. Weihnachten in meiner Wohnung mit einer Dosensuppe wäre immer noch besser als das hier.

Um nicht durch die Küche zu müssen, ging ich ums Haus zur Hintertür. Dort waren Ross' Mast und die Piranesi-Alptraum-Treppe, die ins Nichts führte.

Ich stellte mich auf die oberste Stufe und schaute hinab, noch immer wie betäubt von dem, was ich gerade gehört hatte. Hatte Ross recht? War ich eifersüchtig auf die beiden? Ich freue mich, dass sie glücklich ist. Das glaube ich, wirklich. Aber tief drinnen? Wollte ich Amy tatsächlich für mich haben? Kenne ich mich denn gar nicht mehr?

Hilfe.

Ich drehte mich um. Niemand da. Wer hatte das gesagt? Eine Frauenstimme. Ich hatte sie schon einmal gehört. Vor meinem inneren Auge sah ich die Fußstapfen – erst die von der Hütte zum Friedhof, dann die Fußspuren im Friedhof, die mich zu der Williamson-Gruft geführt hatten.

Hilfe.

Es waren die Fußspuren einer Frau gewesen. Deshalb hatte ich sie für meine eigenen gehalten.

Ich stieg die Treppe ins Nichts hinunter. Aber sie führte doch wohin. Ich hatte das schreckliche Gefühl, dass hinter dem zugemauerten Eingang, hinter dem Ross einen Eiskeller oder einen anderen, nicht mehr benutzten Kellerraum vermutete, ein furchtbares Geheimnis lag. Ein lange verborgenes Geheimnis, das bis in alle Ewigkeit verborgen geblieben wäre, wenn Ross nicht an dieser Stelle seinen Mast errichtet hätte.

Und ich konnte mir vorstellen, was sie sagen würden, wenn ich sie bat, den Eingang aufzubrechen.

Nein. Lass es gut sein. Fahr heim. Komm nie wieder.

Ich ging ins Haus. Am Fuß der Treppe traf ich auf Amy. Sie schien sich zu freuen, mich zu sehen. »Ich hab Mince Pies gebacken. Komm, trink eine Tasse Tee mit mir.«

»Ist Ross da?«

Sie runzelte die Stirn. »Jetzt fang du nicht auch noch an. Es ist Weihnachten, Herrschaftszeiten!«

»Ich wollte gerade packen gehen«, sagte ich. »Es ist besser, ich fahre wieder. Ich hab euch gehört … vorhin … ich stand an der Tür.«

Amy seufzte tief. »Es tut mir leid. Ich weiß, es liegt nicht an dir. Außer dass du, na ja, du benimmst dich wirklich ein bisschen komisch. Ich hab ihm gesagt, dass du nur müde bist und dass das hier ein großes altes Haus am Ende der Welt ist. Da kann man sich leicht alles Mögliche einbilden. Sogar Sean hat sich auf dem Friedhof gegruselt.«

»Ach ja?«

»Bitte lass mich über Weihnachten nicht mit drei idiotischen Mannsbildern allein, auch wenn ich sie, jeden auf seine Art, heiß und innig liebe.«

»Ich glaube wirklich, ich sollte besser fahren.«

»Bleib wenigstens noch eine Nacht. Wenn du unbedingt weg willst, dann lieber morgen früh. Im Dunkeln verfährst du dich bloß. Und heute Abend haben wir Gäste.«

Sie legte den Arm um mich. Ich nickte.

Ross hatte sich offenbar vorgenommen, sich zusammenzureißen, denn das Abendessen verlief ausgesprochen friedlich, und David und Rachel aus dem Dorf waren sympathisch und gut drauf. Als wir uns im Wohnzimmer an den Kamin setzten, fragte ich sie, ob sie sich mit der Geschichte des Hauses auskannten.

»Sie will wissen, ob es hier spukt!«, sagte Sean.

Alles lachte. »Da müssen wir Sie enttäuschen«, sagte Rachel. »Es gibt kein kopfloses Pferd und keinen schaurigen Mönch. Die Williamsons haben das Haus um 1800 gebaut und es etwa fünfzig Jahre lang bewohnt, dann ist das Geschlecht ausgestorben.«

»Joshua Williamson«, sagte ich.

»Sie hat sich die Grabsteine angesehen«, erklärte Sean.

»Ja, das stimmt«, sagte David. »Das Gut ging auf einen anderen Zweig der Familie über. Anfang der 1960er Jahre war nicht mehr viel Grundbesitz übrig; was ihr gekauft habt, das Haus mit dem großen Garten, hat seitdem mehrmals den Besitzer gewechselt. Ich kenne mich in unserer Heimatkunde aus, und mehr gibt es leider nicht zu erzählen.«

»Na siehst du, Sally«, sagte Amy und legte auf dem Sofa ihre Beine über meine. »Jetzt kannst du heute Nacht besser schlafen.«

Was ich auch tat. Bis etwa drei Uhr. Ich erwachte mit klappernden Zähnen. Mein Körper war taub vor Kälte. Ich rieb Daumen und Zeigefinger aneinander und spürte nichts. Ich musste raus aus dem Bett.

Mit letzter Kraft setzte ich mich auf und zwang meine Füße auf den Boden. Ich hatte kein Gefühl darin. Das Zimmer war eine Eishöhle. Eiszapfen hingen von der Decke, tödlich spitz, wie Speere. Der gefrorene Fußboden glänzte. Schnatternd und zitternd stakste ich auf steifen Beinen zum Fenster. Die Vorhänge waren starr wie gefrorene Wasserfälle. Ich sah nach draußen.

Unten neben dem Mast, auf der verlassenen Treppe, wurde eine Gestalt gewaltsam in eine im Dunkeln liegende Öffnung gezerrt. Ich wusste, dass es die hochgewachsene Gestalt des Mannes war, der neben mir im Bett gelegen hatte. Zwei Männer rangen mit ihm. Auf der obersten Stufe kniete in flehender Haltung die junge Frau aus meinem ersten Traum.

Sie sah herauf, zu meinem Fenster. Sie sah mich.

Hilfe.

Aber die Welt verdunkelt sich. Es ist zu spät.

Amy wurde wach, wusste nicht, warum. Ross schlief neben ihr. Im Haus war alles still. Sie blieb eine Weile liegen, den Blick zur Decke gerichtet. Sie fürchtete sich und wusste nicht, warum. Sie stand auf, nahm ihren Morgenrock und trat auf den Flur hinaus. Sie ging zu Sallys Zimmer und öffnete die Tür.

Die Kälte war wie eine Feuersbrunst.

SEAN! SEAN!

Sean und Tom trugen Sally hinunter an den Kamin. »Sie hat fast keinen Puls mehr … sie erfriert … wir müssen ihre Kerntemperatur erhöhen … Amy! Reib ihre Füße! Tom, die Hände! Ross, ruf einen Krankenwagen! Sally! Kannst du uns hören? Sally? Sally?«

Der Krankenwagen kam nach einer Stunde, und da war ich schon wieder bei Bewusstsein. Mein Puls hatte sich beschleunigt, ich hatte etwas Farbe. Amy flößte mir warmes Wasser ein. Tom drückte mich fest an sich, und seine lebendige Wärme holte mich aus dem Reich der Toten zurück – so kam es mir jedenfalls vor.

»Was ist da bloß passiert?«, fragte Amy. »Ich versteh das nicht.«

»Er ist nicht hier«, sagte ich.

»Der Friedhof«, sagte Sean.

»Wir müssen den Raum da unten an der Treppe aufbrechen«, sagte ich.

Am Morgen rückten Ross, Sean und Tom dem zugemauerten Türbogen mit Hammer und Meißel zu Leibe. Der Kalkmörtel und die weichen Lehmziegel waren alt und feucht und gaben leicht nach. Nach zwei Stunden war das Loch so groß, dass man durchsteigen konnte. Ross holte seinen Handscheinwerfer und ging hinein. Tom und Sean hinterher. Amy und ich kauerten aneinandergeschmiegt oben auf der Treppe.

»Das sind beides Frauen«, hörte ich Sean sagen.

Es war ein Eiskeller. Ein Eiskeller, der in ein Zimmer verwandelt worden war – wenn man eine Grabkammer als Zimmer bezeichnen kann.

Ein roh gezimmertes Bettgestell befand sich darin. Ein Tisch und ein Stuhl. Ein Kerzenhalter. Zwei nicht angebrannte Kerzen. Ein leerer Krug, ein Heft. Und zwei Leichen, die an der Luft zusehends zerfielen.

In dem Heft stand die ganze Geschichte.

Joshua Williamson war eine Frau. Sie war als Junge großgezogen worden, als Erbe des Williamson-Besitzes. Sie war für eine

Frau ungewöhnlich groß – vor allem für die Mitte des 19. Jahrhunderts –, und niemand außerhalb der engsten Familie hatte die geringste Ahnung, wie es sich wirklich verhielt. Ihr Vater hatte zum dritten Mal geheiratet – in der Absicht, den Erben zu zeugen, den er brauchte, damit das Gut nicht an seinen Vetter überging. Was mit Joshua geschehen wäre, wenn er mit diesem Plan Erfolg gehabt hätte, ist unklar. Doch Joshuas Schicksal vollendete sich schon vorher.

Joshua verliebte sich in die Tochter des Gärtners und erklärte seine Absicht, sie zu heiraten. »Ich habe als Mann gelebt; warum soll ich nicht auch als Mann lieben?«

Um die Eheschließung zu verhindern, begann sein Vater, ihn mit Quecksilber zu vergiften. Nicht um ihn zu töten, so scheint es, sondern um ihn zu schwächen, ihn krank zu machen und seinen Willen zu brechen. Doch die Quecksilberdosen erwiesen sich als tödlich, und in den letzten Phasen seines elenden Dahinsiechens hatte Joshua beschlossen, die Wahrheit über sich bekanntzumachen. Seine Schwester Ruth machte sich auf den Weg, um den Anwalt zu holen.

Sie wurde abgefangen und zurückgebracht.

Joshua, so verbreitete man, sei an der Schwindsucht verstorben. Damit sein Leichnam auf gar keinen Fall untersucht werden konnte, mauerte sein Vater ihn kurz vor seinem Tod in dem Eiskeller ein. Seine kleine Geliebte, die Gärtnerstochter, wurde ergriffen und mit ihm eingemauert. Dann wurde die Stätte mit Erde bedeckt und eingeebnet. Über hundertfünfzig Jahre lang war sie unberührt geblieben.

Nur zwei Menschen, die damals lebten, hatten die wahre Geschichte gekannt – Williamson selbst und Ruth. Ruth starb im Jahr darauf.

Tom fuhr mich in die Stadt zurück. »Ich kann mir nicht vorstellen, dass sie in dem Haus bleiben – du?«

Ich antwortete nicht. Wenn man nicht antwortet, spricht der andere weiter. »Ich hab mir gedacht, ich könnte eine Dokumentation darüber drehen, die ganze Geschichte recherchieren. Was meinst du?«

Ich antwortete nicht.

»Ohne Ross und seinen blöden Mast wär das alles nicht passiert.«

»Es lag an mir«, sagte ich.

»Aber es hätte doch jeder von uns in dem Zimmer schlafen können.«

»Es lag an mir.«

»Du kannst nichts dafür, Sally. Wie wär's, wollen wir am ersten Weihnachtstag zusammen zum Chinesen gehen?«

Tom tätschelte meine Hand. Ich hielt seine fest.

»Meine Großmutter war eine Williamson«, sagte ich.

Chinesische Teigtaschen von Shakespeare and Company

Weihnachten bedeutet Gemeinsamkeit, Zusammenarbeit, Feiern. Richtig verstanden kann Weihnachten ein Mittel gegen die Ich-zuerst-Mentalität sein, die vom Kapitalismus in Neoliberalismus umetikettiert wurde. Das Einkaufszentrum ist nicht unser wahres Zuhause, und es ist auch kein öffentlicher Raum, doch während Bibliotheken, Parks, Spielplätze, Museen und Sportanlagen zunehmend verschwinden, wird die Shoppingmall mit ihrer falschen Freundlichkeit für viele zum einzig noch verbliebenen öffentlichen Raum, abgesehen von den Straßen.

Ich glaube, wir alle können den Geist der Weihnacht neu beleben – weniger shoppen, mehr schenken, weniger Geld ausgeben, mehr Zeit für Freunde finden, einschließlich des Vergnügens, gemeinsam zu kochen und zu essen und das, was wir haben, mit anderen zu teilen.

Über dem Eingang von Shakespeare and Company steht: *Be Not Inhospitable To Strangers Lest They Be Angels in Disguise* (Sei nicht ungastlich zu Fremden, es könnten verkleidete Engel sein).

Die Pariser Buchhandlung Shakespeare and Company gibt es seit 1919. Gegründet von der legendären Sylvia Beach aus Pennsylvania, wurde sie zu einer zweiten Heimat für die vielen berühmten Amerikaner im Paris der Vorkriegszeit – Gertrude Stein, Hemingway, Ezra Pound, F. Scott Fitzgerald. Beach war die erste Verlegerin von James Joyces *Ulysses*.

Während des Zweiten Weltkriegs war der Laden geschlossen, eröffnete aber schließlich wieder unter seinem ursprünglichen Namen, gegenüber von Notre-Dame, unter der Leitung von George Whitman, eines ehemaligen GI, der die Bücher und Paris gleichermaßen liebte.

George schloss die Buchhandlung am Weihnachtstag nie; wie üblich war von Mittag bis Mitternacht geöffnet, und George bewirtete jeden, der etwas essen wollte – darunter Anaïs Nin, Henry Miller und etliche Beat-Poeten. Ginsberg las im Adamskostüm »Geheul«, und in einem Jahr war Gregory Corso vom Feiertagsmenü besonders angetan: Eiscreme, Doughnuts und Scotch.

Und sie kamen immer wieder. 1982 verbrachte Georges Tochter Sylvia ihr zweites Weihnachten auf dieser Welt mit Allen Ginsberg, Lawrence Ferlinghetti und Gregory Corso, und alle verspeisten zum Abendessen Brötchen und Käsesoufflé.

Für George waren Bücher eine Zuflucht des Geistes, seine Buchhandlung wurde zu einer Zuflucht für Körper und Seele und zu einer Bibliothek zum Schmökern für jeden, der Schutz vor Sonne oder Kälte suchte. Zu Georges Zeiten schliefen manchmal auch noch bis zu vierundzwanzig verarmte Schriftsteller und Leser in dem Laden.

George ist jetzt tot. Er erreichte das biblische Alter von achtundneunzig Jahren und starb in seiner winzigen Wohnung über der Buchhandlung. Heute führt seine Tochter Sylvia (die auf die Welt kam, als George achtundsechzig war) das ständig expandierende Bücherimperium, zusammen mit ihrem Partner David Delennet. Die Buchhandlung ist mittlerweile ein normaler Laden geworden (George lehnte Computer und Telefon ab, ja sogar eine Registrierkasse), doch der Geist ist derselbe geblieben. Das Geschäft hat am Weihnachtstag nicht mehr geöffnet, aber Sylvia und David kochen für Mitarbeiter und Hilfskräfte sowie für manch einen verlorenen Schriftsteller, der mit seinem Meisterwerk kämpft.

Sylvia schrieb mir:

Einmal gab es zu Weihnachten beim Metzger nur noch ein Spanferkel, das ich für fünfundzwanzig Leute zubereitete. Die Zähne sind ihm rausgefallen, und es sah zum Gruseln aus. Als ich es auftischte, gab es erst entsetzte Ausrufe und dann allgemeines Gekicher, denn jeder Zweite war Jude und aß überhaupt kein Schweinefleisch!!! Katastrophe.

Ein andermal machte Hong, die chinesische Haushälterin, die uns mit Vater half, an Weihnachten Teigtaschen – auf Englisch »dumplings«, doch sie sagte DUMPINGS, *denn sie war erst seit Kurzem im Lande und sprach kaum ein Wort Französisch oder Englisch. Der irische Autor Ulick O'Connor war da, und bevor er sich die erste Teigtasche zu Gemüte führte, fragte er, ob Zwiebeln drin seien. Hong schüttelte den Kopf. Er schob sich die Teigtasche in den Mund und sagte: »Gut, denn wenn Zwiebeln drin sind, sterbe ich.«*

Ich googelte eine Zwiebel und zeigte sie Hong; daraufhin nahm sie alles zurück und sagte: Doch, doch, da sind auf jeden Fall Zwiebeln drin. Ein Alptraum.

Aber Ulick blieb gesund und munter. Dad meinte, gegen chinesische Zwiebeln sei er wohl nicht allergisch.

Kurz nach Weihnachten 2007 fand ich mich nach einem schweren Verlust in der Buchhandlung ein – im Sommer hatte mich meine Partnerin Knall auf Fall verlassen; mir war es vorgekommen wie ein Tod. Die Trauer hatte etwas Tiefes, Furchterregenderes in mir nach oben gespült, aber ich wollte mir auf keinen Fall etwas anmerken lassen.

Ich versuchte, die Krise mit Schreiben zu bewältigen – tatsächlich ist die Geschichte »Der Löwe, das Einhorn und ich« in jenem Dezember entstanden. Ich schrieb sie in einer einzigen Nacht, weil ich vor Kummer nicht schlafen konnte. Ihr Held ist ein kümmerlicher kleiner Esel, der eine goldene Nase bekommt. Der Esel bin ich.

Sylvia und David ließen mich nach Herzenslust in der Buchhandlung stöbern, gaben mir ihren Hund Colette zur Gesellschaft, ein warmes Plätzchen neben der Heizung und so viel zu essen, wie ich wollte. Später, als es mir wegen einer schweren Bronchitis noch schlechter ging, kauften sie mir Schlafanzüge und pflegten mich.

Ich war zuvor schon viele Male im Shakespeare and Company gewesen. Und ich hatte George kennengelernt, der damals schon neunzig war.

Er war alles andere als begeistert, als er mich sah. Er warf mir sogar ein Buch an den Kopf.

George: »Was macht die in meiner Wohnung? Wer ist das?«

Sylvia: »Sie ist Schriftstellerin, Daddy. Jeanette Winterson.«

Georges Miene hellte sich auf, und er legte das Buch weg, das er als nächstes nach mir werfen wollte.

George: »Hast du ihr das Schriftstellerzimmer gezeigt? – Nein? Verdammt noch mal, muss ich denn alles alleine machen? Sie kann so lange bleiben, wie sie möchte. Komm mit, ich zeig dir das Schriftstellerzimmer. Liest du Henry Miller? Er …«

George liebte Schriftsteller. Alle Schriftsteller. Sein Zuhause war unser Zuhause.

Willkommen sein. Anerkannt werden. Versorgt werden. Gut schlafen. Sich geborgen fühlen. Lesen. Worte zu Papier bringen, die andere lesen werden.

Geistig-seelisch befand ich mich im freien Fall. Verrücktwerden ist gefährlich. Eine Reise, die man lieber nicht antreten sollte, wenn man es vermeiden kann. Eine Reise, die man manchmal einfach machen muss. Aber wie bei allen verzweifelten Reisen trifft man unterwegs auf Helfer.

Deshalb erhebe ich an Weihnachten ein Buch und ein Glas auf den Stern, der mich zu Shakespeare and Company geführt hat, auf die Zuflucht, die ich dort fand, und die kreative Freundlichkeit, die dort herrschte und für die Geld nie das Maß aller Dinge war.

Wenn Sie die ganze Geschichte von Shakespeare and Company, Vergangenheit, Gegenwart und Zukunft, lesen möchten: Vor Kurzem ist ein Buch darüber erschienen: *Shakespeare and Com-*

pany: A History of the Rag & Bone Shop of the Heart (ich habe das Vorwort geschrieben).

Hier nun das Rezept für Hongs »Dumpings«.

Sie brauchen:

450 g Mehl

450 g Schweinefleisch

450 g Chinakohl

1 Bund Frühlingszwiebeln

Frischen Ingwer – nicht zu viel

1 Esslöffel Weißwein

Salz und Pfeffer

Wasser

1 Ei, wenn Sie einen reichhaltigeren Teig möchten. Es geht auch ohne.

Zubereitung

Hong sagt: Einen Teig machen, wie man ihn eben macht. Mehl und Wasser verkneten. Weniger Wasser, wenn ein Ei reinkommt. Der Teig darf nicht zu weich und nicht zu fest sein. Wenn er zu weich ist, mehr Mehl. Zu fest und zu trocken, mehr Wasser. Je nach Menge dauert die Herstellung des Teigs per Hand ungefähr 15 Minuten.

Den Teig halbieren oder dritteln, die Teile dünn ausrollen, aber nicht zu dünn, sonst reißt er beim Füllen. Mit einer Tasse Kreise ausstechen, rund wie Vollmonde. Jeder Vollmond ergibt eine gefüllte Teigtasche.

Für die Füllung alle übrigen Zutaten klein schneiden, nicht größer als ein Fingernagel. Das ist wichtig. Anschließend alles in einer großen Schüssel vermengen. Abschmecken. Vielleicht mögen Sie mehr Zwiebeln oder mehr Ingwer, probieren Sie einfach.

Auf jeden Teigkreis etwa einen Teelöffel Füllung geben. Die Menge muss so bemessen sein, dass die Teigtaschen prall werden, aber nicht so dick, dass sie sich beim Kochen öffnen.

Falten Sie die Vollmonde zu Halbmonden, das ist einfach. Wenn Sie Spaß finden an der Herstellung, können Sie später immer noch mit verschiedenen Formen und kunstvolleren Faltungen experimentieren.

Meine Großmutter macht wunderschön geformte und gefaltete Teigtaschen, während sie fernsieht; ihre Hände wissen, was sie zu tun haben, und sie braucht kein einziges Mal hinzusehen.

Wenn alle Teigkreise gefüllt sind, falten Sie sie zu diesen einfachen Halbmonden und drücken die Ränder ringsherum zusammen; tauchen Sie die Finger vorher in eine Schale Wasser. Die Verbindung muss dicht sein. Es dürfen keine Lücken bleiben, sonst tritt die Füllung aus, und das Kochwasser wird zu einer trüben Brühe aus Schweinefleisch- und Kohlbröckchen.

Bringen Sie, während Sie die Teigtaschen falten, einen großen Topf Wasser zum Kochen, wie für Nudeln.

Legen Sie die Teigtaschen ein. Gut umrühren, damit sie nicht am Boden haften.

Schütten Sie jetzt eine große Tasse kaltes Wasser dazu – so viel, dass das Wasser im Topf aufhört zu kochen. Bringen Sie es anschließend wieder zum Sieden.

Diesen Schritt wiederholen.

Sie kochen die Teigtaschen dreimal auf.

Nach sechs bis sieben Minuten fischen Sie eine heraus und schneiden sie auf, um zu sehen, ob die Füllung gar ist.

Wenn Sie tiefgefrorene Teigtaschen nehmen, dauert es etwas länger. Denken Sie daran, die Teigtaschen unaufgetaut ins kochende Wasser zu geben.

Sie müssen kein Schweinefleisch verwenden, jedes andere Fleisch tut es auch. Oder Krabben. Sie können auch Möhren unter den Kohl mischen. Die Garzeiten variieren leicht, je nach Füllung.

Als ich jung war, waren die Menschen in China arm. Sie haben die Teigtaschen mit allem gefüllt, was sie kriegen konnten. Wir hielten selbst Schweine, wie viele Chinesen. Wenn Sie ein Gefühl für die Teigtaschen bekommen haben, nehmen Sie für die Füllung das, was Ihre Küche gerade hergibt, was es frisch auf dem Markt oder im eigenen Garten gibt.

In die Teigtaschen meiner Freundin JB kamen Kaninchenfleisch, Möhren und Lauch. Sehr lecker. Sie hat viele Kaninchen im Garten. Bestimmt, weil bei ihr so viele Möhren wachsen. Aber weil Kaninchen nichts aus der Zwiebelfamilie fressen, sät meine Freundin die Möhren hinter einer Wachtpostenreihe aus Lauch aus. Trotzdem muss sie manchmal einem der Kaninchen eine Lektion erteilen, und dann gibt es Teigtaschen.

Tunken Sie die Teigtaschen in eine beliebige Soße – eine einfache, hochwertige Sojasoße mit Ingwer oder Frühlingszwiebeln schmeckt ausgezeichnet dazu.

Das Weihnachtsknallbonbon

Heiligabend in der Knallbonbonfabrik.

Zu beiden Seiten der langen Tische, auf denen die Knallbonbons zusammengesetzt wurden, türmten sich Kartons, die mit »Tröten«, »Trommeln«, »Sterne«, »Rotkehlchen« und »Schneemänner« beschriftet waren. Neben den Zuschneidemaschinen stapelten sich Bögen aus Goldpappe. Rote Luftschlangen flossen über die Wände wie ein Wasserfall.

Die Papierstreifen mit den wie Pistolenschüsse knatternden, krachenden, ballernden Zündplättchen, die dafür sorgten, dass die Knallbonbons auch knallten, lagerten in den Regalen, sicher in Röhren verstaut. Durch Trichter rutschte automatisch der Nachschub in drei große Fässer wie aus »Ali Baba und die 40 Räuber«, auf denen »Papierhütchen«, »Witze« und »Luftballons« stand, während ein Knallbonbon nach dem anderen befüllt, verpackt und versandfertig gemacht wurde.

Die Knallbonbonfabrik produzierte das ganze Jahr über, aber vor Weihnachten mussten alle Überstunden schieben, um mit den Bestellungen nachzukommen: billige Knallbonbons. Spottbillige Knallbonbons. Familienpackungen. Luxuspackungen. Sortimente für kleine Leute, Sortimente für große Leute und Sortimente für »Erwachsene«, die deshalb so hießen, weil sie winzige Minislips enthielten. Die meisten Knallbonbons waren schon längst an die Geschäfte ausgeliefert und von den Kunden heimgetragen worden, weil jeder mit seinen Weihnachtsvorbereitungen fertig werden wollte.

Nur ein Knallbonbon musste noch bestückt werden. Das allerletzte, das ganz besondere, das gigantische Weihnachtsknallbonbon für die Kinderspendengala, so lang wie ein Krokodil, so dick wie ein Pudding, eine riesengroße goldene Röhre, die auf der Seite lag und nur darauf wartete, prall wie eine Wurst mit Geschenken gestopft zu werden.

Noch ist die Fabrik leer, es ist früh am Morgen. Der Bus mit den Arbeitern fährt gerade aufs Gelände, und Bill und Fred und Amy und Belle treffen ein zur Sonderschicht, in bester Laune, weil Weihnachten ist und sie nach Feierabend ein Gläschen zwitschern wollen.

Die Fabrik ist leer. Oder doch nicht?

Der Hund schläft noch, umfangen von dem Traum aus warmem Seidenpapier, in das er sich gestern Abend verkrochen hat, durchgefroren und nass. Jemand hatte ein kleines Fenster offen gelassen, und er ist nur ein kleiner Hund.

Auf leisen Pfoten hat er sich hereingeschlichen, unter dem roten Strahl der Lichtschranke hindurch, in deren Schein die goldene Pappe unter den Papierengeln leuchtete. Er wälzte sich auf dem Rücken, bis er trocken war, fraß einen Marzipanesel – schlecht für die Zähne, aber was will man machen? – und schlief ein.

Jetzt sind sie da: Neonröhren an, Radio an, und bevor der Hund wuff sagen kann, öffnet sich vor seinen braunen Augen ein goldener Tunnel, und zwei schaufelgroße Hände stopfen ihn mitsamt dem Seidenpapier in das Knallbonbon und verschließen das Ende mit einem Plastikdeckel.

Am anderen Ende kann er noch hinaussehen. Er drückt die Nase tiefer in das Papier, und die Härchen in seinen Ohren zittern, als eine Bonbonlawine auf ihn niedergeht, gefolgt von einer Teddybärenarmee, einem Arsenal an Stöpselpistolen, einem Luftballonschauer, einem Perlenhagel, einem Jojoregen, einer Flötenflut, einer ganzen Familie falscher Nasen und Bärte, Scharen von Aufziehmäusen und einer Bande finster dreinblickender, schwarz gekleideter Fingerpuppen.

Jemand sagt: »Und bei dem hier nicht mit dem Zündpulver sparen – es soll schön laut peng machen!«

Eine Zündstange mit schießpulverartigem Zeug schiebt sich an der Nase des Hundes (hatschi) und an seinem Schwanz (zuck) vorbei und auf der anderen Seite durch ein Loch im Deckel wieder hinaus. Der Hund denkt an die Zirkustiere, die als lebende Kanonenkugeln abgefeuert werden, an die Hunde, die an Fallschirmen hinter den feindlichen Linien landen müssen. Er denkt an die sowjetische Hündin Laika, die in den Weltraum geschossen wurde und nicht wieder herunterkam, und an die Sternenhunde, den Großen und den Kleinen Hund, die über das dunkle Firmament wandern, funkelnde Beschützer ihrer niederen und niedrigeren Artgenossen.

Vielleicht wird er bald zu ihnen gehören, als frisch gebrannter Stern am Himmel, Canis fugit.

Aber er will kein Hund sein, der im Flug vergeht!

Er will mit allen vier Pfoten auf der Erde stehen.

Zu spät!

Sie binden das riesige Kinderweihnachtsspendengalaknallbonbon an beiden Enden mit einer Schleife zu. Er wird hochgehoben und hinausgetragen, wie eine Hunde-Kleopatra in einem zusammengerollten Teppich, und schon landet er in einer goldenen Barke – nein, einem verbeulten Lieferwagen, der ihn in ein großes Hotel bringt, mit einem Portier in Grün vor der Tür und einem weißen Weihnachtsbaum dahinter, im von Kronleuchtern erhellten Foyer.

Unter staunenden Blicken und lautem Applaus werden Hund und Knallbonbon von speziell ausgewählten Weihnachtswichteln zum gesetzlich garantierten Mindestlohn in den Saal getragen.

Es ist eine Kinderspendengala – das heißt, reiche Eltern haben es sich sehr viel kosten lassen, dass ihre Kinder Kindern in Not helfen können, ohne sich unter das arme Volk mischen zu müssen.

Der Hund hört die Mikrofondurchsagen – die Preise bei der Tombola, der absolute Hauptgewinn: das Knallbonbon.

Er macht sich Sorgen. Was wohl passieren wird, wenn sie ihn darin finden? So einen wie ihn wünscht sich keiner, und schon gar nicht als Geschenk. Er ist ein Streuner. Er weiß, dass ihn niemand haben will. Er wohnt im Park und trinkt aus dem Springbrunnen. Als Welpe ist er mit dem Jahrmarkt in die Stadt gekommen, in seinem buntgescheckten Mischlingsfell war er um die Karussells getollt, bis der Jahrmarkt irgendwann weiterzog, und während ein Wohnwagen nach dem anderen losrollte, hatte er ein kleines Nickerchen gemacht, weil er nicht verstand, was los war, und als er wieder wach wurde, waren alle fort.

Erst war er noch der Witterung nachgelaufen, dem Geruch von Diesel und heißen Würstchen, aber seine Pfoten waren langsamer als ihre Räder, und obwohl er lief, bis seine Pfoten wund waren, musste er die Verfolgung am Abend aufgeben; hinkend und verängstigt schleppte er sich durch die dunkle, lärmende Nacht zurück bis in den Park.

Das Rascheln der Bäume und das weiche Laub taten ihm gut.

Manchmal geben ihm die Leute ein Sandwich zum Fressen, manchmal nicht. Manchmal versuchen sie, ihn einzufangen. Er erkennt den Hundefängerwagen am Motor und rennt die Straße hinunter, bis er unter einem Gartentor durchschlüpfen kann und der Wagen wieder weg ist. Manchmal schlafen auch Menschen im Park, die ihn hätscheln, aber Menschen ziehen weiter. Auf Menschen ist kein Verlass; das weiß er.

Gestern Abend war es sehr kalt gewesen, als er draußen auf Futtersuche war. Der Döner-Mann war über die Feiertage nach Hause in die Türkei geflogen. Der Hund mag Döner. Er schnüffelte ein bisschen um die Abfalleimer herum, aber es gab keinen Müll in den Straßen, weil Weihnachten war.

Während er, immer an der Wand lang, die Straße hinuntertrottete, bemerkte er das offene Fenster und das rote Licht hinter der Scheibe. Das sah warm aus. Das Nieseln war in Schneeregen übergegangen.

Aber jetzt …

Was wird passieren, wenn man ihn in dem Knallbonbon findet?

Es ist sehr laut. Da ist er lieber sehr leise.

Der Ballsaal des Hotels ist rappelvoll mit Kindern, die ihre Tombolalose schwenken. Die Ziehung fängt an: Puppen, Spiele, Kindergitarren, ferngesteuerte Autos. Auf der Bühne steht ein Mann in einer Glitzerjacke mit einem Mikrofon in der Hand. Er fordert die Kinder auf, »Jingle Bells« zu singen.

Dann ist es so weit. Der Hauptgewinn. Das ganz große Los. Die Weihnachtswichtel schieben das Knallbonbon auf die Bühne.

Welche Nummer hat gewonnen? Ja! Es ist die 999.

Zwei Kinder stürzen zur Bühne – ein dicker Junge im roten Elvis-Anzug und ein dünnes Mädchen im Kunstpelzmantel. Ist hier ein Fehler passiert? Es gibt zwei Gewinnlose. Die beiden funkeln einander böse an, bauen sich an den Enden des Knallbonbons auf und gehen in Kampfposition. Die Stimmung im Saal wird giftig, als sich die Kinder auf die eine oder andere Seite schlagen.

»ZIEHEN! ZIEHEN! ZIEHEN!«

Der dicke Junge packt das eine Ende des Knallbonbons mit seinen Wurstfingern, das dünne Mädchen hält ihr Ende so eisern fest, wie sie es bei ihrer Mutter im Schlussverkauf gesehen hat.

Doch dann tritt ein blasser, stiller Junge vor und reicht dem Moderator sein Los. Auch er hat die 999 gezogen.

Der Mann kratzt sich das Toupet. »Was sich auch immer in diesem sagenhaft großen, sagenhaft spannenden Knallbonbon verbirgt, ihr müsst es euch teilen.«

Der Ballsaal buht.

Das dünne Mädchen sagt: »Teilen ist was für Nieten.«

»Aber es ist Weihnachten«, sagt der Moderator, als würde es reichen, eine Binsenwahrheit auszusprechen, um eine unerwartete Wendung herbeizuführen.

Der blasse, stille Junge weicht zurück, als der Dicke mit aller Kraft an dem Knallbonbon zerrt, bis sein Kopf noch röter ist als sein Anzug. Das Mädchen wirft sich mit dem ganzen Körpergewicht auf den umkämpften Preis, damit ihr neuerworbener Feind es nicht zum Knallen bringen kann. Dann hätte er nämlich gewonnen. Der blasse, stille Junge steht dazwischen, sein Los in der Hand, und wundert sich, dass er in dem Riss eine Pfote sehen kann.

PENG! Ein Knall, als hätte jemand das Atom gespalten, und eine pilzförmige Wolke aus Pralinen und Jojos, falschen Nasen und Fingerpuppen steigt auf und steht einen Augenblick lang reglos in der Luft, bevor die Preise aus ihr zu Boden regnen. Dann ist sich jeder selbst der Nächste, und während erbittert um jede Silbermünze und jede Plastikspinne gekämpft wird, bemerkt keiner den kleinen Terrier, der mit einem Papierhütchen um den Hals im freien Fall aus dem beißenden Rauch auf die Bühne plumpst.

»Wo ist der Hauptgewinn?«, ruft der dicke Junge. »Ich hab das große Los gezogen. Ich will meinen Hauptgewinn.«

Der Hund landet auf seinen vier Pfoten.

»Was macht denn der Köter in dem Knallbonbon?«, schreit das dünne Mädchen.

Der Hund ist es gewöhnt, gejagt und angebrüllt zu werden,

aber diesmal steckt er wirklich böse in der Klemme. Mit allen vier Pfoten auf dem Boden denkt er nach, so schnell, wie sein Hundehirn nur ticken kann, und er sagt: »Hallo! Ich bin ein magischer Hund. So was wie ein Geist aus der Flasche.«

»Was für ein Geist? Was für eine Flasche?«, fragt der dicke Junge misstrauisch. Er hat Angst, irgendetwas nicht mitbekommen zu haben. »Wer hat mir meinen Geist geklaut?«

»Du willst ein MAGISCHER HUND sein? Okay, dann her mit meinen drei Wünschen«, sagt das dünne Mädchen.

Der blasse, stille Junge sagt gar nichts. Er sieht den Hund an.

»Also gut! Einen Wunsch für jeden«, sagt der Hund und deutet mit der Nase auf die Kinder. »Eins. Zwei. Drei! Euer Wunsch ist mir Befehl!«

»Ich will einen Ferrari!«, ruft der dicke Junge.

»Sollst du haben«, sagt der Hund. »Gib mir zehn Minuten.«

Der Hund springt unter eine lange Tischdecke und rennt ans Ende des Ballsaals. Er hat nur noch Flucht im Sinn. Er rutscht über den blank polierten Boden, über den Teppich, an der Garderobe vorbei, sieht das Zickzackschild für die Treppe zum Notausgang. Das muss für ihn bestimmt sein.

Er ist in Not, und er braucht den Ausgang. Renn, Hundchen, renn!

Hals über Kopf purzelt er die enge Betontreppe hinunter und landet mit dem Kopf voraus in der Tiefgarage.

»Park den Ferrari auf Stellplatz 16 um, ja?«, ruft der Parkdiener und wirft seinem Gehilfen die Schlüssel zu.

Eins steht fest: Man kann noch so viel denken und lenken, ahnen und planen, der Augenblick der Entscheidung kommt, wann er will. Er lässt sich weder locken noch herbeizaubern, und man darf ihn auf gar keinen Fall verpassen.

Der Hund verpasst ihn nicht. Er stellt sich auf die Hinterpfoten und springt. Mit diesem Sprung lässt er seine graue, raue, maue Vergangenheit hinter sich und schnappt beherzt zu, als die Zukunft an seinem Maul vorbeirauscht.

Da! Wie ein Wirbelwind saust er die Treppe wieder hinauf, durch den Notausgang, vorbei an der Garderobe und hinein in den Ballsaal, entgeht um Haaresbreite einer durch hundert Jojos verursachten Gehirnerschütterung, springt mit einem Satz auf die Bühne, neben die Reste des explodierten Knallbonbons, und dann liegen auch schon die Autoschlüssel vor den Füßen des dicken Jungen im Elvis-Anzug.

»Tiefgarage, Stellplatz 16«, sagt der Hund.

Die Augen des dicken Jungen glänzen vor Gier. Ohne sich auch nur zu bedanken, schließt er die Wurstfingerfaust um die Schlüssel und watschelt davon, die kleineren Kinder rechts und links aus dem Weg rempelnd.

»Jetzt bin ich dran«, befiehlt das dünne Mädchen. »Ich! Ich! Ich! Ich will einen echten Pelzmantel.«

»Das ist unethisch«, sagt der Hund, dem dieses Wort plötzlich auf der rosa Zunge liegt, obwohl er es noch nie gehört hat.

»Aber ich will einen haben!«, kreischt das Mädchen, so laut und schrill, dass die Glaskugeln am Weihnachtsbaum zu Staub zerspringen.

»Also gut!«, sagt der Hund. »Dein Wunsch ist mir Befehl.« Er will gerade loshetzen, da kniet sich der blasse, kleine Junge neben ihn, stellt ihm ein Schälchen Wasser hin und gibt ihm ein

Schinkensandwich, aus dem er rücksichtsvollerweise das Salatblatt entfernt hat.

Der Hund ist ihm dankbar, und er hofft, dass er auch dem kleinen Jungen seinen Wunsch erfüllen kann. Aber jetzt muss er sich erst um den Pelzmantel kümmern.

Er hat Glück, denn eben treffen die Eltern ein, um ihre Kinder abzuholen, genau in dem Moment, als in der Bar neben dem Ballsaal Glitzerschnee von der Decke rieselt, und jetzt ein Gläschen in Ehren, fünf Minütchen, so viel Zeit muss sein, vor allem an Weihnachten. Aber genau diese Minuten hat ein guter Engel für den Hund vorherbestimmt, der seinen treuen braunen Augen nicht traut, als ein Mantel nach dem anderen bei den Mädchen in der Garderobe mit den Polsterwänden abgegeben wird. Und wenn er schön stillsitzt und wartet – ja, das ist ein Nerz!

Weil sich die Garderobenfrauen, während sie die Mäntel aufhängen, über die günstigsten Truthahnangebote austauschen, bemerken sie nicht, dass der Nerz geräuschlos unter die Theke rutscht und auf dem Fußboden – mit dem Hund darunter – in Richtung des Ballsaals davonhuscht. Der Mantel ist zwanzigmal so groß wie der Hund, aber der ist ein Terrier, dem heiligen Gesetz des Verbeißens unterworfen: Du sollst nicht wieder loslassen, was du einmal zwischen den Zähnen hast.

»Schatz, da hat sich ein Mantel selbstständig gemacht«, sagt ein stockbetrunkener Mann zu seiner stocknüchternen Frau.

Sie dreht sich nicht einmal um. »Red kein dummes Zeug, Liebling.«

Und so findet der seidige Nerz, geschleppt von dem Hund mit

dem struppigen Fell, den Weg über den Teppich, in den Ballsaal und bis zum Fuß der Treppe, die auf die Bühne führt.

Es macht gedämpft wuff. Das Mädchen ist so mit seinem Handy beschäftigt, dass es die Erfüllung seines Herzenswunschs gar nicht mitbekommt. Als der blasse kleine Junge, der gespannt, aber auch ein wenig besorgt auf den magischen Hund gewartet hat, den Mantel wie einen Teppich auf Tausendfüßlerbeinen kommen sieht, weiß er, dass der Hund darunter stecken muss. Und er läuft zu ihm und hilft ihm heraus.

»Geht's?«, fragt er.

»Bloß zu warm«, antwortet der Hund. »Sag ihr, dass der Mantel da ist.«

Das Mädchen schlägt die Hände vors Gesicht, dann applaudiert sie, so wie sie es von den Siegern der Talentshows im Fernsehen kennt. Sie zieht den Mantel an, stolziert von der Bühne und fällt platt auf die Nase, im selben Moment, als der Moderator mit seinem Mikrofon wieder zurückkommt. Er macht ein finsteres Gesicht. Ein todernstes Gesicht.

Anscheinend gibt es doch keine drei Gewinnlose mit der Nummer 999. Schuld sind nicht die Weihnachtswichtel, schuld sind zwei Filzstifte. Die Besitzer der Lose mit den Zahlen 9 und 99 haben einfach die fehlenden Neuner ergänzt. Der Hauptgewinn geht allein an die echte 999.

Der blasse kleine Junge hält noch immer sein Los in der Hand. Der Moderator untersucht es mit der Lupe – jawohl, es ist das richtige.

Die Orgel spielt »Jingle Bells«, aber das laute Krachen, das aus dem Foyer kommt, kann sie auch nicht übertönen.

Alle laufen zur Tür, wo sie einen roten Ferrari sehen, am Steuer ein rotgesichtiger Junge im roten Anzug; mit abgewürgtem Motor steht der Flitzer in einem Meer aus Panzerglassplittern, der weiße Weihnachtsbaum steckt im Schiebedach, der grüne Portier liegt auf der Motorhaube.

»Daran ist bloß der Hund schuld!«, kreischt der Junge, als ihn die Sicherheitsleute aus dem Wagen zerren.

Das Mädchen im Pelzmantel muss so heftig lachen, dass es das Handy kaum lange genug still halten kann, um das Foto zu schießen, das sie ihren Freundinnen schicken will. Als sie beide Hände in die Höhe reckt, schnappen die Handschellen zu.

»Das Mädchen hat meinen Mantel gestohlen. Sie trägt ihn!«, jammert das russische Model. »Ich bin eine Freundin von Präsident Putin.«

»Der Hund hat ihn mir gegeben«, heult das Mädchen. »Verhaften Sie den Hund!«

Aber der Hund ist nirgends zu sehen. Er hat sich hinter dem aufblasbaren Rentier im Ballsaal versteckt. Und aus dem Versteck kommt er auch so schnell nicht wieder raus.

Als der Tumult in der Eingangshalle derartige Ausmaße angenommen hat, dass er eigentlich nur noch in eine Tortenschlacht münden kann, führt der Moderator den blassen, stillen Jungen zu einer goldenen Kiste mit einer roten Schleife und sagt ihm, er solle sie aufmachen. Zögernd zieht der Junge an dem Band, weil er so große Geschenke nicht gewöhnt ist. Seine Mutter und er haben nicht viel Geld. In der Kiste liegt ein Mountainbike.

»Und es gehört nur dir«, sagt der Moderator. »Du hast es ehrlich gewonnen.«

Als der Junge mit dem Fahrrad allein ist, streicht er über die blitzblanken Zahnkränze der Schaltung, den leichten Rahmen und den höhenverstellbaren Lenker. Es ist das beste Fahrrad der Welt.

»Na, dann brauchst du dir ja nichts mehr zu wünschen«, sagt der unsichtbare Hund hinter den aufblasbaren Rentieren. »Ist wahrscheinlich besser so, alles in allem.«

Aus dem Foyer gellt ein weiterer Schrei herüber, als der Eigentümer des Ferraris mit den Trümmern seines Wagens wiedervereint wird. Er brüllt etwas über einen Golfplatz und Donald Trump.

Der Junge sitzt am Bühnenrand, schlenkert mit den dünnen Beinen und sieht in die Hundeaugen, die ihn ansehen. Er hält dem Hund noch ein Sandwich hin. Die braunen Augen des Terriers huschen nach links, nach rechts, dann kommt er aus dem Versteck getrottet, nimmt das Sandwich und hockt sich neben den Jungen.

»Ich bin kein magischer Hund«, sagt der Hund. »Ich bin ein Streuner. Ich war in dem Knallbonbon gefangen. Es war so kalt letzte Nacht, und ich schlafe sonst unter den Müllcontainern im Park, aber die sind über Weihnachten weggebracht worden, und ich hab so geschlottert, da bin ich eine Runde gelaufen, um mich aufzuwärmen, und dann hab ich in einem Fenster ein Licht gesehen, und ich hab einen Tisch mit einem Berg buntem Papier gefunden und bin dort eingeschlafen, und, tja, jetzt bin ich hier.«

»Ich bin mit dem Bus gekommen«, sagt der Junge. »Ich lebe allein mit meiner Mutter. Sie putzt hier im Hotel, deshalb mussten sie mich einladen.«

»Was hättest du dir gewünscht?«, fragt der Hund. »Wenn ich wirklich ein magischer Hund wäre?«

Der Junge überlegt ein bisschen, das ist so seine Art, dann sagt er: »Wenn ich einen Wunsch frei hätte, würde ich mir wünschen, dass ich dich mit nach Hause nehmen und für immer behalten darf.«

»Was?«, kläfft der Hund, und seine Ohren rotieren wie zwei Satellitenschüsseln, die ein Signal von Aliens auffangen. »Was? Wuff! Was? Wuff! Was? WUFF-WUFF-WUFF!«

»Ich würde mir dich wünschen«, sagt der Junge. »Ich heiße Tommy. Und wie heißt du?«

»Ich hab keinen Namen«, sagt der Hund.

»Dann nenne ich dich Magie«, sagt Tommy.

Und Tommy fragt seine Mutter, ob er Magie mit nach Hause nehmen darf, und sie sagt ja, er darf den Hund behalten, solange er sich darüber im Klaren ist, dass ein Hund nicht nur für Weihnachten, sondern für immer ist.

Das ist kein Problem. Für immer ist genau Tommys Art.

Dann flitzen Tommy und Magie durch den Saal und helfen Tommys Mutter, die Luftschlangen, die Luftballonfetzen und all die anderen Sachen aufzusammeln, die an Weihnachten anfallen. Und sie sind glücklich, weil sie einander nicht zurücklassen müssen.

Als Tommys Mutter mit der Arbeit fertig ist, brechen sie zu dritt auf und gehen durch die eisigen Straßen zur Bushaltestelle.

Der Hund trottet neben dem Jungen her und sieht in den klaren Himmel hinauf, zu den Sternenhunden, so kalt und so schön, und er weiß, was der beste Wunsch von allen ist: Liebe.

Mein Glühwein

(Oder: Nieder mit Obst im Hauptgericht)

An Weihnachten gibt es kein Entrinnen vor getrockneten Feigen, Mandarinen, Granatäpfeln, Zimt, Nelken, Marzipan, Lebkuchen, allen möglichen Früchten und Gewürzen, verarbeitet zu Stollen, Lebkuchen, Glühwein, Punsch und Pudding, oder vor Zuckerstangen, die aus Zucker und Orangenöl gezwirbelt und an den Weihnachtsbaum gehängt werden.

In den Strumpf, den der Weihnachtsmann an Heiligabend füllen soll, kommt nach alter Tradition am Zehenende eine Apfelsine hinein. Eine mit Nelken gespickte Apfelsine im Topf ist die Grundlage für jeden Glühwein.

In kalten Ländern war frisches Obst im Winter früher Mangelware. Die Apfelsine mit ihrer knalligen Farbe, dem süßen Geschmack und der Extradosis Vitamin C war eine willkommene Weihnachtsdelikatesse.

Weihnachten ist ein Fest zur Wintersonnenwende.

Fast so lange, wie es die Menschen gibt, fiel es ihnen im tiefsten Winter besonders schwer, sich zu ernähren. Vor allem mit frischen Lebensmitteln. Auch psychisch ist der Winter die schwierigste Zeit. Die Tage sind kurz. Das Wetter ist rau.

Stellen Sie es sich vor: kein Strom, schlechte Straßen, stark eingeschränkte Mobilität, die tägliche Mühsal, in Kamin und Herd das Feuer nicht ausgehen zu lassen. Klamme Kleidung, klamme Betten, lähmende Kälte. Das alles ändert sich erst im 20. Jahrhundert.

Und jetzt die zwölf Tage von Weihnachten bis Dreikönig: Schmausen, Wärme, Erholung, Freude, Besinnlichkeit, Singen, gute Taten, Mitgefühl und eine gewisse Sinnhaftigkeit des Lebens. Die Religion kann das Gemüt vor Depression und Verzweiflung schützen, nicht zuletzt wegen der Geschichte, die sie erzählt, einer Geschichte von Hoffnung und Neubeginn. Und weil die Zugehörigkeit zu einer Gemeinschaft für die seelische Gesundheit unverzichtbar ist. Dass heutzutage so viele Menschen über die Weihnachtstage an Einsamkeit leiden, liegt am Verlust der Gemeinschaft – oder eben der Gemeinde, die Kirche und Glaube uns bieten.

In einer Zeit, da der religiöse Extremismus so viele Opfer fordert wie seit den Kreuzzügen oder der Inquisition nicht mehr, fällt es schwer, den Glauben als Hoffnung zu sehen, als Vertrauen in die Menschlichkeit. Aber in der christlichen Tradition gehören zu Weihnachten Geschenke – das neue Leben in Gestalt des Jesuskindes, die Gaben der Heiligen Drei Könige an das Christuskind und das Geschenk Gottes an uns. Man muss nicht daran glauben, um den Grund und den Sinn zu erkennen. Weihnachten ist ein Fest des Gebens.

Und als es an Essen und Wärme mangelte, konnten ein Fest

und das Teilen mit dem Nachbarn – liebe deinen Nächsten wie dich selbst! – lebensrettend sein.

Und Freude machte es außerdem.

In meiner Kindheit und Jugend hatten wir in unserem Schrebergarten einen Kirschbaum. Jedes Jahr deckte mein Vater die Bäume mit alten Nylongardinen ab, damit die Vögel uns die reifenden Früchte nicht wegfressen konnten. Nach der Ernte wurden die Kirschen für Weihnachten eingeweckt.

Einige Gläser mit Kirschen wurden gegen andere Dinge eingetauscht, die wir an Weihnachten essen wollten. Bei allen, die wir kannten, lief es genauso ab – eingelagerte Äpfel für Apfelmus wurden gegen Rosenkohl getauscht, Esskastanien gegen Walnüsse, Lebkuchenmänner gegen Mince Pies.

Die Legende besagt, Elisabeth I. von England habe Lebkuchenfiguren nach ihrem Abbild verschenkt. Lebkuchen-Queens also. Man würde annehmen, die schwule Community hätte sie inzwischen wieder zum Leben erweckt.

Meine deutsche Freundin erzählt mir, dass die in Deutschland – und den USA – so beliebten Lebkuchenhäuser erst im 19. Jahrhundert groß in Mode kamen, nach dem Märchen »Hänsel und Gretel« der Gebrüder Grimm. Das Hexenhaus in der Geschichte besteht aus Lebkuchen – was wieder einmal zeigt, was für ein abenteuerliches Sammelsurium von Einflüssen in die Weihnachtstraditionen eingegangen ist. Auch das macht ihren Reiz aus.

Als ich mich mal mit einer Freundin, der Fernsehköchin Nigella Lawson, über Lebkuchen unterhielt, erwähnte sie ihre

Truthahnfüllung mit Lebkuchen (aus ihrem Kochbuch *Nigella Christmas*). So muss Weihnachten schmecken: würzig, fruchtig, mit Mandarinenzesten. Und wenn man den Vogel nicht damit füllt, sagt sie, kann man die Masse auch einfach kalt aufschneiden und wie eine Art pikanten Kuchen essen.

Getrocknete Früchte und Gewürze gelangten zunächst über das maurisch beeinflusste Spanien aus dem Nahen Osten in die kalten nordischen Länder, später auch aus Indien. Eine der vielen negativen Seiten des Britischen Empire war Großbritanniens Schwäche für fremdländische Speisen – englisch zubereitet. Man denke nur an das legendäre Coronation Chicken.

Trockenfrüchte oder Ingwer in ein Gericht zu rühren war nicht nur imperialistisch und kolonialistisch, es fühlte sich damals auch richtig schick und gewagt an – die perfekte Kombination also für eine schrumpfende Weltmacht, die sich mit dem viktorianischen Kochbuch von Mrs Beeton wesentlich wohler fühlte als mit den Beatles.

Für die Truthahnreste am zweiten Weihnachtstag hatte Mrs Winterson ihr ureigenes Curryrezept – eine Variante des Coronation Chicken mit Currypulver, kandiertem Ingwer und Sultaninen.

Es ist kein Wunder, dass es in den 1970er Jahren eine politische Partei in England gab, die sich Nieder-mit-Obst-im-Hauptgericht nannte.

Damals konnte jedermann fürs Parlament kandidieren – die Unkosten waren gering, und Exzentrizität galt noch als britische Tugend.

Zu viele von uns wurden mit Dörrpflaumen und Kartoffelbrei,

Ente à l'orange mit Mandarinenstückchen oder Dosenthunfisch mit Dosenaprikosen zwangsernährt. Curryssoßen, in die man Wackelpuddingpulver mit Limetten- oder Mangogeschmack rührte, waren weit verbreitet.

An Weihnachten, wenn die Erkenntnis, dass Bethlehem im Morgenland lag, in den Küchen der Nation Einzug hielt, waren die Auswüchse am schlimmsten.

Zwei Rezepte in diesem Buch – ein pakistanisches und ein jüdisches – verwenden Früchte und Gewürze mit der gebotenen und nicht anders zu erwartenden Souveränität, aber jetzt präsentiere ich Ihnen erst mal einen Glühwein – er enthält Früchte, er enthält Gewürze, und man braucht ihn nicht zu essen.

Versetzen Sie sich hundert Jahre zurück: Bei Kälte und Schnee erreichen Sie ein Wirtshaus. Sie sehnen sich nach einem heißen Getränk, einem süffigen Schlummertrunk. Und schon stehen Sie am offenen Kamin, in den eiskalten Händen einen Humpen mit warmem Wein, der wunderbar aromatisch duftet.

Aufgebrezelt in einem überheizten Zimmer Glühwein zu trinken kommt mir immer ein bisschen eigenartig vor.

In eine Thermosflasche abgefüllt ist Glühwein der ideale Begleiter für eine Winterwanderung, zusammen mit einem Stück Weihnachtskuchen und einem Kanten Käse.

Anmerkung der Autorin: Glühwein ist eher ein Zauber als ein Rezept. Die dunkle Flüssigkeit in einem dampfenden Topf sieht aus wie ein Hexentrank – und sie riecht auch so. Vertrauen Sie Ihrer Nase. Kosten Sie zwischendurch. Experimentieren Sie.

Sie brauchen:

Zwei Flaschen ordentlichen Rotwein

Ein paar Gläser roten Portwein

Eine frische Apfelsine, gespickt mit Nelken. Ich weiß, das kostet viel Zeit, aber kleine Kinder und alte Leute machen es gern. Oder man nutzt die Gelegenheit, sich mal wieder ein Kapitel aus dem Hörbuch reinzuziehen …

Ein kleines Stück frischen Ingwer, geschält

1 Zimtstange

1 frisches Lorbeerblatt

Braunen Rohrzucker

Zum Wein: Glauben Sie keinem, der Ihnen weismachen will, dafür eigne sich jeder x-beliebige Rotwein. Ein Brummschädel ist ein Brummschädel. Kaufen Sie einen guten, gepflegten Bordeaux. Ein preiswerter Tropfen vom Weinhändler Ihres Vertrauens ist allemal besser als der Griff ins Supermarktregal nach der Plörre aus dem Weinsee. Wenn Sie den Wein aus der Flasche nicht trinken würden, warum dann aus dem Topf?

Zum Portwein: Er muss nicht exquisit sein, aber meine Devise lautet: eine Leber, ein Leben. Manche Leute geben statt Portwein einen Schuss Brandy in den Glühwein. Wenn ich keinen Portwein im Haus habe, begnüge ich mich mit Bordeaux.

Zubereitung

Die gespickte Apfelsine in einen schweren Topf legen, Rotwein und Portwein dazugießen. Bis auf den Zucker alle anderen

Zutaten hinzugeben. Langsam erhitzen. Sobald die Mischung warm ist, nach Geschmack Zucker hineinrühren. Wie süß der Glühwein werden soll, ist allein Ihre Entscheidung.

Die Flüssigkeit nicht kochen lassen. Sonst verdampft der Alkohol.

Sie können den Wein später vorsichtig wieder aufwärmen.

Ich trinke Glühwein gern um elf Uhr vormittags, wenn ich von der winterlichen Gartenarbeit ins Haus zurückkomme, oder um fünf Uhr nachmittags, wenn der Tag rum und es für einen Cocktail oder das Abendessen noch zu früh ist. Gönnen Sie sich dazu einen Lebkuchen und einen Happen Käse.

Eine Gespenstergeschichte

Im Berner Oberland liegt der berühmte Schweizer Wintersportort Mürren.

Mürren ist mit dem Auto nicht zu erreichen. Man fährt mit dem Zug bis nach Lauterbrunnen und von dort mit der Seilbahn hinauf ins Dorf.

Drei Gipfel blicken auf den Ort hinab: Eiger, Mönch und Jungfrau.

Die ersten Briten besuchten Mürren 1912.

Im selben Jahr starb Captain Scott am Südpol. Er war in aller Munde, man sprach von seinem Heldenmut, seinem Opfergang – und von der Bürde des Empire, das auf den Schultern der Briten ruhte, nachdem die halbe Weltkarte rosa wie Dosenlachs eingefärbt war.

Dann kam der Krieg.

Erst 1924 kehrten die Briten in größerer Zahl nach Mürren zurück. Arnold Lunn schloss sich seinem Vater Sir Henry Lunn an, einem Priester, der sich, nachdem es ihm nicht gelungen war, die Inder in Kalkutta zum Methodismus zu bekehren, mit missionarischem Eifer daranmachte, die Briten von der Herrlichkeit der Alpen zu überzeugen.

Der junge Arnold verliebte sich ins Skifahren und führte den Abfahrtslauf – bis dahin lediglich die schnellste Methode, um vom Berg ins Tal zu gelangen – als Wettkampfsport ein.

Und schneller kam man vom Berg tatsächlich nicht runter. 1928 bestieg Arnold mit einigen Freunden das Schilthorn, den Hausberg von Mürren, und raste die halsbrecherischen Hänge nach Lauterbrunnen hinab: mehr als vierzehn im wahrsten Sinne des Wortes haarsträubende Kilometer, die einem die Augenbrauen wegreißen, den Magen umdrehen, die Knie ruinieren, die Beine brechen, den Verstand betäuben und das Herz aufgehen lassen. Die Freunde waren so begeistert, dass sie es gleich noch einmal machten. Und noch einmal. Sie nannten die rasende Fahrt »Das Inferno«.

Und noch heute trifft sich hier jedes Jahr die Welt zu einer weiteren Neuauflage des Rennens.

Meine Freunde und ich haben nicht das Zeug zum Inferno. Jedes Jahr Anfang Januar lassen wir die Arbeit Arbeit sein und treffen uns in Mürren, um in Erinnerungen zu kramen. Ehemalige Kollegen, Studienfreunde oder Nachbarn, die das Leben in alle Winde zerstreut hat. EhepartnerInnen müssen zu Hause bleiben. Wir sind ein Freundeskränzchen, etwas herzerwärmend Altmodisches in Zeiten von Facebook. Wir facebooken nicht. Eigentlich haben wir in den restlichen Monaten gar nicht viel Kontakt.

Aber wenn wir dann noch leben, sind wir da, in Mürren, im neuen Jahr.

Wir wohnen im Palace Hotel und organisieren unser erstes gemeinsames Abendessen für den 3. Januar.

Als wir nach einem guten Essen, bestehend aus Forelle und Salzkartoffeln, bei einem Kaffee oder Brandy – oder beidem – vor dem lodernden Kaminfeuer saßen, schlug einer aus der Runde vor, wir sollten uns Gespenstergeschichten erzählen, aber wahre – übernatürliche Begebenheiten, die wir selbst erlebt hatten.

Die Idee kam von Mike, unserem Stimmungsmacher, der ständig Lust auf etwas Neues hat. Er sagte, er beschäftige sich seit dem letzten Jahr mit paranormalen Phänomenen.

Als wir ihn nach dem Grund fragten, behauptete er, alles habe hier in Mürren angefangen. Wieso hatte er uns davon nichts erzählt?

»Ich war mir nicht sicher. Außerdem dachte ich, ihr würdet mich auslachen.«

Wir lachten ihn aus. Wer glaubt schon an Gespenster, außer Kindern und alten Frauen?

Mike beugte sich vor und hob abwehrend die Hand, um die Flut von Witzeleien und Ghostbuster-Kommentaren zu stoppen, die über ihn hereinbrach. Er habe wohl zu tief ins Glas geschaut und doppelt gesehen.

»Ich war nicht betrunken«, sagte Mike. »Und es war helllichter Tag. Ihr wart alle beim Sessellift, wegen des Slaloms. Ich wollte auf Skiern durchs Gelände fahren, um ein bisschen den Kopf freizubekommen – ihr wisst ja, dass es letztes Jahr in meiner Ehe gekriselt hat.«

Er war so ernst geworden, dass wir ihm zuhören mussten.

Mike fuhr fort: »Ich war allein und ziemlich flott oben auf dem Pass unterwegs. Da sah ich jemanden noch höher oben, so hoch, dass man es mit der Angst bekommen konnte, der reinste Drahtseilakt auf Skiern. Ich winkte und rief, aber er ließ sich nicht aufhalten. Es sah aus, als schwebte er. Während ich weiterfuhr, dachte ich mir, ich würde diesen Typen, der durch die Luft Ski fahren konnte, sicher später in der Bar treffen. Doch ich sah ihn dann schon ungefähr nach einer Stunde wieder. Er schien etwas zu suchen.

Ich hielt bei ihm an, um ihm meine Hilfe anzubieten, fragte: ›Haben Sie was verloren?‹

Er sah mich an, mit einem Blick, den ich mein Lebtag nicht vergessen werde. Milchig blaue Augen, so blau wie Schnee in der Morgensonne. Er wollte wissen, wie spät es war. Ich sagte es ihm. Er sagte, er habe seinen Eispickel verloren. Vielleicht war er Geologe. Er hatte einen ungewöhnlichen Rucksack dabei.

Und er war sehr seltsam gekleidet. Als hätte er mal eben kurz das Haus verlassen, bloß mit Skiern an den Füßen. Ein dicker Matrosenpulli, keine neonbunte Mikrofaser. Seine Stiefel waren altmodisch und aus Leder, und sie hatten so lange Schnürsenkel wie früher, die man sich um die Knöchel gebunden hat. Und erst seine Skier – kein Scheiß jetzt: Die waren aus Holz. Nicht zu fassen, was?

Aber das war noch längst nicht das Sonderbarste an ihm. Ich hatte den Eindruck, ich könnte durch ihn durchgucken. Als wäre er aus Glas oder Eis. Er war nicht wirklich durchsichtig, aber für mich schon. Weil er offensichtlich nicht weiter gestört werden wollte, fuhr ich weiter, und als ich mich kurz darauf noch mal umgedreht habe, war er verschwunden.«

Schweigend hatten wir ihm zugehört. Doch nun legten wir alle gleichzeitig los. Jeder hatte eine eigene Erklärung parat, zum Beispiel dass hier manchmal ein Schauskilaufen in historischen Kostümen und mit antiker Ausrüstung veranstaltet werde, deswegen die alten Skier, die schweren Klamotten. Und Mike habe ja selbst zugegeben, dass er müde und mit den Nerven am Ende gewesen sei. Es könne auch an der Luft liegen.

Sein Gespenst müsse Einbildung gewesen sein. Mike schüttelte den Kopf. »Wenn ich's euch doch sage, ich hab etwas gesehen. Das ganze Jahr hab ich versucht, mir einen Reim darauf zu machen. Es gibt keine Erklärung. Ein Mann taucht aus dem Nichts auf und verschwindet wieder im Nichts.«

Während wir noch diskutierten, kam Fabrice von der Hotelleitung herein, um uns eine Runde aufs Haus zu spendieren und sich ein wenig zu uns zu gesellen.

»Heute ist unser Abend für Gespenstergeschichten, Fabrice«, sagte Mike. »Haben Sie so was schon mal gehört?«

Er fing an, die ganze Story noch mal zu erzählen. Ich stand auf und entschuldigte mich. Ich musste an die frische Luft. Es dauert immer eine Weile, bis man sich hier akklimatisiert hat. Das Feuer und der Brandy hatten mich schläfrig gemacht, aber ich wollte noch nicht ins Bett.

Ich schaue gern durch ein Fenster in einen Raum, in dem sich viele Menschen befinden. Man kommt sich vor wie im Stummfilm. So hab ich oft als kleines Mädchen meine Eltern und meine Schwester beobachtet.

In der kalten, sternenklaren Nacht sah ich von draußen die aufgekratzte, ausgelassene Clique, meine Freunde. Während ich noch vor mich hin lächelte, durchquerte ein Gast die Bibliothek. Ich hatte ihn noch nie gesehen. Normalerweise kennt man die Gesichter. Der Mann war jung und kräftig. Er hielt sich kerzengerade.

Der Kleidung nach zu urteilen, war er Brite. Stoffhose, Khakihemd, kurze Krawatte, maßgeschneiderte Tweedjacke. Der zeitlose Look, den die Briten so gut draufhaben. Ohne einen Blick auf meine Gruppe zu werfen, nahm er sich ein Buch aus dem Regal und verschwand durch eine Paneeltür. Die Bibliothek ist einem Herrenklub aus dem 19. Jahrhundert nachempfunden: Leder, Holz, Wärme, Bücher, Tierbilder, alte gerahmte Fotos, Zeitungen.

Ich ging wieder hinein, aber ich war immer noch nicht in der Stimmung für Geselligkeit. Es musste die Müdigkeit sein. Aus einer Eingebung heraus folgte ich dem Fremden durch die Paneeltür. Ein Teil des Hotels war erst kürzlich renoviert worden, und es interessierte mich, wie weit man schon gekommen war.

Aber auf der anderen Seite der Tür musste ich erkennen, dass ich mich im ältesten Teil des Gebäudes befand. Vermutlich im Dienstbotentrakt.

Die Beine des Mannes entschwanden gerade eine schmale Treppe hinauf. Warum ich ihm nachgegangen bin? Jedenfalls nicht um mit ihm anzubandeln oder so, sondern aus dem Gefühl der Freiheit – beziehungsweise des Leichtsinns – heraus, das mich auf dem Berg jedes Mal überkommt. Das macht die Luft. Die Luft ist so strahlend hier oben, als atmete man Licht.

Ich folgte ihm.

Aus einer kleinen Dachkammer drang gedämpftes Licht. Das Zimmer sah aus wie nachträglich unter der Schräge eingebaut. Ich zögerte. Durch die niedrige, halb geöffnete Tür sah ich den Fremden, der mit dem Rücken zu mir stand und in einem Buch blätterte. Ich klopfte an. Er blickte sich um. Ich schob die Tür ganz auf.

»Bringen Sie das heiße Wasser?«, fragte er.

Doch sogleich erkannte er seinen Irrtum.

»Sie brauchen sich nicht zu entschuldigen«, sagte ich. »Schließlich bin doch ich bei Ihnen eingedrungen. Ich gehöre zu der lärmenden Truppe da unten.«

Der junge Mann machte ein verwirrtes Gesicht. Er war breitschultrig und langgliedrig, eine Figur wie ein Ruderer oder Kletterer. Die Tweedjacke hatte er abgelegt. Er trug Hosenträger. In Hemd und Krawatte stand er vor mir, auf eine steife Art rührend verletzlich, wie man es manchmal von Engländern kennt.

»Ich wollte es mir gerade mit diesem Buch über den Mount Everest bequem machen«, sagte er. »Da will ich nämlich dieses Jahr noch rauf. Treten Sie doch ein. Bitte, kommen Sie.«

Ich ging hinein. Das Zimmer glich keinem der anderen im Hotel. Ein offener Kamin mit einem kümmerlichen Feuer, an der Wand ein Diwan, ein Waschtisch mit Krug und Schüssel. Auf dem Fußboden lag, halb ausgepackt, ein schwerer Lederkoffer, oben drauf ein verknäuelter gestreifter Schlafanzug. Zwei tropfende Kerzen flackerten auf dem Kaminsims. Auf dem Tischchen am Fenster brannte eine Petroleumlampe, davor stand ein Stuhl, vor dem Kamin ein altrosa Sessel. Strom schien es keinen zu geben.

Er folgte meinem Blick. »Ich bin nicht reich«, sagte er. »Die anderen Zimmer sind besser. Aber meins ist gemütlich. Wollen Sie sich nicht setzen? Der Sessel ist bequem. Bitte sehr … Miss …?«

»Hi, ich heiße Molly«, sagte ich und gab ihm die Hand.

»Sandy«, stellte er sich vor. »Sie müssen Amerikanerin sein.«

»Wieso?«

»Sie klingen zwar nicht wie eine, aber Sie haben so ein selbstsicheres Auftreten.«

Ich lachte. »Dachte ich mir's doch gleich, dass ich störe … Ich bin schon wieder weg.«

»Nein! Bitte, bleiben Sie … Was habe ich bloß für Manieren? Setzten Sie sich ans Feuer. Bitte, ich bestehe darauf.«

Aus einem Segeltuchrucksack, der hauptsächlich aus Taschen zu bestehen schien, kramte er einen Flachmann hervor. »Darf ich Ihnen einen Brandy anbieten?«

Er schenkte uns großzügig in zwei Zahnputzbecher ein.

»In diesem Teil des Hotels war ich noch nie. Hier ist es ja richtig urig. Scheint noch im Originalzustand erhalten zu sein. Gehört das zu dem Nostalgie-Event?«

Wieder musterte Sandy mich verwirrt. »Nostalgie-Event?«

»Na, diese historischen Vorführungen – Skifahren im Stil von Arnold Lunn und so.«

»Sie kennen Arnold Lunn?«

»Ich hab von ihm gehört. Das lässt sich hier im Hotel auch gar nicht vermeiden.«

»Ja, ein rechter Teufelskerl, nicht wahr? Wussten Sie, dass es eine Verbindung zwischen ihm und Sherlock Holmes gibt?«

Das war mir neu, aber ich sah ihm an, dass er drauf brannte, es mir zu erzählen. Er konnte kaum an sich halten. Er beugte sich vor und schob die Ärmel hoch. Seine Haut war knochenweiß.

»Arnolds alter Herr, Sir Henry, war versessen auf Sherlock Holmes' Abenteuer, er las sie abends laut am Kamin vor – er fand, sie gehörten vorgelesen, und der Meinung bin ich auch. Jedenfalls war Conan Doyle einmal mit Sir Henry im Berner Oberland, auf einer seiner Alpentouren, und Conan Doyle war zu nichts zu gebrauchen, weil er Sherlock Holmes den Garaus machen wollte, um sein Leben fortan der Erforschung des Paranormalen zu widmen. Man glaubt es nicht! Der Erforschung des Paranormalen! Und um nie wieder eine verflixte Detektivgeschichte schreiben zu müssen.«

Sandy nickte belustigt, trank einen tüchtigen Schluck Brandy und schenkte uns nach. Er hatte große, starke Hände, weißer, als ich sie je bei einem Mann gesehen hatte.

»Es ist schön, Gesellschaft zu haben«, sagte er. Ich lächelte ihn an. Er sah wirklich ausgesprochen gut aus.

»Dass Arthur Conan Doyle an übernatürliche Erscheinungen geglaubt hat, wusste ich gar nicht.«

»Und ob! Er ist zum Spiritismus konvertiert. Er hat wirklich daran geglaubt. Obwohl Sir Henry kein Interesse daran hatte, Sherlock Holmes ins Jenseits zu befördern, wollte er seinem Freund helfen. Also sagte er: ›Stoß ihn doch in den Reichenbachfall.‹ Conan Doyle hatte noch nie etwas vom Reichenbachfall gehört, er wusste nicht einmal, wo er lag. Sir Henry, der sich in den Alpen bestens auskannte, brachte ihn hin, und Conan Doyle hatte die Lösung für sein Problem gefunden. Und so haben dann

Holmes und Moriarty auch den Tod gefunden. Mir hat die Geschichte ungeheuer gut gefallen. Sie hieß ›Das letzte Problem‹.«

»Wenn man schon abtreten muss, dann am besten mit einem Paukenschlag«, sagte ich. »Und man könnte sogar ein Comeback inszenieren.«

Plötzlich verdüsterte sich seine Miene: Schmerz und Angst. »Halt dich am Seil fest.«

»Wie bitte? Ich komme nicht mit.«

Sandy fuhr sich über die Stirn. »Entschuldigung. Ich hatte den Faden verloren. Was ich eigentlich sagen wollte: Ein Engländer zieht ein erfülltes Leben einem langen Leben vor.«

»Ach ja?«

»Es gibt so viele Burschen, die für den Krieg noch zu jung waren und es sich nie verziehen haben, dass sie das höchste Opfer nicht bringen konnten. Sie würden alles tun, alles geben, alles wagen.«

»Warum sollte jemand sinnlos sein Leben aufs Spiel setzen wollen?«

»Für Ruhm und Ehre? Wer würde da zögern?«

»Wären Sie dazu bereit?«

»Unbedingt. Bei Frauen ist es natürlich anders.«

»Weil wir Kinder bekommen?«

»Vermutlich. Allerdings haben Sie jetzt ja auch das Wahlrecht …«

»Dass wir von unseren demokratischen Rechten Gebrauch machen, hindert uns doch nicht am Kinderkriegen.«

»Vermutlich nicht.«

Er blickte ins Feuer. »Hätten Sie vielleicht Lust, morgen mit mir Ski fahren zu gehen? Ich kenne ein paar interessante Strecken. Ich denke, Sie sind kräftig genug dafür.«

»Ich nehme das mal als Kompliment. Ja, warum nicht? Gern. Wenn Sie vom Krieg sprechen, Sandy, meinen Sie dann …«

»Den Großen Krieg.«

Sicher verfolgte er die Gedenksendungen im Fernsehen. Ich sagte: »Ich würde mein Leben für gar nichts aufs Spiel setzen. Der Tod ist mir zu endgültig.«

Er nickte nachdenklich, die Augen wie blaue Laserstrahlen. »Glauben Sie nicht an das Jenseits?«

»Nein. Sie vielleicht?«

Er schwieg. Mir gefiel seine ernste Art. Er hatte in der ganzen Zeit nicht einmal sein Handy gecheckt. Und er las. Alte Bücher. Das Buch, das er sich aus der Bibliothek geholt hatte, lag offen auf dem Tischchen.

»Es ist keine Frage des Glaubens«, sagte er schließlich. »Es ist eine Frage des Seins.«

Weil ich keine Lust hatte, mit ihm darüber zu diskutieren, wie es nach dem Tod mit uns weitergeht, wechselte ich das Thema.

»Hatten Sie vorhin gesagt, dass Sie den Everest besteigen wollen?«

»Ja. Es ist eine offizielle britische Expedition. Ich bin für die Sauerstoffzylinder verantwortlich, nur ein kleines Licht. Ich rechne nicht damit, dass ich den Gipfel erreichen werde, aber es ist eine große Ehre, als Teilnehmer ausgewählt worden zu sein. Alle anderen sind sehr viel erfahrener als ich. Berge und Wildnis haben mich schon immer fasziniert. Kalte Berge. Kalte Wildnis. Als Junge habe ich alles verschlungen, was ich über Captain

Scott und die Antarktis in die Finger bekommen konnte – und über Amundsen, diesen Betrüger.«

»Nur weil Amundsen statt Ponys Hunde genommen hat, war er doch kein Betrüger.«

»Er hätte überhaupt niemals gegen Scott antreten dürfen. Unsere Expedition verfolgte einen wissenschaftlichen Zweck. Er war nur auf den Ruhm aus.«

»Willkommen in der Welt von heute.«

»Billige Effekthascherei. Ohne mich.«

»Warum wollen Sie den Everest besteigen?«

»Mallory hat es besser ausgedrückt, als ich es könnte: ›*Weil es ihn gibt.*‹«

Mit seinem marmorweißen Gesicht wirkte er so imposant wie eine Statue. Lag es an dem heruntergebrannten Feuer, lag es daran, dass mir der Brandy zu Kopf gestiegen war, oder am Mond, der durch das kahle helle Fenster hereinschien? Auf jeden Fall sah er aus wie aus Mondstein gemeißelt, dieser junge Kerl.

»Wie alt sind Sie, Sandy?«

»Zweiundzwanzig. Ich kann Sie nicht nach Ihrem Alter fragen, das gehört sich nicht bei einer Dame.«

»Ich bin vierzig.«

Sandy schüttelte den Kopf. »Für eine Vierzigjährige sind Sie viel zu hübsch. Hoffentlich stört es Sie nicht, dass ich Sie hübsch nenne. Und nicht schön.«

Es störte mich nicht im Geringsten.

»Im April breche ich in den Himalaja auf. Mit einem Zwischenhalt in Darjeeling. Danach geht es in ein Kloster am Fuß des Berges. Rongbuk. Dort wohnen wir. Die Mönche glauben, dass der Berg – der Everest – singt. Für unsere Ohren ist die Musik zu hoch, aber einige der buddhistischen Meister können sie vernehmen.«

»Das ist mir ein bisschen zu mystisch.«

»Tatsächlich? Schwindelt es Ihnen nicht, wenn Sie hier oben in Mürren sind?«

»Doch, schon, aber das kommt von der dünnen Luft. Das hat physiologische Ursachen. Das …«

Sandy fiel mir ins Wort. »Den Menschen wird in den Bergen schwindelig, weil sich die fassbare Welt entstofflicht. Wir sind nicht die dimensionalen Wesen, für die wir uns halten.«

»Sind Sie Buddhist?«

Sandy schüttelte ungeduldig den Kopf. Ich war eine Enttäuschung für ihn, das merkte ich ihm an. Er unternahm einen zweiten Anlauf, sah mir tief in die Augen. Diese Augen …

»Beim Klettern begreife ich, dass die Schwerkraft dazu da ist, uns vor der Leichtigkeit des Seins zu schützen. So wie die Zeit uns vor der Ewigkeit schützt.«

Während er redete, kroch mir die Kälte in die Glieder, als wäre die Temperatur abgesunken. Auf der Fensterscheibe standen Eisblumen. Sandy sah an mir vorbei, als hätte er mich völlig vergessen. Plötzlich fiel mir an seinen Augen etwas Seltsames auf. Er blinzelte nicht.

Als er weitersprach, lag eine wilde Verzweiflung in seiner Stimme. »Ich habe nie danach getrachtet, das übermächtige Feuer der Existenz zu meiden. Was wir fürchten sollten, ist nicht der Tod. Es ist die Ewigkeit. Verstehen Sie?«

»Ich fürchte, nein, Sandy.«

»Der Tod – ist er nicht auch ein Ausweg? Schwingt in unserer Furcht nicht auch die Erleichterung mit, dass es einen Ausweg gibt?«

»Ich habe noch nie übers Sterben nachgedacht.«

Er stand auf und trat ans Fenster. »Und wenn ich Ihnen sagen würde, dass das Sterben kein Ausweg ist?«

»Ich bin nicht religiös.«

»Sie werden es schon noch erkennen. Wenn die Zeit kommt, werden Sie es wissen.«

Ich erhob mich ebenfalls. In dem Zimmer war keine Uhr. Ich sah auf meine Armbanduhr. Ihr Glas war zersprungen.

»Ist sie kaputt?«, fragte Sandy. Er klang wie aus weiter Ferne, als ob er mit jemand anderem redete. »Dann ist es besser, sie in die Tasche zu stecken.«

»Ich muss irgendwo gegengestoßen sein.«

»Verdammter Schiefer! Der Berg ist lausig.«

»Was für ein Berg? Der Eiger?«

»Nicht der Eiger – der Everest. Für mich war der Name immer ein Witz – dieser unbarmherzige, gnadenlose Fels, keine Pause, kein Schlaf, Windgeschwindigkeiten von 240 Stundenkilometern, wenn man Pech hat, und man hat immer Pech – und die Briten nannten ihn ›Ever Rest‹, Ewige Ruhe. Meinen Sie, er hat an die Toten gedacht?«

»Wer, Sandy? Wer hat an die Toten gedacht?«

»Sir George Everest. Sie glauben doch nicht, dass die Tibetaner oder Nepalesen einem Berg im Himalaja diesen Namen gegeben hätten? Das war die Royal Geographical Society, 1865 – sie benannte ihn nach Sir George Everest, dem Leiter der Großen

Trigonometrischen Vermessung des indischen Subkontinents. Eins muss man ihm hoch anrechnen, er hat sich dagegen gesträubt. Er sagte, auf Hindustanisch könne man den Namen weder schreiben noch aussprechen. Für die Einheimischen wird der Everest immer die Mutter des Universums sein.«

»Seltsame Mutter, die so viele ihrer Kinder umbringt«, warf ich ein.

»Es gibt heilige Orte«, sagte Sandy. »Orte, die wir nicht betreten dürfte. Ich habe das auch erst in dem Kloster in Rongbuk begriffen.«

»Sie waren schon einmal da? Ich dachte, Sie fahren erst hin.«

»Ja. Ja. Wie spät ist es? Die Sonne ist untergegangen.« Er schien verwirrt. Ich beschloss, mich britisch zu geben und so zu tun, als wäre nichts weiter vorgefallen.

»Haben die Chinesen das ursprüngliche Kloster in Rongbuk nicht während der Kulturrevolution 1974 zerstört?«

Sandy hörte mir nicht zu. Er kniete auf dem Boden und wühlte in seinem Rucksack, vornübergebeugt wie ein Kind. »Ich hab meinen Eispickel verloren.«

Höchste Zeit, mich davonzumachen. Ich stand auf und zog meine Jacke an. Meine Füße waren taub. Ich hatte gar nicht gemerkt, wie durchgefroren ich war. Das Zimmer erstarrte vor Frost. Es wurde weiß. Die warmen Töne des polierten Holzes waren ausgebleicht wie Knochen an der Sonne, wie das Skelett eines am Berg Gebliebenen. Das Feuer war erloschen, die Asche ein grauer, nutzloser Berg. Die Vorhänge am Fenster sahen wie Eistücher aus.

Ich zitterte am ganzen Körper. Ich fühlte etwas Feuchtes im

Nacken. Der altrosa Sessel hatte dunkle Flecken. Sandy, der noch immer kniete, hatte Schneeflocken auf dem Khakihemd. Furchteinflößend. Wunderschön. Kann das ein und dasselbe sein? Es schneite im Zimmer.

»Sandy! Schnell, Ihre Jacke. Kommen Sie.«

Wie blassblau seine Augen waren.

Ein Wind kam auf. Es schneite nicht nur, es wehte auch. Der Wind ließ den Deckel des Lederkoffers auf dem Fußboden auf- und zuklappen. Das ganze Zimmer klapperte. Der Wind blies die Kerzen auf dem Kaminsims aus. Die Petroleumlampe brannte noch, aber die klare Flamme lag schon in den letzten Zügen, und das Innere des Glaszylinders vernebelte sich mit Kohlendioxid. Die Luft ist zu dünn. Der Wind weht, aber es gibt keine Luft. Sandy stand reglos am Fenster.

»Sandy! Kommen Sie!«

»Darf ich Sie küssen?«

Absurd. Wir sterben, und er will mich küssen. Ich weiß nicht, warum, aber ich ging zu ihm. Ich legte ihm die Hand auf die Brust und stellte mich auf die Zehenspitzen, als er sich über mich beugte. Die Berührung seiner Lippen werde ich nie vergessen – wie kalt sie brannten. Als ich meine Lippen leicht öffnete, ganz leicht nur, atmete er durch den Mund ein, als wäre ich ein Sauerstoffzylinder. Das war das Bild, das mir durch den Kopf schoss.

Er atmete so tief ein, dass ich fühlen konnte, wie sich meine Lunge zusammenpresste. Seine Hand lag auf meiner Hüfte, sanft und behutsam, so kalt, so kalt. Und jetzt brannten auch meine Lippen.

Ich riss mich los, rang nach Luft, dass sich meine Lunge aufblähte. Er war nicht mehr so blass, hatte etwas Farbe im Gesicht. Er sagte: »Halt dich am Seil fest.«

Ich war an der Tür. Ich musste mit beiden Händen ziehen, um sie trotz der Schneewehe, die sich davor türmte, öffnen zu können. Halb fiel, halb rannte ich die steile Treppe hinunter. Im Dunkeln stolpernd schaffte ich es irgendwie zurück in den Haupttrakt des Hotels. Ich musste Hilfe holen.

Die Bar war geschlossen. Die Bibliothek, in der wir nach dem Essen zusammengesessen hatten, war verlassen, das Feuer längst erloschen. Ich rannte ins Foyer. An der Rezeption saß der Nachtportier. Er schien überrascht, mich zu sehen. »Wo sind denn alle hin?«, fragte ich.

Er hob ratlos die Augenbrauen. »Es ist vier Uhr vierzig, Madame. Das Hotel schläft.«

Ich war nicht einmal eine Stunde weg gewesen. Aber zum Diskutieren war jetzt keine Zeit. »Der junge Mann, der im alten Trakt wohnt – er erfriert.«

»Im alten Trakt wohnt niemand, Madame.«

»Doch! Hinter der Tür in der Bibliothek – ich zeige es Ihnen!«

Der Nachtportier nahm Schlüssel und Taschenlampe und folgte mir. Wir gingen durch die Bibliothek. Ich drückte die Klinke der Paneeltür nieder, doch die ging nicht auf. Ich drückte, ich rüttelte. »Aufmachen! Aufmachen!« Behutsam legte mir der Mann die Hand auf den Arm.

»Das ist keine Tür, Madame, nur Dekoration.«

»Aber dahinter ist eine Treppe. Ein Zimmer – ich sage Ihnen doch, ich war da!«

Der Nachtportier schüttelte lächelnd den Kopf. »Vielleicht können wir morgen früh noch mal nachschauen. Dürfte ich Sie nun zu Ihrem Zimmer begleiten?«

Er denkt, ich bin betrunken; er denkt, ich bin verrückt.

Ich ging auf mein Zimmer. Fünf Uhr. Hellwach legte ich mich ins Bett. Als ich aus dem Schlaf schreckte, schien mir die Sonne ins Gesicht, schräg durch die offenen Jalousien fallend. Von draußen drangen die üblichen Geräusche eines Hoteltags herein. Und mir tat alles weh.

Ich sah in den Spiegel. Meine Lippen waren erfroren.

Ich duschte heiß, zog mich an, cremte mir die Lippen dick mit Vaseline ein und ging nach unten. Einige aus meiner Gruppe standen mit ihren Skiern im Foyer. »Hey! Wo bist du denn gestern Abend abgeblieben? Auf einmal warst du weg!«

Mike war auch dabei. »Hast du ein Gespenst gesehen?«

Alles lachte.

Ich bat Mike, kurz mitzukommen. Als Erstes ging ich mit ihm zu der Paneeltür.

»Die ist nicht echt«, sagte Mike. »Nur für den urigen Look.«

Ich nahm ihn mit nach draußen, auf die Rückseite des Hotels, wo das Fenster hätte sein müssen.

Aber da war kein Fenster. Ich versuchte mich an einer Erklärung. Redete wirres Zeug. Das Seil. Mount Everest. Der Junge wollte den Everest besteigen. Mike runzelte die Stirn. »Komm mit, das musst du Fabrice erzählen.«

Fabrice saß in seinem Büro, umgeben von Papieren und Kaffeetassen. Er hörte sich meine Geschichte ohne große Verwunderung an. Als ich fertig war, nickte er, sah erst Mike an, dann mich.

»Es nicht das erste Mal, dass der junge Mann auf dem Berg gesehen wurde, aber im Hotel ist ihm bis jetzt noch nie jemand begegnet. Das Zimmer, das Sie beschreiben – das hat es früher gegeben, vor fast hundert Jahren. Warten Sie, ich zeige Ihnen die Fotos.«

Das Palace Hotel in den Anfangsjahren der Alpentouren. Davor eine Gruppe lächelnder Männer mit Holzskiern. Fabrice tippte mit dem Stift darauf.

»Sir Henry Lunn, Arnold Lunn …«

Ich unterbrach ihn. »Da ist er! Das ist Sandy.«

»Voilà«, sagte Fabrice. »Mr Andrew Irvine. Der Name ist Ihnen vielleicht bekannt?«

Mike antwortete leise, mit bebender Stimme. »Der mit George Mallory den Everest bestiegen hat?«

»Genau der. Irvine und Mallory sind von ihrem Erstbesteigungsversuch am 8. Juni 1924 nicht zurückgekehrt. Im Gegensatz zu Mallorys Leiche wurden Irvines Überreste bis heute nicht gefunden.«

»Und er hat hier gewohnt«, sagte ich.

»Wie Sie sehen. In einem Dritte-Klasse-Zimmer. Er war ein erstaunlicher junger Mann. Geboren 1902. Ein begnadeter Tüftler und Mechaniker. Man erzählt sich, dass Mallory ihn deshalb als Partner für den verhängnisvollen Aufstieg ausgewählt hat, weil Irvine der Einzige war, der einen Sauerstoffzylinder reparieren konnte.«

»Wie ist er gestorben?«

»Man weiß es nicht. Mallorys Leiche wurde erst 1999 entdeckt, das Seil noch um die Hüften.«

Plötzlich sah ich Sandy vor mir, hörte seine Stimme in dem eisig weißen Raum: »Halt dich am Seil fest!«

»Wie bitte?«

»Nichts. Nichts.«

Wir schwiegen, alle drei. Was gab es auch zu sagen?

Fabrice fand als Erster die Sprache wieder. »Irvines Eispickel wurde 1933 gefunden. Weitere Hinweise gab es seitdem nicht. Aber wenn man irgendwann seine Leiche findet, wird er eine Kamera umhängen haben. Kodak behauptet, dass der Film wahrscheinlich noch entwickelt werden kann. Vielleicht erfahren wir also doch noch, ob Mallory und Irvine den Gipfel des Everest erreicht haben.«

Ich holte meine Armbanduhr mit dem zerbrochenen Glas heraus und legte sie auf den Schreibtisch. »Das ist merkwürdig«, sagte Fabrice. »Mallory hatte seine Uhr in der Tasche, sie war ebenfalls zerbrochen. Womöglich in der Sekunde stehen geblieben, als die Zeit für ihn anhielt.«

»Sieh dir das mal an«, sagte Mike und hielt mir sein iPad hin.

Denn letzten Endes ist der Sinn des Lebens die Freude. Wir leben nicht, um zu essen oder Geld zu verdienen. Wir essen und verdienen Geld, um uns des Lebens zu freuen. Das bedeutet Leben, und dafür ist das Leben da.

George Mallory, New York City, 1923

Wie jeder Mensch betäube ich meine Lebensgeister mit materiellen Dingen, hänge mir Gewichte an die Knöchel, wie ein Tiefseetaucher. Und folge dem Ruf nicht. Denn ihm zu folgen hieße, in der durchsichtigen Luft zu leben, den Schritt vom Gipfel in den Abgrund zu tun, fortzugehen, um nicht zurückzukehren.

Die übermächtigen Feuer des Seins.

Und um sie herum fällt der Schnee. Und über ihren Köpfen hängt der Himmel. Und in ihren Augen die alten Sterne, die kalt und düster leuchten, in anderen Himmeln.

Kamila Shamsies Truthahn-Biryani

Letztes Jahr plante meine Frau Susie Orbach für die Feiertage ihr übliches Weihnachtsessen.

Ich sagte: »Ich könnte doch auch mal kochen.« Sie machte ein entsetztes Gesicht. Susie ist eine hervorragende Köchin. Als wir uns kennenlernten, kochte ich mit großer Begeisterung, aber ich musste schon bald feststellen, dass ihr meine Gerichte nicht schmeckten – Braten, Eintöpfe, Pasteten, Aufläufe, Bratwurst mit Kartoffelbrei und Ähnliches. Ich kaufte mir ein jiddisches Wörterbuch, um herauszufinden, was »goische Chazerai« bedeutet.

In jenem Dezember hatten wir Besuch von der pakistanischen Schriftstellerin Kamila Shamsie, und ich fragte sie nach Weihnachten in Karatschi, ihrer Heimatstadt mit 25 Millionen Einwohnern. Sie erzählte eine herrliche Geschichte, die sie in einer amerikanischen Nachrichtensendung gehört hatte. Darin hieß es, dass die Taliban in Karatschi zahlreiche Unterstützer hätten, könne man daran erkennen, dass an den Ampeln Taliban-Bärte zum Ankleben verkauft würden.

Kamila hatte eine Freundin in Karatschi angerufen, um diese interessante Meldung zu verifizieren. Und es stellte sich heraus, dass es sich bei besagten Bärten um die in dieser Jahreszeit so beliebten Weihnachtsmannbärte handelte.

Kamila Shamsie ist eine wunderbare Schriftstellerin, aber nicht nur das. Mit diplomatischem Geschick gelang es ihr, das Duell zwischen Susie und mir wegen des Festmahls zu entschärfen, indem sie uns anbot, ihre eigene pakistanische Version eines Weihnachtsessens für uns zu kochen.

Um ebenfalls etwas beizutragen, bereitete ich einen Schmortopf mit Fasan aus dem AGA-Kochbuch von Mary Berry zu. Ich freue mich, Ihnen mitteilen zu können, dass er vielen unserer Gäste geschmeckt hat. Aber eins steht fest: Kamilas Truthahn-Biryani – nennen Sie es ja nicht Curry! – war die Krönung.

Das Rezept entsprang unserer Diskussion über Obst in Hauptgerichten (siehe mein Rezept für Glühwein auf Seite 226). Wie sagte Kamila so schön? »Die Briten haben die halbe Welt kolonisiert, aber immer noch zerkochten Kohl gegessen.«

Wenn Sie Trockenfrüchte und frische Gewürze mögen und nicht wissen, wohin mit all dem Truthahnfleisch, probieren Sie dieses Rezept aus – abgedruckt mit freundlicher Genehmigung der Köchin.

Kamila sagte: Normalerweise gibt es in Pakistan keine Truthähne, deshalb kann ich auch nicht erklären, warum bei einer befreundeten Bauernfamilie im Pandschab gleich zwei davon herumliefen. Es war Dezember 1980, und ich war sieben Jahre alt.

Der erste Vogel landete an dem Tag auf unseren Tellern, als meine Eltern, meine Schwester und ich dort ankamen, und weil ich ihn nicht mehr lebend gesehen hatte, hatte ich keine Hemmungen, ihn zu essen – im Ganzen gebraten, wie in England. Aber am nächsten Tag hörten wir fünf Kinder – meine Schwester und ich sowie die drei Geschwister der Familie, bei der wir wohnten – ein sehr eigenartiges Geräusch, und als wir ihm nachgingen, erwartete uns ein noch eigenartigerer Anblick: ein aufgeplustertes Wesen, das nur aus Federn, Kehllappen und einem Schnabel zu bestehen schien. Wir nannten es Aha!. (Auf dem Hof lebten auch zwei Enten, die wir Déjà-vu und Voulez-vous getauft hatten. Wir sprachen kein Französisch, aber in Karatschi hatte kürzlich ein Café eröffnet, das Déjà-vu hieß, und »Voulez-vous« von ABBA kannten wir alle. Und weil der Refrain des Songs »Voulez-vous … aha!« lautet, lag der Name für den Truthahn nahe.)

An diesem Aha! stellten wir bald eine Besonderheit fest, an der wir unendlich viel Spaß hatten: Wenn man die Stimme hob und ihm in einer bestimmten Tonlage etwas vorsprach oder -sang, antwortete er auf »Putisch«, und zwar genau so lange, wie man ihn angeredet hatte. »Voulez-vous … aha!«, sangen wir. »Gurgel, koller, jipp«, antwortete er. *»The hussy! – Ought to be ashamed of herself!«*, sagten wir (eines unserer Lieblingszitate aus dem Musical »Oklahoma!«). »Gurgel, jipp, koller jipp-kläff koller gurgel«, tönte es von Aha! zurück.

Natürlich hat die Geschichte kein Happy End.

Eines Tages war Aha! plötzlich verschwunden. »Er ist mit

einer wilden Truthenne durchgebrannt«, erzählte man uns, und um die Geschichte glaubwürdiger zu machen, nahmen Erwachsene und Kinder die Suche nach der treulosen Tomate auf. Unter lautem Hallo zogen wir zu Fuß und im Jeep los, vorbei an Baumwoll- und Zuckerrohrfeldern und Orangenhainen bis zu den Sanddünen, die aus unerfindlichen Gründen an das landwirtschaftliche Grün angrenzten.

Aha! wurde nie gefunden, und erst als ich längst erwachsen war, erzählten mir zwei der Kinder, die damals mit uns auf der Farm gewesen waren, die furchtbare Wahrheit. Aha! war nicht mit seiner Liebsten in die Wüste ausgebüxt, sondern hatte sein Leben auf dem Hackklotz ausgehaucht.

Doch was war aus ihm geworden?

»Wir haben den Truthahn noch am selben Abend gegessen«, beteuerten die Geschwister – und sie lassen sich bis heute nicht davon abbringen.

»Nein«, sagte ich. »Den Truthahn haben wir am ersten Abend bekommen, als wir Aha! noch gar nicht kannten. Ich hätte doch nicht die ganzen Jahre an diese romantische Truthahnflucht geglaubt, wenn man ihn uns am selben Abend aufgetischt hätte.«

Im Nachhinein kann ich nur vermuten, dass man uns Aha! als irgendetwas anderes vorgesetzt haben muss. Nach der langen Suche hat man uns sicher weisgemacht, es wäre Huhn, und ich habe es gegessen und den leicht bitteren Geschmack auf meinen Kummer geschoben.

Weil ich löchrige Handlungen nicht leiden kann, muss ich mich wohl damit abfinden, dass man uns Aha! tatsächlich als Mahlzeit untergejubelt hat.

Vielleicht sogar als Truthahn-Biryani, das wäre mir am liebsten.

Dieser Abschied erschiene mir passend für einen extravaganten Vogel, der uns so viel Freude beschert hat – bis zum letzten Bissen.

Auf der nächsten Seite finden Sie mein Truthahnreste-Biryani (mampfmampf mampf schmatz).

Sie brauchen:

Truthahnreste, gewürfelt (Sie können auch ganz von vorn anfangen. Dazu braten Sie zwei Truthahnkeulen und würfeln anschließend das Fleisch. Die Haut können Sie wegwerfen oder wegputzen – in einem pakistanischen Gericht hat Geflügelhaut nichts zu suchen.). Ich würde 500 g vorschlagen, die Menge hängt wirklich davon ab, wie viel Fleisch Sie übrig haben. Gegebenenfalls passen Sie die Mengenangaben in diesem Rezept einfach an.

500 g Reis. Nur Basmati ist gut genug. Bitte glauben Sie mir.

2 große Zwiebeln, fein gehackt

1 Esslöffel geriebenen Ingwer

3 Knoblauchzehen, durchgedrückt

1 gehackte rote Chilischote oder 1 Teelöffel Chilipulver (oder auch mehr, je nachdem, was die Geschmacksknospen aushalten)

1 Teelöffel Kurkumapulver

1 Teelöffel Salz (kann wie alle Zutaten den persönlichen Wünschen und Vorlieben angepasst werden)

8 grüne Kardamomkapseln

6 Gewürznelken

1 Teelöffel schwarzen Pfeffer

1 Zimtstange

1 Esslöffel Koriandersamen

3 mittelgroße Tomaten, gehackt

100 ml Milch (wenn Sie ein bisschen experimentierfreudig sind – und warum sollten Sie das nicht sein? –, weichen Sie in der Milch etwas Safran ein, bevor Sie mit den Vorbereitungen für das Biryani beginnen)

1 Handvoll große Rosinen (optional)

1 Handvoll Cashewnüsse (optional)

Zubereitung

Planen Sie für die folgenden Schritte genügend Zeit ein, das macht das Leben leichter.

Den Reis so lange waschen, bis das Wasser beim Abgießen klar ist. In einen Topf geben, mit 500 ml Wasser auffüllen. Auf relativ großer Flamme so lange kochen, bis der Reis das ganze Wasser aufgenommen hat (circa 8–10 Minuten). Er sollte noch bissfest sein. Wenn der Reis zu schnell gart und das Wasser noch nicht völlig absorbiert ist, gießen Sie es einfach durch ein Sieb ab. Ich habe jedes dritte Mal zu viel Wasser im Topf, was vermutlich daran liegt, dass ich es nicht abmesse. Es kommt vor allem darauf an, dass der Reis noch bissfest ist; ein einzelnes Korn sollte bei Druck nachgeben, aber noch einen leicht festen Kern haben. Lockern Sie den Reis schön mit der Gabel auf, damit die Körner beim Abkühlen nicht zusammenpappen.

In einem anderen Topf dünsten Sie die Zwiebeln bei starker Hitze, bis sie goldbraun sind. Und damit meine ich goldbraun!

Natürlich brauchen Sie dafür reichlich Öl, damit die Zwiebeln nicht ansetzen. Entnehmen Sie einen Esslöffel der gerösteten Zwiebeln und stellen Sie sie fürs Garnieren beiseite.

Geben Sie sämtliche Gewürze zu den im Topf verbliebenen Zwiebeln. Unter Rühren ein, zwei Minuten mitdünsten, bis sie ihr fantastisches Aroma entfalten. (Kochdünste von Zwiebeln und Gewürzen sind nicht jedermanns Sache – dagegen hilft eine Zimtstange in kochendem Wasser auf dem Herd. Das nimmt den Geruch.) Geben Sie die gehackten Tomaten zum Zwiebel-Gewürz-Gemisch und drehen Sie die Hitze herunter. Das Ganze köcheln lassen, bis die Tomaten und Gewürze eine dicke Paste gebildet haben (wenn Sie befürchten, dass die Masse am Topfboden ansetzt, geben Sie zwischendurch ein paar Tropfen Wasser zu). Veranschlagen Sie dafür 15 bis 20 Minuten (trauen Sie Ihren Augen mehr als meiner Zeitangabe).

Das Truthahnfleisch hinzugeben und noch etwa 10 Minuten bei schwacher Hitze weiterköcheln lassen, bis das Fleisch die Aromen aufgenommen hat.

Falls nötig, die Hitze am Ende etwas hochdrehen, bis die Restflüssigkeit verdampft ist.

40 Minuten bevor Sie das Gericht auf den Tisch bringen möchten, tun Sie Folgendes:

Fetten Sie eine Auflaufform ein. Ein Drittel vom Reis einfüllen. Mit Milch beträufeln. Die Hälfte des geschmorten Truthahnfleischs darauf verteilen. Mit dem nächsten Drittel Reis bedecken. Mit Milch beträufeln. Den Rest des Truthahnfleischs darauf verteilen. Mit dem letzten Drittel Reis bedecken. Mit

Milch beträufeln. Die beiseitegestellten Röstzwiebeln und eine großzügige Handvoll gehacktes Koriandergrün darüberstreuen. Mit Alufolie oder einem Deckel verschließen. Bei 180 Grad für eine halbe Stunde in den Backofen stellen, vielleicht auch etwas länger.

Letzter Schritt – optional, je nachdem, unter welchen Spätfolgen von FALSCH VERWENDETEN Früchten und Nüssen im Weihnachtsessen Sie leiden:

Dünsten Sie die Rosinen in ein wenig Öl, bis sie aufgequollen sind. Beiseitestellen. Anschließend die Cashews eine Minute lang leicht rösten.

Das Truthahn-Biryani vor dem Servieren mit Rosinen und Cashews bestreuen.

Der silberne Frosch

Das Waisenhaus von Frau Knittel steckte in den letzten Weihnachtsvorbereitungen.

In der weitläufigen Eingangshalle erhob sich eine riesige Tanne, die in Bälde prächtig geschmückt werden würde.

Draußen an der Tür hing ein Stechpalmenkranz, so groß wie ein Rettungsring. Bedauerlicherweise war die Tür schwarz lackiert; mit dem winterlichen Kranz auf finsterem Grund erinnerte sie nämlich ein wenig an den Eingang eines Beerdigungsinstituts.

Aber der Messingklopfer war blitzblank poliert, und der stramme Klingelzug harrte glänzend seines Einsatzes. Es wurden Gäste erwartet: Die Wohlhabenden und Wohltätigen aus Rußstadt waren zum Weihnachtsmahl geladen.

Zu Ehren des Tages und als Werk der Barmherzigkeit für die armen, elternlosen Kinder, die Frau Knittel unter ihre stattlichen Fittiche genommen hatte, wurden die Speisen aus der Rußstädter Gemeindekasse bezahlt.

Als Vogel wäre Frau Knittel beim Fliegen nicht weit gekommen – falls sie sich überhaupt in die Lüfte hätte erheben können, ähnelte sie doch in vielem einem gigantischen Truthahn. Aber keinem wilden Truthahn, nein. Einer gemästeten Bronzepute mit ausladender Brust, runzliger Gurgel, kleinem Kopf und Beinen, die … Aber da die Mode jener Zeit der Verhüllung huldigte, hatte Frau Knittels Beine noch nie ein Mensch zu sehen bekommen. Es reicht wohl, wenn man davon ausgeht, dass ihre Beine – vorausgesetzt, sie hatte welche – truthahnartig waren. Soll heißen, nicht fürs Reisen oder für lange Wanderungen geeignet.

Obwohl die Dame also in vieler Hinsicht der Krönung jeder weihnachtlichen Festtagstafel ähnelte, hatte sie doch in einer Hinsicht Ähnlichkeit mit etwas gänzlich anderem. Frau Knittel besaß das Gesicht eines Krokodils. Ihr Kiefer war lang, ihr Mund war breit. Und in dem Mund lauerten sehr, sehr große Zähne. Die kleinen, umfältelten Äuglein glupschten mit wachsamer Mordlust in die Welt. Ihr Hals und ihr Dekolleté hätten eher für eine Handtasche als für einen Menschen gepasst. Aber sie war nicht grün. Nein, Frau Knittel war nicht grün. Sie war rosa.

Ganz Rußstadt war sich einig: eine ganz reizende, mildtätige, rosenwangige Witwe.

Über das Ende von Herrn Knittel ist nichts bekannt. Es genügt zu wissen, dass er tot ist. Die Eheleute hatten keine Kinder.

Letzteres erwähnte Frau Knittel selbst und oft und stets mit Krokodilstränen in den Krokodilaugen. So trafen in ihrem Waisenhaus der Zufall und die Mildtätigkeit aufs Schönste zusammen, und sie bekam die Familie, die ihr das Leben versagt hatte.

Waisenkinder aus nah und fern wurden in der großen Villa

untergebracht, für deren Unterhalt die Mitglieder des Rußstädter Wohlfahrtsvereins aufkamen.

Dieses Weihnachten war das Haus voller Kinder. Zwar machten die Waisen mit Abstand die wichtigste Erwerbsquelle aus, doch es wurden auch Kinder in Pension genommen, deren Eltern andernorts Verpflichtungen hatten und sie nur zu gern gelegentlich bei Frau Knittel abgaben. Die Kosten waren erheblich, aber wie sagte Frau Knittel so schön? Qualität hat ihren Preis.

Wer das Haus des Heils, wie Frau Knittel ihre Institution nannte, betrat, zeigte sich in der Regel beeindruckt von dem fröhlich hellen Aufenthaltsraum mit dem warmen Kaminfeuer, vor dem die Mädchen Handarbeiten verrichteten.

In einer Werkstatt im Garten bauten und reparierten die Jungen allerhand Nützliches. Es gab ein Klassenzimmer, einen Gemüsegarten, einen Seerosenteich und zwei Schlafsäle. Auf jedem der kleinen Eisenbetten lag eine warme Steppdecke, und auf jedem Nachttischchen saß ein knopfäugiger Teddybär.

Und Weihnachten – ach, Weihnachten! Das Fest der Freude. An diesem Morgen schmückten die Kinder den Christbaum. Er stand in der Halle, gespendet von einer Sägemühle am Stadtrand. Starke Männer hatten die Tanne umgehauen und wieder aufgestellt. Die unteren Äste waren so dicht wie ein Wald. Die fiedrige Spitze schwebte wie ein grüner Vogel sehr hoch oben.

Die Kinder standen in ihren grauen Kitteln davor und sahen den Baum an. Frau Knittel sah die Kinder an.

»Wer eine Glaskugel fallen lässt, wird in den Kohlenkeller gesperrt und bekommt kein Abendessen«, sagte Frau Knittel. »Und warum ist die Leiter so kurz, dass sie nicht bis zur Spitze reicht?

Ihr Faulpelze von Jungen, lasse ich euch etwa im Werken unterrichten, damit ihr Leitern baut, die zu kurz sind?«

Reginald hob die Hand. »Bitte, Frau Knittel, eine Trittleiter darf nicht länger sein als diese hier, sonst ist sie zu gefährlich. Eine Trittleiter hat doch einen A-förmigen Rahmen, Frau Knittel, ja? Und deswegen ...«

Frau Knittels rosa Miene verdunkelte sich ins Rote. Sie baute sich vor Reginald auf und musterte ihn durch ihr Schildpattmonokel. Dem Jungen fiel auf, dass Frau Knittel nicht blinzelte. »Nun denn«, sagte sie. »Wenn das die größte Leiter ist, die du bauen kannst, dann musst du eben einen Stuhl auf die Leiter stellen und dich selbst auf den Stuhl. Und dann steckst du die Fee auf die Spitze. Hast du mich verstanden?«

Es war unmöglich, sie nicht zu verstehen. Die Kinder schwiegen. Der Stuhl wurde geholt. Reginald konnte ihn kaum tragen. Mathilde trat vor. »Bitte, Frau Knittel, Reginald kann nicht mit dem Stuhl auf die Leiter steigen. Er hat doch einen Klumpfuß.«

Frau Knittel starrte auf Reginalds schweren schwarzen Schnürstiefel. »Wenn ich eins noch mehr hasse als Waisenkinder, dann sind es verkrüppelte Waisenkinder«, sagte sie mit einem Blick, als ob sie ihn fressen wollte. »Ronald, bist du eine verkrüppelte Waise oder ein verwaister Krüppel? HA HA HA HA HA.«

Dann wandte sie sich Mathilde zu. »Na schön, Margret. Wie ich sehe, bist du die Kleinste hier bei uns – so unerquicklich eine Wachstumsstörung auch ist, in diesem Fall kommt sie uns sehr zupass. Du kletterst da rauf!«

Mathilde sah an dem Baum hoch, der sich der prachtvollen

Stuckdecke entgegenreckte. Die Spitze der Spitze kitzelte eine Putte beinahe am Kinn.

»Rauf mit dir, immer am Stamm lang, und oben steckst du die hier drauf«, befahl Frau Knittel und zückte eine Fee. Sie war aus Stoff und hatte Haare aus Bast. »Nimm sie zwischen die Zähne. So.« Den Waisenkindern entfuhr ein erschrockenes, ungläubiges Uh und Ah, als sich Frau Knittel die unglückselige Fee zwischen die Kiefer klemmte. Sie redete weiter, ohne sie wieder herauszunehmen, was ihr überhaupt nicht schwerfiel. »Zu meiner Zeit sind Waisenkinder noch in Schornsteinen hochgeklettert, die zwanzigmal höher waren als diese lächerliche Tanne, und es hat ihnen auch nicht geschadet.« Sie nahm die Fee aus dem Mund; sie zwischen den Zähnen zu haben hatte sie daran erinnert, dass sie Hunger hatte. »Zeit für mein zweites Frühstück, Würstchen im Schlafrock. Bis ich wieder zurück bin, steckt die Fee auf dem Baum. Und sei gewarnt: Wenn dir auch nur eine einzige Kugel runterfällt, heißt es: Marsch, in den Kohlenkeller.«

Frau Knittel rauschte davon, ihrem Würstchen im Schlafrock entgegen. Reginald steckte Mathilde die Fee zwischen die Lippen.

Mathilde musste sich erst bis in die Mitte der Tanne vorkämpfen, bevor sie am Stamm hochklettern konnte. Der Baum roch nach Harz und Winter. Die unteren Äste waren so dick, dass es ihr vorkam, als befände sie sich in einem eigenen Wald, ganz für sich allein. Die Welt war grün. Mathilde konnte die anderen Kinder nicht mehr sehen. Sie hatte sich im Wald verirrt wie Gretel.

Der Baum war kratzig. Dass die Tannennadeln Nadeln hießen, war kein Zufall. Bald bluteten ihr die Hände und Füße, und sie hatte breite rote Striemen im Gesicht. Sie wagte es nicht, die Augen zu öffnen oder nach oben zu schauen. Sie fror, ihr Gesicht war nass. Sie hatte das merkwürdige Gefühl, dass es in der Tanne schneite.

Immer höher stieg sie hinauf. Sie dachte an ihre Mutter, die gestorben war, als Mathilde noch in der Wiege lag. Ihr Vater hatte sie an eine Tante abgegeben, die Tante an eine Cousine, die Cousine an eine Nachbarin und die Nachbarin an den Lumpensammler. Der Lumpensammler, der in Rußstadt alte Kleider und kaputte Töpfe sammelte, hatte sie im Wirtshaus »Zum halben Wickelkind« für ein Bier verkauft. Der Wirt, der noch nie ein so kleines Kind gesehen hatte, fand, sie könnte in einer Flasche auf der Theke wohnen, neben der ausgestopften Eule. Gut fürs Geschäft.

Doch Mathilde hatte andere Pläne, und sie lief weg. Sie wurde erwischt, als sie Eier stahl, weil sie Hunger hatte, wurde ins Gefängnis geworfen und von einem wohlmeinenden alten Herrn gerettet, einem von der Sorte, die glauben, alles, was ein Kind brauche, seien Brot, Butter und Disziplin.

In Knittels Anstalt für Waisen, Findlinge und Minderjährige mit temporärem Unterbringungsbedarf gab es Disziplin. Und hin und wieder sogar Brot und Butter. Aber keine Spiele. Keine Hoffnung. Keine Wärme. Und keine Liebe.

Mathilde war neun, als sie dort eingeliefert wurde.

»Mickrig«, sagte Frau Knittel, als sie Mathilde das erste Mal inspizierte. »Kann sich bei der Kanalreinigung nützlich machen und kleine Gegenstände aus den Auffanggittern klauben.«

Mathilde bekam nur sehr wenig zu essen – aber sie war eine geschickte Diebin und schaffte es meistens, für sich selbst und einige andere Kinder eine zusätzliche Portion zu organisieren.

Die MmUs (Minderjährige mit Unterbringungsbedarf) wurden reichlich und gut verpflegt – Pudding, Klöße, Vanillesoße, lauter leckere Sachen. Sie hatten schöne Betten und schöne Teddybären. Was sie an Kost und Logis bekamen, wurde als Standard des Hauses ausgegeben, doch in Wahrheit wurden sie viel besser versorgt als die Waisen. Die Eltern der MmUs ließen es sich nämlich ein hübsches Sümmchen kosten, sich ihrer Sprösslinge zu entledigen, wenn sie plötzlich geschäftlich nach Monte Carlo verreisen oder ans Sterbebett eines reichen Verwandten eilen mussten.

Frau Knittel baute darauf, dass ihre Kunden wiederkamen und sie überschwänglich weiterempfahlen. Deshalb mussten die Waisen und Findlinge, die keine Eltern hatten, weder arme noch reiche, die Kamine anzünden, Stiefel wichsen, Haare kämmen, fegen, abstauben, aufwischen und wienern, während sich die MmUs, die genauso selbstsüchtig waren wie die Erwachsenen, die sie großgezogen hatten, im Nichtstun aalten.

Heute, am ersten Weihnachtstag, hatten die MmUs ihr eigenes Speisezimmer und ihre eigene Bescherung. Großzügige Geschenke von gleichgültigen Eltern lagen bereit, um unter dem Christbaum aufgetürmt zu werden.

Für die Waisen und Findlinge blieben nur die Reste, das achtlos heruntergerissene Geschenkpapier zum Malen, die Schleifen und Bänder, um damit das Hexenspiel zu spielen.

Mathilde hatte den Wipfel der Tanne erreicht. Plötzlich brach ihr Kopf unter der pummeligen Putte aus dem Grün hervor. Tief unter ihr jubelten die Kinder. Mathilde sah hinab; das hätte sie lieber bleibenlassen. Denn genau in diesem Augenblick kehrte Frau Knittel von ihrer Verabredung mit dem Würstchen im Schlafrock zurück.

Frau Knittel stemmte die Hände in die Hüften und brüllte: »MARLENE! DIE FEE AUF DIE SPITZE, WENN ICH BITTEN DARF!«

Mathilde nahm den Arm der Fee aus dem Mund und knipste sie mit der im Rücken eingenähten Klemme an den obersten Ast. Sie war so rot und grün wie Weihnachten, mit ihren blutenden Händen und gespickt mit Tannennadeln wie ein Igel.

Während sie noch überlegte, wie sie wieder runterkommen sollte, brach unter ihrem linken Fuß der Ast. KNACKS!

Und ab ging die Post: Mathilde taumelte und schwankte und fing sich und fiel und stürzte und rutschte und rumste und bumste und plumpste und fing sich und schrammte sich und kratzte sich und schrappte sich, immer weiter abwärts durch den dunklen grünen Baumtunnel, bis sie unversehrt auf dem Hosenboden landete, mitten im Stroh für die Krippe.

Ihr war nichts passiert.

Alle Kinder klatschten und juchzten.

»RUHE!«, schrie Frau Knittel. Sie marschierte auf Mathilde zu, packte sie am Arm und zerrte sie aus dem Stroh. »Aua, aua, aua!«, jammerte Frau Knittel. »Du böses, böses Kind, du bist ja ganz stachelig vor lauter Nadeln – siehst du, was du mir angetan hast?«

Doch bevor Frau Knittel ihr Leid herunterbeten konnte, sah sie, was sie sah, und was sie sah, war eine zerschellte Glaskugel. »Was habe ich dir gesagt? WAS habe ich dir GESAGT?« Sie wollte sich nach den Scherben bücken, aber ihr Korsett ließ es nicht zu.

»Gib mir die Kugel!«, brüllte sie.

Während Mathilde angstbebend die Glassplitter aufsammelte und sich noch ein paarmal in die Hand schnitt, entdeckte sie plötzlich, dass in der Kugel ein winzig kleiner silberner Frosch war. Sie steckte ihn heimlich ein.

Frau Knittel wollte Mathilde gerade für den Rest des Tages in den Kohlenkeller verbannen, als aus einer Seitentür Doktor Grimm geschlurft kam, wie üblich mit Gummihandschuhen und im weißen Kittel. Er war ihr Stellvertreter und für das Wohl der Kinder zuständig. Leider musste er Frau Knittel mitteilen, dass sie Mathilde nicht in den Kohlenkeller stecken könne, da dieser mit vier anderen Kindern bereits überfüllt sei.

Frau Knittel grollte.

»Dürfte ich für sie stattdessen Gartenarrest vorschlagen, gnädige Frau?«, fragte Doktor Grimm. »Frische Luft ist gesund und härtet ab. Außerdem kann die junge Übeltäterin unter freiem Himmel über ihre Sünde nachdenken, ohne durch die Kohlen abgelenkt zu werden. Letztens haben die Kinder, die zur Charakterstärkung im Kohlenkeller eingesperrt waren, aus den Kohlenbrocken Burgen gebaut. Stellen Sie sich das einmal vor!«

Frau Knittel stellte es sich vor. Als sie damit fertig war, wandte sie sich Mathilde zu. »Du da! Raus! Ohne Mantel, ohne Schal, ohne Handschuhe. Und tschüs.«

Reginald hinkte auf sie zu. »Bitte, Frau Knittel. Lassen Sie mich für sie rausgehen. Mathilde ist doch auch für mich auf den Baum geklettert.«

Es gab nichts, was Frau Knittel mehr zuwider war als Nächstenliebe. Sie musterte Reginald durch die verkümmerten Windungen ihres Echsengehirns. Warum nur ein Kind fressen, wenn man auch zwei haben konnte?

»Dann darfst du Mechthild im Garten Gesellschaft leisten, Robert. Frische Luft! Ich meine es einfach zu gut mit euch. Aber es ist schließlich Weihnachten.«

Die versammelten Waisenkinder stöhnten auf. Mit wirbelnden Röcken fuhr Frau Knittel zu ihnen herum.

»Noch ein Wort, noch ein einziges, einsames, kleines Wort von irgendeinem wertlosen Waisenkind – und ihr könnt Weihnachten ALLE draußen verbringen. Hört ihr?«

Die Waisenkinder hatten zwar keine Eltern, aber sie hatten Ohren. Sie hörten. Es war mucksmäuschenstill im Raum.

Doch plötzlich …

»SINGET FRÖHLICH ALLE ZEIT,
UND LASST DIE GLOCKEN KLINGEN,
HÖRET, WELCHE GROSSE FREUD
DER ENGEL CHÖRE BRINGEN …«

»Die Rußstädter Weihnachtssänger!«, rief Frau Knittel, die wie alle gefühllosen Menschen eine sentimentale Ader hatte. »Ich muss sie mit heißem Punsch und geschmolzenen Gummibärchen empfangen.«

Und sie eilte zur Haustür, das Gesicht röter als jede Beere, das Herz kälter als der Schnee, der zur Tür hereinwehte. Die Laternen wurden angezündet, und der Gesang hallte durch die Halle. Es duftete nach Bienenwachs und Tannengrün, Brandy und Gewürznelken, nach Zucker und Wein, und der Baum leuchtete.

Der Gartenteich war zugefroren. Reginald und Mathilde liefen im Kreis, um sich warm zu halten. Doktor Grimm, der im Salon sein ausladendes Gesäß am lodernden Kaminfeuer wärmte, beobachtete sie durch das Fenster. Weil ihm das Herumlaufen zu sehr nach Spiel und zu wenig nach Strafe aussah, befahl er ihnen stillzustehen.

Mathildes grauer Kittel war dünn, ihr Kleidchen noch dünner. Reginald trug kurze graue Hosen und die senfgelbe Waisenhausjacke aus Filz. Bald waren die Kinder blaugefroren.

Auf einmal vernahmen sie ein Pochen unter der Eisdecke auf dem Teich. Ja, es war deutlich zu hören. TOCK TOCK TOCK.

Was mochte das sein? Einen Augenblick lang vergaßen die Kinder, wie kalt ihnen war.

»Da drüben!«, sagte Reginald. »Siehst du?«

Durch den Schnee hüpfte ein großer Frosch; die Spur mit den untertellergroßen, plattgedrückten Stellen zwischen den Sprüngen war nicht zu übersehen.

Silbern. Matt. Nicht poliert. Dafür glänzten seine Augen wie silberne Sterne, ein steter Blick, von keinem Blinzeln unterbrochen.

»Ich grüße euch, ihr Kinder«, sagte der Silberfrosch. »Meine eigenen Kinder sind unter dem Eis gefangen.«

TOCK TOCK TOCK.

»Wer hat sie denn eingesperrt?«, fragte Reginald.

»Früher«, sagte der Silberfrosch, »hat der Gärtner im Winter ein Holzscheit schräg in den Teich gelegt. Halb im Wasser und halb an Land. Über diese Brücke konnten wir Frösche unter das Eis gelangen, um uns wärmen, und wieder an Land kommen, um zu fressen. Aber heutzutage denkt niemand mehr an uns.«

»An uns denkt auch keiner«, sagte Mathilde. »Wir Waisenkinder hier sind unter dem Eis von Frau Knittels Herz gefangen. Wir können nicht entkommen, aber wir helfen dir, wenn wir können.«

Während der Silberfrosch ihr zuhörte, liefen ihm die immerfeuchten Froschaugen über. Amphibien weinen nicht. Aber es war schließlich Weihnachten.

»Wir könnten das Eis aufbrechen!«, sagte Reginald. »Ich stampfe mit meinem Klumpfuß ein Loch rein! Der Stiefel hat nämlich eine eiserne Sohle, siehst du?«

Der Silberfrosch schüttelte den Körper (Frösche können nicht den Kopf schütteln.) »Zu gefährlich. Du fällst rein und ertrinkst. Nein, es gibt noch einen anderen Weg. Deine Freundin hat die Lösung in der Tasche.«

Mathilde kramte in ihrem Kittel. Sie fand ein Stückchen Speckschwarte vom Frühstück und etwas Hartes, das sich wie ein Kieselsteinchen anfühlte. Sie fischte es heraus. Es war der winzig kleine silberne Frosch aus der zerbrochenen Christbaumkugel.

»Ja«, sagte der Silberfrosch. »Das ist die Quaak.«

»Die Quaak?«

»Die Quaak ist die Königin der Frösche. Als Frosch aus Fleisch und Blut oder Schwimmhäuten und Schleim hat sie noch nie jemand gesehen, trotzdem zweifelt keiner daran, dass sie über uns wacht. Dieser silberne Frosch ist ihr heiliges Bildnis. Und jetzt tust du, was ich dir sage, und stellst ihn auf den Teich.«

Mathilde konnte sich zwar nicht recht vorstellen, was so ein Winzling von Frosch in dieser gefrorenen Welt ausrichten sollte, aber sie stellte ihn trotzdem auf das spiegelnde Eis.

Es tat sich nichts. Mathilde schlotterte vor Kälte.

»Das funktioniert im Leben nicht«, sagte Reginald. »Soll ich das Eis nicht lieber doch zertrampeln?«

»Sehet!«, sagte der Silberfrosch, und weil Weihnachten war, klang »Sehet!«, obwohl altertümlich verschnörkelt, durchaus angemessen.

Unter dem Froschleichtgewicht breitete sich ein dunkler Fleck aus. Der Fleck blubberte. Das Eis seufzte, es knackte. Die Oberfläche des Teichs wurde nass und rissig.

»Es schmilzt!«, rief Reginald, der ganz vergessen hatte, wie bibberkalt ihm war.

Das Eis schmolz. Vor dem schmelzenden Schmelz schlitterte der kleine Frosch über das berstende Eis, und wo er schlitterte, brach es auf, und das weiche Wasser verteilte sich auf der harten Oberfläche.

Als wäre das alles nicht erstaunlich genug, geschah als Nächstes etwas noch Erstaunlicheres. Der Teich wimmelte auf einmal von identischen silbernen Fröschen.

»Die sind ja winzig!«, sagte Reginald.

»Sie sind neu«, sagte der Silberfrosch. »Wie der Mond.«

Die Kinder sahen nach oben. Der Mond sah nach unten, eine wunderschöne Silbersichel.

»Jetzt ist mir nicht mehr kalt«, sagte Reginald.

Mathilde fror auch nicht mehr.

Der Silberfrosch sagte: »Meine Freunde, ihr habt meinen Kindern geholfen; dafür werden meine Kinder euch helfen. Kommt, aber passt auf, wo ihr hintretet.«

Mathilde und Reginald folgten dem Silberfrosch, wateten durch die Fröschleinflut wie durch einen Fluss. Sie glänzten im Mondschein, und es sah aus, als würden die Kinder von einer silbernen Strömung zum Haus getragen.

Durch die hohen Fenster des Speisezimmers sahen sie, wie gerade letzte Hand an die Festtafel gelegt wurde. Wie herrlich sie gedeckt war: rote Kerzen und rote Weihnachtsknallbonbons, Tischdecke und Servietten aus Damast. Mathilde kannte die Decke und die Servietten genau: Sie hatte jedes einzelne Stück mit dem Plätteisen, das auf der Herdplatte erhitzt werden musste, gebügelt. Vier Stunden hatte sie dafür gebraucht.

»Hereingehüpft!«, sagte der Silberfrosch, und schon strömten die Fröschlein durch die Scheibe, und wundersamerweise standen auch die Kinder plötzlich im Raum.

»Das Glas wird vom Mond regiert«, sagte der Silberfrosch, als wäre damit alles erklärt.

Kaum waren die Fröschlein im Zimmer, kletterten jeweils zwei von ihnen in ein Knallbonbon. Vierundzwanzig Fröschlein sprangen in die Wassergläser. Mitten auf dem Tisch prangte eine wunderschöne Kristallschüssel mit einem herrlichen

Sahnedessert. Es war mit silbernen Liebesperlen garniert, aber nicht mehr lange, denn sie wurden sogleich durch Fröschlein ersetzt.

»Nun denn, meine liebsten Froschinos und Froschinas, verteilt euch überall wie Quecksilberkügelchen, und vergesst nicht, für einen Mordskrawall zu sorgen, sobald ihr den ersten Schrei hört.«

»Und was machst du?«, fragte Mathilde.

»Ich habe eine besondere Aufgabe, aber erst später. Bis dahin versteckst du dich mit einem Dutzend Froschinistas hinter dem Weihnachtsbaum in der Eingangshalle. Sie wissen, was zu tun ist – und sie werden es Doktor Grimm antun. – Reginald! Unter den Tisch mit dir – schön in die Froschhocke. Du knotest die Schnürsenkel der Herren zusammen, und wenn die Damen ihre Schuhe ausziehen – was sie immer machen, sobald ihre Füße nicht mehr zu sehen sind –, vertauschst du sie, bis kein Schuh mehr zum anderen passt. Habt ihr verstanden?«

Die Kinder nickten.

»Famos!«, sagte der Silberfrosch. »Und jetzt bedient euch doch bitte bei den Braten dort auf der Anrichte. Wir haben noch etwas Zeit.«

Die Wohlhabenden und Wohltätigen aus Rußstadt trafen ein; vor der von Fackeln erhellten Treppe fuhren mit dampfenden Pferden die Kutschen vor.

Doktor Grimm hatte den weißen Kittel und die Gummihandschuhe abgelegt und sich in einen Frack samt weißer Fliege gezwängt.

Frau Knittel trug ein Abendkleid, das von einem großen rosa Cremepudding inspiriert worden war. Um ihre Schultern lag ein rosa Fuchs, der nicht mit einer Schließe befestigt war, sondern sich mit seinen Fuchszähnen im Fuchsschwanz verbissen hatte.

»Was für eine interessante Spange!« Frau Flöhe tippte darauf. »Aua! Ich muss schon sagen. Ich blute!«

»Ha ha ha ha!«, gackerte Frau Knittel. »Mein kleiner Festtagsscherz. Ist noch nicht ganz tot.«

Und sie strömten herein, die Wohlhabenden und Wohltätigen, selbstgefällig und eitel, und wie in jedem Jahr kamen sie als Erstes in den Genuss eines Waisenhausrundgangs. Sie sahen die Zimmer, in denen die MmUs schliefen, wo es tatsächlich Steppdecken und Teddybären gab, aber die Zimmer, in denen die Waisenkinder schliefen, wo das Bettzeug aus alten Säcken bestand, die Kopfkissen mit Stroh ausgestopft waren und im zugenagelten Kamin nie ein Feuer brannte, bekamen sie nicht zu Gesicht.

Man zeigte ihnen auch den Speisesaal der Kinder, wo bereits das köstlichste Essen auf dem Tisch stand – Wackelpudding und Kuchen und ein dampfender Vogel –, aber sie erfuhren nicht, dass die Tische im Handumdrehen wieder abgeräumt werden würden und dass das Weihnachtsessen der Waisenkinder aus einer dünnen Knochen- und Kartoffelschalensuppe bestand, dazu eine Scheibe grobes Brot mit draufgekratztem Rindertalg.

»Ein bisschen kalt hier drin für kleine Kinder«, sagte ein freundlicher Herr mit einer goldenen Uhr. Er wohnte noch nicht lange in Rußstadt. Frau Knittel erschrak. Da hatte sie doch glatt vergessen, den Kamin anzünden zu lassen.

»Ach, Gott! Ja. Tatsächlich! Jetzt haben wir so viele Weihnachtsspiele gespielt und den Christbaum geschmückt, dass es mir glatt entfallen ist! Wir heizen sofort ein!«

Und damit zog sie energisch die Tür ins Schloss.

»Wo sind denn die Waisenkinder?«, fragte der freundliche Herr. »Ich würde gern jedem von ihnen einen silbernen Groschen schenken, zur Feier des Tages.«

»Sie putzen sich gerade festlich heraus«, sagte Frau Knittel, »nach den aufregenden, spannenden Spielen. Aber machen Sie sich keine Gedanken. Wenn Sie mir die Münzen anvertrauen, gebe ich sie ihnen in meinem lustigen Weihnachtsfraukostüm gern weiter.«

»Fürwahr, glückliche Kinder«, sagte der freundliche Herr.

Die glücklichen Kinder schippten zur selben Zeit Kohlen für den großen Kessel, der das Haus heizte und das Wasser erhitzte.

Die Kinder waren so schwarz, dass man sie vor dem schwarzen Himmel und der schwarzen Kohle überhaupt nicht erkennen konnte.

»Ah, hören Sie, wie sie singen!«, rief Frau Knittel, als Doktor Grimm im ersten Stock die Schallplatte eines längst verstorbenen Kinderchors auflegte, der »O Tannenbaum« trällerte.

Gerührt und bis ins Herz erwärmt durch das Glück und die Täuschung begaben sich die Wohlhabenden und die Wohltätigen aus Rußstadt zu Tisch.

Beim ersten Gang – Aal in Aspik – dauerte es nicht lange, bis die erste Dame einen Schluck aus ihrem Wasserglas nahm, einen Schrei ausstieß und ihrer Tischnachbarin den Inhalt über das Kleid goss. Als diese seidennass und vor Wut sprühend aufsprang, stellte sie fest, dass ihre Schuhe verschwunden waren. Der Herr zu ihrer Linken erhob sich zuvorkommend, um ihr zu helfen, und legte sich prompt auf die Nase – genauer gesagt in das Sahnedessert, aus dem wie die biblischen Plagen Dutzende von Fröschlein hervorbrachen.

Eine Dame, die sich vor Schreck in den Vorhang krallte, sah, dass ihre Hand von Froschlaich glänzte. Sie fiel in Ohnmacht. Als sich ein Herr zu ihr hinunterbückte, um ihren Kopf auf ein Kissen zu betten, bemerkte er, dass ihre Perücke auf ihrem Kopf herumhüpfte.

Frau Knittel griff nach der Tischglocke, um Verstärkung herbeizuläuten, aber ein Frosch klammerte sich todesmutig an den Glockenschwengel. Sie konnte bimmeln und klingeln, so viel sie wollte, die Glocke gab keinen Ton von sich. Wutentbrannt schleuderte Frau Knittel sie ins Feuer, ohne zu bemerken, dass sich der flinke Frosch vorher mit einem kühnen Sprung auf ihren Fuchskragen in Sicherheit gebracht hatte, wo er reglos wie eine Brosche sitzen blieb.

Die schuhlosen Damen waren inzwischen allesamt in Hysterie verfallen, und dank Reginald gab es keinen einzigen Herrn im Haus, dessen Schnürsenkel nicht zusammengebunden waren, mit Ausnahme von Doktor Grimm.

»Die bösen, bösen Waisenkinder!«, keifte Frau Knittel. »Die halten das wohl für Spaß! Ich werde ihnen zeigen, was Spaß ist! Ich versenke sie bis zu ihren mageren Hühnergurgeln in der Jauchegrube!«

Der freundliche alte Herr, der noch nicht lange in Rußstadt lebte, reagierte bestürzt auf diesen Wutausbruch und fragte sich insgeheim, ob das Haus des Heils tatsächlich hielt, was sein Name versprach. Doch außer ihm schien sich niemand über Frau Knittels Drohungen gegen ihre Schützlinge zu wundern; die anderen Gäste hatten genug damit zu tun, sich der Frösche zu erwehren und ihr Schuhwerk auseinanderzuklamüsern.

Als sich nach einiger Zeit und einigen Litern Champagner alle wieder beruhigt und am Tisch niedergelassen hatten, machten sie sich ohne weiteren Zwischenfall über den vorzüglichen Braten her.

Nur Doktor Grimm hatte sich geopfert, einen Kontrollgang durch das Waisenhaus zu unternehmen.

In der stillen Halle hörte er ein lautes Quaken. Ein Quaken? Unmöglich. Doch dann wiederholte es sich; es kam von der Tanne. Womöglich lebten Frösche in dem Baum. Baumfrösche? Lebten Baumfrösche in Christbäumen? Vielleicht waren die Waisenkinder doch nicht die Übeltäter. Was natürlich nicht hieß, dass man sie nicht bestrafen würde. Aber dann könnte Frau Knittel auch noch die Sägemühle verklagen. Aus einem Unglück ließ sich Geld machen.

Doktor Grimm schob sich tief in den Baum hinein.

»Jetzt!«, rief der Silberfrosch, der auf Mathildes Schoß hockte, von hunderttausend Froschinistas umgeben.

Wie ein Mann beziehungsweise wie ein Frosch SPRANGEN sie los, und plötzlich hatte der schwarz befrackte Doktor einen Froschschwanz und einen Froschkörper und froschige Arme und Beine, so schnell war er über und über mit hurtigen Fröschlein bedeckt, wie eine Pinnwand mit Heftzwecken.

Doktor Grimm sank auf die Knie, er konnte nichts sehen,

weil zwei beherzte Froschinos seine Augenlider festhielten. Als er den Mund aufriss, um zu schreien, hüpften fünf warme Zappelfröschlein hinein und ließen sich auf seiner Zunge nieder, als wäre sie ein Seerosenblatt.

»Schafft ihn zum Teich und werft ihn hinein«, befahl der Silberfrosch.

Und schon setzte sich die Froschmaschine in Bewegung, der Doktor glitt wie auf silbernen Rollen über das polierte Parkett.

»Ho, ho, ho«, sagte der Silberfrosch. »So, Mathilde. Du holst mir jetzt alle Waisenkinder aus ihren finsteren, feuchten, zitterkalten Löchern und setzt sie um den Weihnachtsbaum.«

Die Gäste im Speisezimmer zeigten sich so mitgenommen von den unerwarteten Ereignissen, dass sie beschlossen, mit ihren Knallbonbons und dem Weihnachtsdessert nach nebenan umzuziehen, in den warmen, behaglichen Salon.

Kaum waren sie hinausgegangen, schafften tausend Fröschchen den Schinken, den Truthahn und die Röstkartoffeln in Windeseile hinaus in die Halle zu den Waisenkindern.

Die Fröschchen bauten sich so auf, dass sie wie glänzende Silberteller aussahen – bloß mit Beinen –, und das Schmausen konnte beginnen.

Als Reginald unter dem Tisch hervorgekrabbelt kam, war er um mehrere Silbermünzen reicher, die den Gästen in dem Durcheinander aus den Taschen gefallen waren.

Die Kinder in der Halle aßen so viel und so gut wie nie zuvor im Leben, und schon bald verbreitete sich eine wohlige Wärme in ihren leeren Bäuchen. Erst lächelten, dann lachten sie, sie sprachen nicht mehr im Flüsterton, jeder teilte mit jedem, keiner nahm sich zu viel, und die kleinsten Kinder hofften, dass sie, wenn sie groß waren, eine Röstkartoffel in Bratensoße heiraten würden.

Im behaglichen Salon wirkte das Dessert beruhigend auf die Gäste, und Frau Knittel tröstete sich mit Gedanken an Strafe und Rache. Einen ganzen Monat lang sollte kein Kind mehr etwas zu essen bekommen, und alle mussten im Garten schlafen, bis mindestens die Hälfte von ihnen tot war – als Exempel für den Rest.

Sie fand, dass sie die Kinder bis jetzt viel zu gut behandelt hatte. Tote Kinder kamen billiger. Von heute an würde sie nur noch tote Waisen aufnehmen.

Während sie sich über ihren fünften Dessertnachschlag hermachte, schlug der freundliche alte Herr, der noch nicht lange in Rußstadt wohnte, vor, einen Trinkspruch auf sie auszubringen und anschließend die Knallbonbons platzen zu lassen, und zwar auf die traditionelle Weise, im Kreis aufgestellt und mit überkreuzten Händen.

»Auf die edle Stifterin dieses Festes – Frau Knittel!«

»Auf Frau Knittel!«, wiederholten die Gäste und erhoben die bis zum Rand mit Portwein gefüllten Gläser.

Frau Knittel errötete. Allerdings kann man das nur vermuten, da bei ihrer Gesichtsfarbe ein zusätzlicher Schuss Rot nicht weiter auffiel. Mit säuselnder Stimme bedankte sie sich ausgiebig und überschwänglich und ließ durchblicken, dass ihr eine zusätzliche Geldspritze ermöglichen würde, weiter zu expandieren – womit sie sich natürlich auf ihre Anstalt beziehe und nicht etwa auf ihren Hüftumfang; die Damen in ihren Eisenkorsetts kicherten.

»Doch wo steckt eigentlich Doktor Grimm?«, überlegte Frau Knittel laut.

Der Herr Doktor, der eine Ausbildung als Leichenbestatter und eine Weiterbildung zum Leichenräuber vorweisen konnte und als reicher Mann mit einem gekauften Titel in den Schoß der bürgerlichen Gesellschaft zurückgekehrt war, hing wie eine schwebende Jungfrau über dem Rand des Teichs.

Frösche aus aller Herren Gärten, aus Wald und Feld, aus jedem Sumpf und jedem Graben, aus jedem Haufen, jedem Keller und jedem Märchen hatten sich in stummer Andacht um ihn versammelt. Und versammelt hatten sie sich im Namen der Quaak.

Der Teich war wieder zugefroren, aber daran würde ein Sterblicher, der so viel Fleisch auf den Rippen hatte wie Doktor Grimm, nicht scheitern.

»Und: Abfertigung!«, befahl der Silberfrosch.

In dem Augenblick, als die Knallbonbons zum Platzen gebracht werden sollten, hörte Frau Knittel etwas, was sich sehr nach dem Aufplatschen eines schweren Körpers anhörte. Trotzdem ließ sie weder ihr eigenes Knallbonbon noch das ihres Kreisnachbarn los, kniff, fest entschlossen, den Preis aus beiden Bonbons zu gewinnen, die Knopfaugen zu und zog mit aller Kraft ihrer fetten Fäuste.

HUII – KA-PENG – POP – KNALL – AUA!

Es blitzte, eine Pulverdampfwolke stieg auf, und alles lachte und –

KREISCHTE!

Die bombigen Fröschlein sprangen den Gästen aus den Knallbonbons direkt in Augen, Nasenlöcher, Münder, Dekolletés, Hosenbeine und Hosenbünde und zippelten und zappelten und hüpften und warteten und warteten und hüpften.

Die Wohlhabenden und Wohltätigen aus Rußstadt rannten aus dem Salon in die Halle, wo ihnen, wie nicht anders zu erwarten, das Schreien im Hals stecken blieb, denn rings um den Baum hockten die Waisenkinder im Schneidersitz auf dem Boden, die echten Waisenkinder, nicht die Postkarten- und Vorzeigewaisen.

Sie waren verloren. Sie waren vernachlässigt. Sie waren kreuzunglücklich. Sie waren schmutzig. Sie waren mager. Sie waren müde. Sie trugen Lumpen und Schuhe, die nicht zusammenpassten, hatten struppige Haare oder kahlgeschorene Köpfe. Sie waren Kinder.

Vom angestrengten Blinzeln im Dunkeln hatten sie große Augen, und sie erwarteten nichts mehr vom Leben. Aber heute war etwas geschehen.

Und der freundliche alte Herr sagte: »Wie können Sie nur, Frau Knittel?« Und einige Damen fingen an zu weinen.

Und Mathilde stand auf und sagte, was der Silberfrosch sie gelehrt hatte: »Bitte folgen Sie mir, meine Herrschaften.«

Und die Weihnachtsgäste sahen die Schlafsäle, in denen die Farbe von den Wänden blätterte, und die kahlen Betten. Und die kalten Zimmer und die leere Spielzeugkiste. Und es gab nur einen einzigen Teddy für alle, den sich die Kleinsten teilen mussten; ein Kind besaß ein Bein, ein Kind besaß einen Arm, und sein Kopf wurde reihum weitergegeben, immer an dasjenige Kind, das tagsüber bestraft worden war, damit es sein weiches Köpfchen an sein wehes Herz schmiegen konnte.

Und sie fanden die Kinder, die noch immer im Heizungskeller Kohlen schippten. Und die Kinder, die im Hühnerstall auf Stroh schliefen. Und die Kinder, die draußen im Mondlicht standen.

Frau Knittel packte ihre Habseligkeiten in eine Reisetasche. Sie bemerkte weder, dass die Brosche an ihrem Fuchskragen zuckte, noch, dass der Frosch die Beine streckte. Sie wusste nicht, dass diese Froscharina, eine Froschprinzessin, die lebende Alarmauslöserin einer ganzen Armee von Silbersoldaten war.

Und sie kamen. Und sie warteten. Und als Frau Knittel sich, mit einer Kapuze getarnt, heimlich auf ihren Truthahnbeinen aus dem Staub machen wollte, waren die Fröschlein da, überall gleichzeitig, wie kleine Kugellagerkugeln, sie purzelten durcheinander und unter ihren Füßen herum, und Frau Knittel ruckte und zuckte und holterte und polterte, und der Silberfrosch öffnete die Eingangstür, und sie rollte rumpeldipumpel die Treppe hinunter.

Und ward in Rußstadt nie mehr gesehen.

Ist das das Ende der Geschichte?

Nein! Es ist schließlich Weihnachten.

Der freundliche alte Herr übernahm die Leitung des Waisenhauses, und die Kinder wurden versorgt und verpflegt, und sie bekamen Unterricht und Freizeit und warme Kleidung und Betten und Bären.

Und jedes Jahr schmückte ein Weihnachtsbaum die Halle, und statt eines Sterns oder Engels kam ein silberner Frosch auf die Spitze. Aber einer mit Flügeln.

Als Mathilde erwachsen war, wurde sie Hausmutter im Waisenhaus, und alle Kinder, die aus den traurigsten Gründen dort wohnten, fanden ein Heim und Liebe und mussten nie mehr draußen in der Kälte stehen.

Reginald wurde Lehrer für Werken und brachte den Jungen und Mädchen bei, ihr zweites Zuhause instand zu halten, und er baute sogar eine spezielle Leiter, die bis zur Christbaumspitze reichte.

Und irgendwann heirateten Reginald und Mathilde, und selbst die Quaak kam zu ihrer Hochzeit und schenkte ihnen, so erzählt man sich, einen Beutel mit Silbermünzen, der niemals leer wurde.

Zum Dank legten Reginald und Mathilde für die Frösche neue Teiche an. Und im Winter waren die Frösche nie wieder unter dem Eis gefangen, und jedes Jahr, wenn wir Weihnachtslieder sangen, sangen sie mit uns um die Wette.

Meine Silvester-Käsekräcker

Die meisten von uns verstehen unter Neujahr den Beginn des kalendarischen neuen Jahres, also den 1. Januar.

Die Römer nannten den Januar nach Janus, dem Gott der Türschwellen, der Zeit und des Übergangs. Er hat zwei Gesichter, weil er nach vorn und zurück blicken kann.

Ich begehe den Jahreswechsel nicht mit guten Vorsätzen, ich veranstalte stattdessen eine psychische Entrümpelungsaktion. Was möchte ich lieber nicht wiederholen?

Geschichte wiederholt sich nicht nur im Großen, sondern auch im Persönlichen. Es fällt uns schwer, negative Verhaltensmuster und negatives Denken zu durchbrechen. Es fällt uns schwer, etwas dauerhaft zu verändern, zerstörerisches und selbstzerstörerisches Verhalten aufzugeben und nicht mehr mit unserem schlimmsten Feind zu kollaborieren: uns selbst.

Ich feiere lieber ein Neujahrsfest als eine Silvesterparty, auf der sich alle volllaufen lassen und Lieder krakeelen.

Wie Heiligabend ist auch Silvester für mich eine Zeit der Besinnung.

Und es ist eine Zeit der Erinnerung.

Das Gedächtnis arbeitet nicht chronologisch. Unser Verstand interessiert sich weniger dafür, *wann* etwas passiert ist, als dafür, *was* passiert ist und *wer*. Ob man sich dabei im Jahr oder im Monat vertut, scheint mit der Zeit unwichtiger zu werden. Das *Wann* können wir nicht immer bestimmen, doch das *Das* umso eindeutiger.

Zeitlich getrennte Erinnerungen kommen oft Seite an Seite wieder hoch – es gibt eine emotionale Verbindung, die nichts mit den Kalenderdaten, aber dafür alles mit dem Gefühl zu tun hat.

Sich erinnern ist nicht wie ein Gang durchs Museum: Guck mal, da! Da steht das verschollene Objekt in der Glasvitrine. Das Gedächtnis ist kein Archiv. Noch die einfachste Reminiszenz setzt sich aus vielen Erinnerungen zusammen. Ein einst vollkommen unbedeutend erscheinendes Ereignis wird später, wenn wir uns in einem bestimmten Augenblick daran erinnern, plötzlich zum Schlüssel. Wir belügen und betrügen uns nicht bewusst selbst – okay, jeder von uns hat sich schon mal beschummelt –, aber es ist einfach eine Tatsache, dass sich unsere Erinnerungen mit uns verändern.

Manche allerdings verändern sich anscheinend überhaupt nicht. Sie sind so schmerzhaft, dass sie an uns haften bleiben. Und auch wenn wir uns nicht an sie erinnern wollen, scheinen sie sich doch an uns zu erinnern. Wir können ihre Wirkung nicht abschütteln.

Dafür gibt es einen wunderbaren Ausdruck: die allgegenwärtige Vergangenheit. Vergangenes ist vergangen, sitzt aber jeden Tag neben uns auf dem Beifahrersitz.

Ein wenig Selbstreflexion an Silvester ist kein Ersatz für die Rundumentgiftung durch eine Therapie, aber sie kann uns helfen, uns auf unserer mentalen und emotionalen Landkarte zurechtzufinden, damit wir besser erkennen, wo die Tretminen liegen.

Obwohl manche bösen Erinnerungen in Wahrheit das Gepäck eines anderen sind, schleppen wir sie mit uns herum, als wären wir die Diener einer Diva, die immer mehrere Schrankkoffer packt, selbst aber höchstens ein Handtäschchen trägt.

Wieso lade ich mir diesem Krempel auf? Das ist eine gute Neujahrsfrage.

In der jüdischen Tradition wird Jom Kippur, der Versöhnungstag, zehn Tage nach dem Neujahrsfest Rosch ha-Schana gefeiert. Ich bin mit einer Jüdin verheiratet und habe mir von ihr erzählen lassen, dass die gesamte Zeitspanne zwischen Neujahr und dem Versöhnungstag eine Zeit der Besinnung ist – eine Zeit der Reue und Umkehr. Das Judentum ist eine praktische Religion. Man ringt nicht nur die Hände und jammert »O weh!«, man tut was.

Mir gefällt diese zweckmäßige Antwort auf unsere Missetaten. Schon möglich, dass andere keine Buße tun für das, was sie uns angetan haben, aber vielleicht können wir für das Buße tun, was wir anderen – und uns selbst antun.

Freud hat das scharfsinnig erkannt: Man kann in der Zeit zurückgehen, kann die Vergangenheit überwinden. Als Tatsache mag sie unverrückbar sein – was geschehen ist, ist geschehen –, aber in der fortlaufenden Geschichte des eigenen Lebens ist sie nicht festgeschrieben.

Erinnerungen können Instrumente der Veränderung sein; sie

müssen keine Waffen sein, die wir gegen uns selbst richten, oder Gepäck, das wir mit uns herumschleppen.

Und manchmal sind Erinnerungen Orte, wo wir die Verstorbenen ehren. Irgendwann kommt immer das furchtbare erste Neujahrsfest, das wir ohne einen geliebten Menschen begehen müssen.

Es tut gut, an diesem Ort des Verlusts und der Trauer still zu verharren und den Gefühlen ihren Lauf zu lassen. Wir weinen.

Und gute Erinnerungen, glückliche Erinnerungen müssen ebenfalls in Ehren gehalten werden. Wir erinnern uns an so viel Schlechtes und gehen so leichtfertig mit dem Guten um. Erinnern wir uns daran, was uns das Jahr beschert hat. Auch wenn es nicht viel war, ist dieses Wenige viel wert.

Und jetzt höre ich Sie fragen: *Aber was hat das alles mit Käsekräckern zu tun?*

Ob für eine Neujahrsparty oder für die kleine Silvesterfeier nur mit Katze und Hund: Diese Kräcker sind die besten.

Dazu trinke ich am liebsten einen trockenen, rassigen Sherry direkt aus dem Kühlschrank oder einen Wodka mit Mineralwasser und Limettenstückchen. Wenn Sie Rotweintrinker sind, probieren Sie es mit einem Roten, der etwas Kühlung verträgt, wie einem Chiroubles, Gamay oder Zinfandel oder auch mit einem Dolcetto d'Alba, falls Sie die Kräcker mit einer Handvoll Parmesan extra backen. Köstlich.

Ich habe angefangen, meine Käsekräcker selbst zu backen, als mir auffiel, dass meine bevorzugte holländische Marke Palmöl enthält. Palmöl ist nicht gut, weder für den Menschen noch für den Planeten.

Meine goldene Regel lautet: Kaufen Sie keine Lebensmittel mit Inhaltsstoffen, die Sie in der Küche nicht selbst benutzen würden.

Käsekräcker müssen nicht haltbar sein. Zehn Minuten nachdem sie aus dem Ofen kommen, sind sie sowieso verputzt.

Probieren Sie es mal: Schnell und einfach, und Spaß macht es auch noch. Jede Selbstreflexion hat einen Kräcker verdient.

Sie brauchen:

225 g hochwertige gesalzene Butter
225 g Bioweizenmehl
225 g gemischten Käse
Salz nach Geschmack

Zur Käsemischung: Als Hauptbestandteil empfehle ich einen Rohmilch-Cheddar – aber ich mische auch Gruyère und Parmesan darunter. Ganz recht, ebenfalls aus Rohmilch. Ich könnte hier einen längeren Essay über Bakterien anschließen, aber es ist Weihnachten, und Bakterien haben nichts besonders Festliches an sich. Sie können nichts dafür, das ist nun mal ihre Art. Wenn Sie nach der zwölften Geschichte das Pro und Kontra der Pasteurisierung nachschlagen, werden Sie mir bestimmt beipflichten …

Zur Käseauswahl: Also, Blauschimmel- oder Frischkäse können Sie nicht nehmen, aber wenn Sie einen Lieblingshartkäse haben, am besten einen aus der Region, oder noch einen alten

Kanten im Kühlschrank finden, experimentieren Sie ruhig damit. Sie haben sicher bald raus, was Ihnen am besten schmeckt, und ich möchte wetten, Käsekräcker wurden auf die übliche Weise erfunden – weil man irgendwelche Reste aufbrauchen musste oder weil etwas ungenießbar geworden war. Bei diesem Beispiel also müffelnder Käse.

(Anmerkung der Autorin: Wenn man müffelnden Käse anderweitig entsorgen will, kann man ihn auch seinem Hund geben.)

Zubereitung

Butter und Mehl in einer Schüssel zu feinen Bröseln verreiben. Kann man natürlich auch in der Küchenmaschine machen.

Den Käse dazugeben, und das Ganze zu einem schönen Teig verkneten. Wenn er zu trocken ausfällt, etwas Milch oder ein Ei zugeben.

Kneten, bis der Teig glatt und fest ist.

Aus dem Teig circa 20 Zentimeter lange Rollen formen. Zu kurz sind sie zu fummelig, zu lang sind sie zu sperrig.

Die Rollen zum Festwerden in den Kühlschrank legen (ich weiß, dass Sie ein Sexspielzeug gebastelt haben, aber das lassen wir jetzt mal auf sich beruhen).

Wenn Sie dann Appetit auf die Käsekräcker haben, heizen Sie den Backofen auf 180 Grad Celsius vor, so ungefähr. Auf jeden Fall muss er HEISS sein. Ich selbst koche und backe ja mit einem AGA, deshalb kenne ich mich mit anderen Backöfen nicht aus – die Geräusche, die sie von sich geben, machen mich nervös. Aber Sie kriegen das schon hin.

Wenn Sie ebenfalls einen AGA besitzen, nehmen Sie natürlich den oberen Ofen.

Entweder ein Kuchenblech leicht einfetten, damit nichts anbackt, oder gleich Backpapier nehmen (das man hinterher wunderbar zum Kaminanzünden benutzen kann).

Die Rollen in dünne Scheiben schneiden, so dünn wie die Kräcker, die Sie hinterher essen wollen. Für 15 Minuten in den vorgeheizten Ofen schieben.

Die Rollen lassen sich gut einfrieren.

Und das war's auch schon! Auch wenn Sie die Käsekräcker eigentlich für Ihre undankbaren Partygäste backen, behalten Sie ein paar für sich selbst, für die Katze und den Hund und für die Zeit des Nachdenkens über sich selbst.

Der Löwe, das Einhorn und ich

Vor geraumer Zeit ließ ein Engel alle Tiere in einer Reihe antreten, immer eins nach seiner Art. Er besaß nämlich noch die vollständige Passagierliste der Arche.

Die meisten wurden sofort aussortiert – Spinnen, Affen, Bären, Walfische, Walrosse, Schlangen. Schon bald war klar, dass die nächste Runde nur erreichen konnte, wer mit allen vier Beinen auf der Erde stand. Trotzdem blieb noch genug Konkurrenz übrig – Pferde, Tiger, ein Hirsch, dessen Geweih sich zum Wald verzweigte, ein Zebra, schwarz-weiß wie Rede und Gegenrede. Der Elefant hätte die ganze Welt auf dem Rücken tragen können. Hunde und Katzen waren zu klein. Das Nilpferd zu unberechenbar. Die Giraffe mit einem Graffitimuster wie aus Puzzleteilen. Das Kamel wurde anderweitig gebraucht, genau wie die Rinder. Schließlich waren wir nur noch zu dritt: der Löwe, das Einhorn und ich.

Der Löwe sprach als Erster. Derzeitige Stellung: König der Tiere. Bisherige Erfahrung: Zusammenarbeit mit Herkules und Samson, außerdem mit Daniel in der Löwengrube.

Besondere Stärken: besondere Stärke. Schwächen: keine bekannt.

Der Engel schrieb es nieder.

Dann sprach das Einhorn. Derzeitige Stellung: Fabeltier. Bisherige Erfahrung: Auf Hebräisch heiße ich Re'em, das unzähmbare Wesen. Besondere Stärken: Geschick im Umgang mit Jungfrauen. Schwächen: neige zum Verschwinden.

Der Engel schrieb es nieder.

Nun war ich an der Reihe.

»Der macht sich doch zum Esel!«, raunte der Löwe.

Das tat ich. Denn das bin ich. Ein echter Esel. Derzeitige Stellung: Unteresel. Bisherige Erfahrung: Kleiner Unteresel. Besondere Stärken: kann alles tragen, egal wohin. Schwächen: nicht schön, nicht aus gutem Stall, nicht wichtig, nicht klug, unscheinbar, keine Preise …

Der Engel schrieb und schrieb und schrieb es nieder.

Dann stellte er uns die Stichfrage – ob wir mit einem Satz erklären könnten, weshalb wir uns für die Aufgabe am besten eigneten.

Der Löwe sprach als Erster. »Wenn er der König der Welt sein soll, muss er auch vom König der Tiere getragen werden.«

Das Einhorn sagte: »Wenn er das Geheimnis der Welt sein soll, muss er von dem Tier getragen werden, das von allen das geheimnisvollste ist.«

Ich sagte: »Wenn er die Last der Welt auf sich nehmen soll, muss er doch wohl von mir getragen werden.«

So kam es, dass ich, unter meinen Hufen den roten Sand, über meinem Kopf das schwarze Tuch des Himmels, auf meinem Rücken eine Frau, die vor Müdigkeit eingenickt war, gemächlich durch die Wüste nach dem kleinen Städtchen Bethlehem hintrottete.

Es war ein miefiges, muffiges, müffelndes Kaff, in dem es mächtig hoch herging: ein Poltern und Schimpfen, ein Kungeln und Feilschen, weil jeder noch schnell seine Schäfchen ins Trockene bringen wollte, bevor der warme Regen wieder versiegte. Alle waren gekommen, um sich schätzen zu lassen, und weil sie für diese eine Nacht auch alle irgendwo unterkommen mussten, vermieteten sogar die Mäuse ihre Löcher; Reisende lugten aus Vogelnestern, mit Zweigen und alten Würmern im Bart, die Ameisenhügel waren ausgebucht, in jeden Bienenstock quetschten sich drei Familien, und ein Mann klopfte an den zugefrorenen See und bat die Fische um Obdach.

In und auf und unter allen Betten, Stühlen und Pfühlen, Fächern und Dächern und Nischen und Rüschen und Eckchen und Fleckchen und Ritzen und Schlitzen und Falten und Spalten und Schränken und Bänken – ein einziges Gehampel und Gestrampel.

Rechts und links neben dem Eingang der Herberge standen zwei große Tontöpfe. Weil ich als Esel natürlich nachsehen musste, ob sie nicht vielleicht etwas Fressbares enthielten, steckte ich den Kopf in einen davon. Sofort schoss ein stoppeliges Gesicht daraus hervor, um uns zu warnen, das Haus platze aus allen Nähten, seinem Bruder und ihm sei nichts anderes übriggeblieben, als die Ölbäume am Eingang auszuquartieren. Und richtig, auch aus dem anderen Tontopf schaute grimmig ein melonenrunder Kopf.

Mein Herr Josef war Optimist, er klopfte trotzdem an. Als die Tür aufging, purzelte uns der Junge entgegen, der im Briefkasten geschlafen hatte.

»Wir sind voll«, sagte der Wirt.

»Nur für mein Weib«, bat Josef. »Sie bringt heute Nacht einen Sohn zur Welt.«

»Dann aber unterm Sternenzelt.« Der Wirt wollte die Tür wieder zuschlagen, Josef stellte den Fuß in den Spalt. »Meinst du, ich mache Witze?«, sagte der Mann und zeigte nach oben, in die Balken des Vordachs, wo fünf Spinnen hockten und böse auf sechs Säuglinge in Hängematten hinabblickten. Deren Vater hatte sie ihnen aus Spinnennetzen geknüpft.

Josef wandte sich schon zum Gehen, da sagte der Wirt: »Ihr könnt ja mal hinterm Haus gucken, ob im Stall noch Platz ist.«

Die Tiere wussten, dass sich in dieser Nacht etwas Merkwürdiges zutragen würde. So etwas weiß man als Tier. Murmelnd unterhielten sie sich: Der Ochse hatte einen Stern gesehen, der immer heller wurde, das Kamel hatte von seinem Bruder, der im Dienst eines Königs stand, erfahren, dass Könige unterwegs nach Bethlehem seien.

Maria, Josef und ich zwängten uns in den überfüllten Stall. Es roch nach süßem, warmem Mist und trockenem Heu. Ich hatte Hunger.

Josef schob schnell ein paar Bündel Stroh zu einem Haufen zusammen und breitete eine Decke aus der Packtasche darüber. Dann ging er hinaus zum Brunnen, um seine lederne Trinkflasche zu füllen, und weil er ein freundlicher Mensch war, brachte er auch den dicht gedrängt stehenden Tieren Wasser mit.

Maria war froh über die Wärme der Tiere. Sie schlief ein.

Nachdem Josef mir den Sattel und die Packtaschen abgenommen hatte, ließ er mich zum Fressen in den Hof.

Die Nacht war eisig, klirrend, bitterkalt. Die Sterne glänzten wie Glocken. In den pechschwarzen Himmel war ein Neumond geritzt, und die Felder jenseits der Stadt waren sichtbar unter diesem Mond, aber nur wie der Traum eines Schlafenden, den ein Wacher nicht sehen kann.

»Heute Nacht passiert was«, sagte der Ochse. »Das spüre ich in den Schultern.«

»Ich kann es wittern«, sagte der Hund.

»Mir zucken die Schnurrhaare«, sagte die Katze. Die Stute stellte die Ohren auf und hob den Kopf. Ich fraß weiter, weil ich Hunger hatte.

Mit Eselseifer ins Fressen vertieft sah ich plötzlich ein Licht über meine Hufe huschen und über die zertrampelte, hart gefrorene Erde streichen, dass sie hell aufleuchtete.

Ich hob den Kopf: Die Rückwand der Herberge lag im Dunkeln, aber der Stall war in Glanz getaucht. Zwei golden gewandete Wesen saßen auf den losen Lehmziegeln des Dachfirsts, ihre Füße rein und weiß, ihr Haar wallend wie Wasser, jedes mit einer langen Posaune auf dem Rücken.

Über ihnen stand ein Stern, sein Schweif so dicht über dem Dach, dass ich glaubte, er würde es mittendurch schneiden und sein Licht in die wurmstichigen Balken gießen, bis Stall und Stern eins wären, Heu und Mist und eine andere Welt.

Nur Augenblicke später standen dampfend drei gestriegelte und mit Edelsteinen geschmückte Kamele im Hof. Auf ein Wort ließen sie sich auf die Knie nieder, die Könige stiegen ab und packten drei kostbare Kästchen aus.

In all dem Licht und der Aufregung trottete ich ruhig durch die kleine Tür und zwischen den anderen Tieren hindurch zu Josef, der bei Maria kniete. Er nahm meine Zügel in die Hand, und sie biss auf das Leder, auf allen vieren wie eine von uns.

Dann ein Rauschen wie von Wasser, etwas schrie wie das Leben selbst. Und es war Leben, blutig und geschunden, nass und in der Kälte dampfend wie unser Atem. Das Kind war da, das Gesichtchen verkniffen, die Augen geschlossen, Josefs Hand größer als sein Rücken, und plötzlich erschallten Posaunen, und die Vorderwand des Stalls flog heraus, und durch ein Loch im Dach sah ich die Füße der Engel, wie sie ihre Posaunen in den Himmel reckten und einen Anfang verkündeten oder ein Ende, was davon, weiß ich nicht, denn Anfang und Ende sind miteinander verwachsen und schwingen auf und zu, wie Fensterläden, wie Engelsflügel.

Ich hob den Kopf und schrie i-ah, i-ah. Das Dach war so niedrig und meine Nase so hoch, dass der Fuß eines Engels sie streifte, während ich den Posaunenschall mit meinem I-ah begleitete.

Die Könige kamen herein, auch wenn es eigentlich kein Herein mehr gab, nachdem das Innere des Stalls wie nach außen gewirbelt war. Vergangenheit und Zukunft umtosten uns wie ein Wind und über uns die Ewigkeit, wie Engel, wie ein Stern.

Die Könige knieten nieder, und der jüngste fing an zu weinen.

Dann traten vier Hirten ein, in Schaffelle und Schwaden von

Schafseife gehüllt, und sie brachten einen Topf heiße Brühe mit Hammelfleisch, die sie in hölzerne Schüsseln schöpften, und Josef fütterte Maria, die sich an ihn lehnte, und das Kind unter ihrem Umhang ließ ihren Körper leuchten, heller als das Gold der Engel und das Silber der Sterne am Himmel. Das Kind überstrahlte alles.

Sie säuberten das Kind. Sie wickelten es in Windeln. Sie legten es in die Krippe.

Irgendwann in der Nacht schlich auf weichen Pfoten der Löwe herein und neigte das Haupt. Irgendwann in der Nacht berührte, durch einen Spalt in der Wand, nicht größer als ein Gedanke, das Einhorn das Kind mit seinem Horn.

Der Morgen kam, ein sich reckender und streckender, schniebender, schnaufender, schnobernder Morgen. Ich trottete zum Eingang der Herberge, wo die finsteren Melonenköpfe auf ihren Tontöpfen hockten und aus Blechtassen schlammigen Kaffee tranken. »Guck mal, was der Esel für eine Nase hat«, sagte der eine. »Was mag er wohl gefressen haben?«, der andere.

Als ich an meiner langen, samtenen Nase entlangschielte, konnte ich nichts Ungewöhnliches entdecken.

Ringsum erwachte die Stadt. Unter Händlern und Hirten, Kameltreibern und Geldwechslern sprach sich raunend herum, dass etwas Wundersames vor sich ging.

Der Wirt kam aus der Herberge. Er verbreitete die Nachricht als Erster: König Herodes würde Bethlehem besuchen. Was für eine Ehre, was für ein Kompliment, das also hatten der Stern und das wirre Gefasel des Säufers, der in dem leeren Weinfass schlief, zu bedeuten. Zwei Engel auf dem Dach des Stalls, hatte er gelallt. Der Wirt sah mich an: »Was hast du denn mit deiner Nase gemacht?«

Die drei Könige waren aufgebrochen, bevor der Morgen dämmerte, denn ein unruhiger Traum hatte sie geheißen, auf einem anderen Weg wieder heimwärts zu ziehen. Ich hatte sie davonreiten sehen, von ihren Dromedaren an den ersten Lagerfeuern der Hirten vorbeigetragen wie von einer Melodie.

Nichts kündete mehr von den Ereignissen der vergangenen Nacht, nur die drei Schatzkästchen, das Loch im Dach, wo die Engel am Rand der Zeit die Füße hatten baumeln lassen, und die aus den Angeln gesprengte Stalltür.

Josef bezahlte den Schaden mit einem Goldstück aus einem Kästchen und zeigte dem Wirt den neugeborenen Knaben; sie unterhielten sich über den Stern im Osten, und der Wirt gab dazu seine Meinung zum Besten und machte sich wichtig mit Herodes und irgendwelchem Narrengeschwätz über Engel, und dann kam ich wieder um die Ecke getrottet, mit der Nase voran. »Mich trifft der Schlag«, sagte Josef.

Was war passiert? Als der Fuß des Engels auf mir ruhte, hatte sich meine Nase golden gefärbt, so golden wie eine Posaune, die von einer anderen Welt kündet.

Wir warteten nicht auf Herodes. Wir machten uns auf den Weg nach Ägypten und sagten keinem, wohin wir wollten, und ich trug Maria und ihr Kind viele Tage und Nächte, bis sie in Sicherheit waren.

Manchmal, wenn es klirrend kalt und der Himmel klar ist und ich nach vollbrachtem Tagwerk halb schlafend, halb wachend im warmen Stall stehe, bilde ich mir ein, den Trichter und das lange Rohr einer Posaune zu sehen und einen Fuß, rein und weiß, der von den Sternen herabhängt, und ich erhebe die Stimme und schreie i-ah, i-ah, zur Erinnerung, aus Freude, als Mahnung, für den Zufall, für alles hier unten und für alles, was irgendwo verborgen ist. Für Heu und Mist und eine andere Welt.

Mein Neujahrs-Steaksandwich

Gute Vorsätze für das neue Jahr waren noch nie meine Stärke.

Genau wie Heiligabend ist für mich auch Silvester ein Tag der Besinnung, ein guter Anlass für einen Blick zurück, aber nicht mit dem Ziel, irgendetwas besser machen zu wollen – das klappt nur bei praktischen Sachen, wenn man sich etwa vornimmt, an seiner Schwimmtechnik zu feilen oder seine Französischkenntnisse aufzupolieren. Nein, bei allem, was wirklich wichtig ist, kommt es nicht darauf an, es besser, sondern anders zu machen.

Wie man beispielsweise mit seinem Partner oder seinen Kindern umgeht. Wie man sein Leben bereichert. Wie man sich Zeit freischaufelt. Wie man loslässt.

Etwas anders zu machen ist schwierig. Wir hängen am Gewohnten. Vielleicht fasst man deshalb so gern an Neujahr den Vorsatz, sich seine Unarten abzugewöhnen. Wer Willenskraft besitzt, schafft es; der große Rest scheitert. Unsere Gewohnheiten – was wir tun und wie wir uns verhalten –, das ist aber nur die Oberfläche. Die Gründe, warum wir so handeln, liegen normalerweise im Verborgenen. Deshalb fällt es uns so schwer, unser Verhalten zu ändern, ohne zugleich etwas Grundlegendes an uns selbst zu verändern.

Meine alte jüdische Freundin Mona sagt immer, dass man mit zwei Taschen durchs Leben geht und wissen muss, welches Problem in welche Tasche gehört. Die eine steht für Zeit und Geld, die andere, das ist der große Daseinskampf.

Wobei dieser Kampf all das umfasst, was zum Streben nach einem sinnhaften Leben jenseits der rein materiellen Bedürfnisse gehört. Einschließlich der Auseinandersetzung mit dem Tod.

Mrs Winterson feierte Neujahr in einer Mischung aus Untergangsstimmung und Vorfreude. Sie war eine Frau, für die das Leben nur eine Vortoderfahrung darstellte. Irgendwo gab es eine bessere Welt, aber mit dem Bus kam man nicht hin, und einen Führerschein besaß Mrs W. leider nicht.

Jedes Jahr dachte sie laut darüber nach, ob es wohl ihr letztes sein würde. Und ob die Apokalypse schon vor der Tür stand.

Bei uns lief Silvester folgendermaßen ab: Während ich schlief und Dad auf Nachtschicht war, baute sich Mrs Winterson am Fuß der Treppe auf und blies zum Jüngsten Gericht. Weil wir natürlich keine Posaune besaßen, musste sie sich anders behelfen und tutete stattdessen auf der Mundharmonika oder einem Kamm. Manchmal trommelte sie auch nur auf einem Kochtopf.

Dann musste ich sofort nach unten rennen und in den Schrank unter der Treppe springen, wo im Licht einer Petroleumlampe zwei Hocker standen. Und jede Menge Konservendosen. Wir lasen die Bibel und sangen. Wenn die Welt unterging, würden wir so lange in dem Schrank ausharren, bis ein Engel kam und uns befreite. Wie die Engelsflügel unter die Treppe passen sollten, war mir schleierhaft, aber Mrs W. meinte, der Engel bräuchte nicht zu uns rein.

Welche Rolle Dad bei alldem zugewiesen war, weiß ich nicht. Vielleicht sollte er den Stahlhelm aufsetzen, den er aus dem Krieg noch hatte, und draußen warten.

Wir lebten in der Endzeit und damit in höchster Alarmbereitschaft. So war es damals für mich. So ist es noch heute. Wir schleppen sehr viel Ballast mit uns herum, und weil sich die Vergangenheit nun mal nicht mehr ändern lässt, bleibt uns nur noch die zweitbeste Alternative – uns ihr zu stellen.

Dann kann man wenigstens darüber lachen und vielleicht sogar einen persönlichen Gewinn daraus ziehen.

Bei uns zu Hause hatten wir ein Ritual: Um Schlag Mitternacht wurde der Kalender im Kamin verbrannt. Das halte ich bis heute so. Es macht mir Freude, durchs Haus zu gehen und die alten Kalender einzusammeln. Schade, dass heutzutage kaum noch jemand ein offenes Feuer hat. Ein Shredder besitzt einfach nicht dieselbe poetische Strahlkraft.

Eine Freundin von mir schreibt ihre Altlasten, also alles, was sie bereut, Punkt für Punkt auf einen Zettel, den sie anschließend in der Küche über einer Kerze verbrennt. Andere Freunde zünden Kanonenschläge, und an jedem einzelnen »Peng!« hängt ein Wunsch für die Zukunft.

Ein Feuer ist eine Feier, es bedeutet Aufsässigkeit. Licht und Feuer symbolisieren von jeher den Widerstand des Geistes gegen die Unbarmherzigkeit der Zeit.

Kurz vor Mitternacht schalte ich das Radio ein. Big Ben, der in der BBC das neue Jahr einläutet – das atmet für mich Feierlichkeit und Tradition.

Beim ersten Schlag der großen Glocke geleite ich das alte Jahr zur Hintertür hinaus. Ade! Beim letzten Schlag öffne ich dem neuen Jahr die Haustür und heiße es willkommen.

Und weil ich zwischendurch ja auch noch mit den Kalendern zum Kamin muss, geht es bei diesem Hin und Her einigermaßen hektisch zu.

Da jeden Menschen gelegentlich eine sentimentale Anwandlung überkommen kann, sage ich mir ein paar Zeilen von Tennyson auf:

Klingt, wilde Glocken, läutet auf
Zum kalten Licht, zur Wolkenjagd:
Das alte Jahr stirbt heute nacht;
Ausläutet, Glocken, seinen Lauf.

Der Rest des ellenlangen Gedichts »In Memoriam« ist ziemlich kitschige Geschirrtuchpoesie, deshalb begnüge ich mich mit der ersten Strophe. Nur weil einer ein großer Dichter ist, muss er noch lange nicht jedes Mal ein großes Gedicht schreiben.

Womit wir schon mal eine schöne Lektion fürs neue Jahr gelernt hätten.

Wir sind Menschen, keine Maschinen. Wir haben unsere schlechten Tage. Und psychische Durchhänger. Wir lassen uns beflügeln und legen trotzdem eine Bauchlandung hin. Wir sind nicht eindimensional. Wir haben Herzen, die brechen, und

Seelen, mit denen wir nichts anzufangen wissen. Wir töten und zerstören, aber wir bauen auch auf und machen möglich. Wir waren auf dem Mond und haben den Computer erfunden. Wir halten uns so viel wie möglich vom Leib, müssen aber immer noch mit uns selbst klarkommen. Wir sind Pessimisten und glauben, alles sei bereits verloren: Nach uns die Sintflut! Wir sind Stehaufmännchen, felsenfest davon überzeugt, immer wieder auf die Beine zu kommen. Und jedes neue Jahr ist eine neue Chance.

Fragt sich bloß, was Neujahr eigentlich ist.

Bis 1752 hatten Großbritannien und seine Kolonien (sorry, Amerika!) zwei Neujahrstage pro Jahr, weil das eigentliche Kalenderjahr erst am 25. März anfing, am Fest Mariä Verkündigung. An diesem Tag erfuhr Maria vom Erzengel Gabriel, dass der Heilige Geist über sie kommen und sie den Sohn Gottes gebären werde. Das Datum ergibt sich von selbst: Wenn man die Geburt Jesu am 25. Dezember feiern will, muss Maria ihn natürlich punktgenau am 25. März empfangen haben – in praktischer Nähe zum Frühlingsanfang am 21. März, an dem unsere vorchristlichen Vorfahren Neujahr feierten. Das Wiedererwachen des Lebens, die Rückkehr der Sonne – alles sehr sinnvoll.

In Großbritannien wird das Neujahrsfest bereits seit dem 13. Jahrhundert am 1. Januar begangen. Weil aber das Kalenderjahr bis 1752 erst am 25. März begann, kam es in jedem Jahr zu einer dreimonatigen Überlappung bei der Zeitrechnung, je nachdem, ob man sich schon im neuen Jahr wähnte oder nicht.

Doch damit nicht genug: 1582 schaffte das römisch-katholische Europa den julianischen Kalender ab, den Julius Cäsar im Jahr 45 v. Chr. erfunden hatte, und führte den gregorianischen Kalender ein, der bis heute gilt.

Der Grund für die Umstellung war, dass Cäsars Sonnenkalender pro Jahr elf Minuten fehlten, wodurch alle 128 Jahre ein zusätzlicher Tag eingefügt werden musste. Was dazu führte, dass im 16. Jahrhundert der Kalender, den man sich an die Wand hängte (okay, so was gab es damals noch nicht, aber Sie wissen, was ich meine), überhaupt nicht mehr mit den realen Tag-und-Nacht-Gleichen und Sonnenwenden übereinstimmte. Papst Gregor beschloss, dass Europa einen neuen Kalender brauchte, der natürlich nach ihm zu benennen sei, und weil er nun mal der Papst war, mussten alle anderen Länder dazu Ja und Amen sagen. Alle außer England.

England war nämlich fleißig dabei, seine endgültige Abspaltung von der römischen Kirche zu betreiben – unseren ersten Brexit aus Europa. Ganz klar, dass wir da mit einem Kalender, der jeden Monat ein anderes Papstbild zeigte, nichts am Hut hatten.

Also unterschieden wir uns bis 1752 auch weiterhin durch elf Tage vom Rest Europas. Und das galt, nachdem die Puritaner am Plymouth Rock gelandet waren, nicht nur für Großbritannien, sondern auch für Amerika.

Den alten Kalender kann man aus den Monatsnamen noch heraushören: September – der siebte Monat, Oktober – der achte, November – der neunte, Dezember – der zehnte.

Als dann 1752 der Kalender doch umgestellt wurde, musste

man irgendwie elf Tage über Bord werfen, und so folgte auf den 2. September nahtlos der 14.

Die Zeit ist ein Rätsel.

Hier mein Neujahrs-Steaksandwich

Sie brauchen:

Das beste Sauerteigbrot, das für Geld zu haben ist.

Rinderlende (Sirloin-Steak, Rumpsteak). Kaufen Sie ein dickeres Stück und schneiden es eher dünn auf.

Rote und grüne Wintersalate – Radicchio, Chicorée, Romanasalat

Meerrettich

Selbst gemachte Mayonnaise (siehe »Susies Graved Lachs für Heiligabend«)

Zubereitung

Brot in nicht allzu dünne Scheiben schneiden, zwei pro Person. Mit Mayo bestreichen, nicht mit Butter.

Salatblätter auf beide Brotscheiben türmen.

Die Steaks nach Geschmack grillen oder braten – blutig oder verbrannt – und eine oder zwei Scheiben auf eines der beiden Brote legen.

Die Steakscheiben mit Meerrettich bestreichen.

Eine Scheibe Brot auf die andere klatschen, mit Schwung, damit der Salat nicht herunterfällt.

Mit tödlich scharfer Klinge halbieren. Sofort essen.

Dazu trinken Sie einen leicht gekühlten Gamay, ganz gleich zu welcher Tages- oder Nachtzeit, und sei es zum Frühstück. Es ist Neujahr: Millionen Menschen fangen an, zu entschlacken, abzuspecken oder einen Monat lang keinen Alkohol zu trinken. Setzen Sie ein Zeichen.

Wenn ich Vegetarier zu Gast habe, mache ich ihnen ein Omelette-Sandwich. Dafür nehme ich das gleiche Brot und bestreiche es mit HP-Soße, nicht mit Butter. Dazu gibt es ein Glas Sekt. Oder eine Tasse starken Tee. Mehr kann ich nicht für sie tun.

Ein frohes Neues!

Das Leuchtherz

Heiligabend.

Nach dem Abendessen verabschiedete Marty sich von seiner Freundin Sarah. An Heiligabend gab sie immer eine Party, und am ersten Weihnachtstag ging sie chinesisch essen, wie alle Juden, die sie kannten.

Marty brach als Letzter auf. Er schaute aus dem Fenster der Wohnung. Draußen schneite es still vor sich hin. Die Straße war ruhig.

»Christmas, Schmistmas«, sagte Sarah, überließ die Teller, die sie in die Spülmaschine räumen wollte, sich selbst, stellte sich zu ihm und lehnte sich leicht an ihn. »Jesus war Jude, geboren in Bethlehem. Warum schneit es dann immer?«

»Na ja, es schneit eben, da kann man nichts machen«, sagte Marty. »Ich mag weiße Weihnachten. Bing Crosby, Judy Garland, ›Have yourself a merry little …‹ und so weiter.«

»Sei nicht so sentimental«, sagte Sarah.

»Wieso, was hast du gegen Sentimentalität?«, fragte Marty. »Wir haben sie schließlich erfunden.«

»Wir haben auch das Christentum erfunden, und was hat es uns gebracht? Jahrhundertelange Verfolgung.«

»Wir haben es erfunden, aber wir haben nicht daran geglaubt – dafür waren wir zu praktisch. Als Story ist es ein Witz: ein Zimmermann als Messias, auferstanden von den Toten, und am Ende der Piste direkt in den Himmel. Aber stell dir vor, wir hätten das Urheberrecht behalten.«

»Ja, es war ein miserabler Deal, aber man kann die Geschichte nicht umschreiben.«

»Was meinst du denn, was ich den ganzen Tag im Büro mache? ›Hey, können wir diesen Vertrag brechen?‹ – ›Hey, können wir diese Leute daran hindern, den Vertrag zu brechen?‹«

»Das ist bloß Geschäft. Ich rede vom Leben. Unser aller Leben.«

»Augenblick mal – ich dachte, du bist Seelenklempnerin. Ist mir da was entgangen?«

»Nein, dir ist nichts entgangen. Wenn du über Erfindungen des Geistes reden möchtest – und für mich ist Religion genau das, eine Erfindung des Geistes –, dann haben die Juden die Psychoanalyse erfunden, weil jeder Jude gern die Vergangenheit ändern würde: *Oj wej! Sie hat den Apfel gegessen … Klar, das Essen ist gut, aber ihr hättet hier mal vor der Sintflut essen sollen … Das da soll das Gelobte Land sein? Können wir uns nicht ein Uber-Taxi zurück nach Ägypten teilen?* Vielleicht würde jeder gern die Vergangenheit ändern – das Bedauerliche, die Niederlagen, die Fehler –, aber das geht nicht.«

»Doch, man kann die Vergangenheit ändern«, sagte Marty, »nicht die Geschichte im Großen, aber die Geschichte im Kleinen. Als Masse sind wir verraten und verkauft, da stimme ich dir zu. Aber für den Einzelnen können die Dinge sich ändern. Daran glaubst du doch auch.«

»Zu Hause ist man dort, wo der Herzschmerz ist«, sagte Sarah. »Bei meiner Arbeit habe ich um Weihnachten rum immer Stress. Den Menschen geht es schlechter, nicht besser. Aber was ist mit dir? Wie geht es dir? Tut mir leid, dass wir heute Abend gar nicht zum Reden gekommen sind – so viele Leute, und wir sind alle so laut. Möchtest du einen Scotch?«

Marty schüttelte den Kopf. »Ich mach mich auf den Weg.«

»Setz dich morgen beim Chinesen neben mich.«

»Ich komm nicht. Ich will mit David zusammen sein. Er hat Weihnachten so geliebt.«

»Marty … das ist nicht gut …«

Statt einer Antwort gab er Sarah einen Kuss auf die Wange und nahm seinen Mantel. Die Handschuhe vergaß er.

Wie still es war. Waren alle schon zu Bett gegangen und warteten auf den Weihnachtsmann? Was für ein geniales Durcheinander, dieses Weihnachten. Der Weihnachtsmann, Tannenbäume, Wichtel, Geschenke, bunte Lichter, Schmuck, Magie, eine wundersame Geburt. Und die Wintersonnenwende, der kürzeste Tag, gerade erst vorbei. Und das Verlangen nach ein wenig Hoffnung, gerade jetzt.

Marty fing an, Judy Garland zu singen – war das aus »Meet Me in St. Louis«? »›*Someday soon we all will be together, if the fates allow. Until then, we'll have to muddle through somehow …*‹«

David war tot. Das war der zweite Heiligabend, an dem er von Sarah allein nach Hause ging.

Beim ersten Mal war er über Nacht bei ihr geblieben, auf der Couch, unter dicken Decken, die gegen die kalte Luft halfen, aber nicht gegen die Kälte in seinem Herzen.

Liebe ist Bedauern, dachte er. Das ultimative »Wenn doch nur«. Der verführerische Schwenk in der Zeit, bei dem sich das Leben zweimal ändert. Wenn man sich kennenlernt. Und wenn man sich trennt.

David war der Verträumte gewesen, der Gärtner, der Sportler, der Frischluftfanatiker. Marty ging lieber ins Kino oder mit Freunden zum Essen. David hatte nie warm gegessen, außer wenn jemand anders kochte. Sich selbst überlassen ernährte er sich von Käsesandwichs oder Sardinen aus der Dose, mit einer Flasche vom besten Wein. Er aß jede Menge Salat und Möhren roh aus dem Garten. Marty protestierte und versuchte, das Gemüse ins Haus zu bringen, um ein neues Rezept auszuprobieren. David fand, man sollte intuitiv kochen. »Weil du nie kochst«, sagte Marty.

David glaubte an Zeichen – »Achte auf die Zeichen«, sagte er immer, wenn eine Entscheidung zu treffen war und Marty seufzend versuchte, die Argumente gegeneinander abzuwägen.

»Ein Glück, dass wir nicht versucht haben, uns über eine Dating-Website kennenzulernen«, sagte Marty. »Da hätten wir uns nie gefunden.«

Sie waren keine Gegensätze, sondern eher wie zwei verschiedene Zeitzonen. Marty arbeitete bis spät in die Nacht. David war frühmorgens schon im Garten. David schlief durch, ohne aufzuwachen. Marty starrte im Dunkeln mindestens zwei Stunden lang an die Decke.

Marty war gern pünktlich, David kam grundsätzlich zu spät. In ihm war eine Beschleunigung, dachte Marty. Sein Körper konnte mit seinem Verstand nicht Schritt halten. Sein Verstand raste voraus. Seinem Körper lief die Zeit davon.

In der Stadt war der Weihnachtscountdown endlich abgelaufen, so als wäre jeder seine eigene persönliche Weltraumrakete und Weihnachten sein persönlicher Stern.

Am Nachmittag hatten alle Läden zugemacht, Verkäuferinnen und Verkäufer waren nach Hause gefahren. Marty wusste, dass Millionen von Menschen noch online einkauften, aber die kamen ihm wenigstens nicht in die Quere, und er konnte durch die Straßen laufen – zwar nicht in Frieden, aber in aller Ruhe. Er ging gern zu Fuß. Er ging gern durch die Stadt. Er wollte nicht aufs sogenannte Land fahren müssen, um zu laufen. Er wollte die Hände in die Taschen stecken, seinen inneren Kompass ungefähr auf Ost oder Süd ausrichten und wandern, bis er müde genug war, um mit dem Bus heimzufahren. Das hatte er seit Davids Tod oft gemacht. Es war seine Art, mit ihm zusammen zu sein.

Was Marty am Tod so hasste, war, dass man fast ununterbrochen an den anderen dachte – das war einengend und übergriffig. Aufreibend. Nie mehr verabredete man sich für abends um sechs, um ein Restaurant auszuprobieren. Man beeilte sich nicht mehr, mit der Arbeit fertig zu werden, damit man früh genug ins gemeinsame Wochenende starten konnte. Nie mehr gab es dieses herrliche Kuddelmuddel, wenn man den anderen total vergessen hatte – weil man sich diesen Luxus leisten konnte –, dann plötzlich aufblickte, die Uhr sah, den Stich der Vorfreude spürte, sexuell, emotional, und wusste, dass man bald bei ihm sein würde. Man stürzte aus dem Büro und hetzte durch die Straßen wie tausend andere, aber immer in der Gewissheit der Zweisamkeit.

Und immer dasselbe Lächeln, hallo, Kuss, seine Hand auf deiner Schulter, was für ein Tag, was nimmst du, ah, so schön, dich zu sehen. Und später nicht getrennt nach Hause gehen. Die Stille der Nacht, wenn er sich im Schlaf von dir abgewandt hat und du heimlich seinen nackten Rücken berührst und dieses Bett euer Zeitfloß ist.

Sie waren zusammen durch London gelaufen, und jetzt waren die Streifzüge für Marty eine Möglichkeit, mit dem Mann, den er liebte, zusammen zu sein.

Als ob er noch da wäre. Und vor der Tür, zu Hause, sagte Marty Auf Wiedersehen – manchmal verließ er seinen toten David an einer Bushaltestelle, küsste ihn und ging weiter, ohne sich noch einmal umzudrehen.

Wenn er dann ins Haus kam, sich einen Drink einschenkte, Tee machte oder sich hinsetzte, um ein Buch zu lesen, fühlte er sich für eine kleine Weile besser. Aber er wachte nachts immer noch zu oft auf und drehte sich im leeren Bett auf die andere Seite.

»Du solltest versuchen, jemanden kennenzulernen«, sagte Sarah.

»So weit bin ich noch nicht.«

Sarah wohnte in Camden Town. Marty wohnte in Shoreditch, in einem alten georgianischen Haus, das seinen Eltern gehört hatte. Sie hatten es nicht verkauft – es war damals nichts wert gewesen. Stattdessen waren sie aus den rauen Straßen der Stadt in einen Vorort gezogen und hatten das Haus zimmerweise an Studenten vermietet, die sich das einzige Bad teilen mussten.

Marty hatte das Haus geerbt, weiterhin die Zimmer vermietet und selbst im Souterrain gewohnt, wo es nur kaltes Wasser gab, bis er es sich leisten konnte, auf die Mieter zu verzichten.

Jahr um Jahr renovierte er das Haus, zum größten Teil eigenhändig.

Er lebte allein, weil es ihm gefiel. Er hatte Männer, aber keine Beziehungen. David war der Erste, in den er sich verliebte.

David war nie zu ihm gezogen – Platz wäre genug gewesen, aber David hing an seiner kleinen hellen Ein-Zimmer-Mietwohnung in King's Cross.

Marty hatte den Verdacht, dass David mit anderen Männern Sex hatte, fragte ihn aber nicht danach. David zog gern durch die Clubs. Er war draufgängerischer, extravaganter als Marty. »Was soll extravagant daran sein, dass man sich an den Händen hält?«, hatte er zu Marty gesagt, den das, wenn sie nachts nach Hause gingen, nervös machte und dem es bei Tage peinlich war.

David trainierte, mochte seinen Körper, hatte ein gepierctes Ohr. Marty schenkte ihm einen Brillanten, bald nachdem sie sich kennengelernt hatten.

»*Das* ist extravagant«, sagte David. »So ein funkelnder Edelstein an mir!«

Eines Abends hatte Marty heimlich vor Davids Wohnung

gewartet. Er sah einen älteren Mann mit ihm ins Haus gehen. Etwa eine Stunde später kam der Mann wieder heraus. Marty war mit David zu einem Spätfilm im Kino verabredet. Er sagte ihm per SMS ab, ohne einen Grund anzugeben. Marty hatte David nie erzählt, was er getan hatte, aber an dem Abend wurde ihm klar, dass er entweder anfangen würde, seinem Geliebten nachzuspionieren, oder auf der Stelle damit aufhören musste.

David war David. Warum verlieben wir uns in jemanden, weil wir ihn wunderbar und einzigartig finden, und versuchen dann sofort, ihn zu verändern?

Erst seit Davids Tod zog es Marty immer wieder zu diesem Haus. Mindestens einmal in der Woche ging er daran vorbei, und jedes Mal machte es ihn wütend und traurig. Es tat ihm nicht gut, es tröstete ihn nicht, aber er konnte es trotzdem nicht lassen.

Auch jetzt wieder kam er an dem Haus vorbei. Davids Jalousien hingen noch in den Fenstern. Halb heruntergelassen, wie er es gern hatte. An diesem Abend blinkte auch eine Lichterkette im Fenster. David hätte eine Kerze angezündet. Eine einzelne Kerze.

Als sie sich kennenlernten, hatte David ihn mit zu sich nach Hause genommen und die Kerze angezündet. Sie hatten sich geküsst und dabei vor dem Kühlschrank gestanden, weshalb Kühlschränke seither stets poetische Gefühle in Marty weckten. Manchmal tätschelte er einen im Vorbeigehen, als spielte jeder Kühlschrank, egal wo, eine gütige Rolle in ihrer Liebesgeschichte.

Aber Marty war schüchtern, und er brauchte nach dieser ersten Nacht eine ganze Woche, um sich wieder bei David zu melden.

David, der gerade vom Jogging zurückkam, sah die SMS, warf sein Handy in die Luft und lief wieder hinaus. Er lief die ganze Strecke bis zum Blumenmarkt in der Columbia Road, nicht weit von Martys Haus.

Als Marty an diesem frühen Sonntagmorgen im Bademantel an die Tür ging, stand David in Shorts und Laufschuhen vor ihm, den Finger auf der Klingel und im Arm einen riesigen Strauß rosa Pfingstrosen, die mit ihren großen Blüten die enge Diele erhellten.

»Und ich dachte immer, ich mag keine Schnittblumen«, sagte Marty.

»Das ist ein Zeichen«, sagte David.

Schon bald verwandelte er Martys schlauchförmigen Hinterhof in ein Gelobtes Land von Kletterbohnen, Glyzinien, altenglischen Rosen und Lavendel, und die Fenster zur Straße standen offen, und das Leben strömte herein wie Musik und spielte in jedem Raum.

»Danke, dass du mich glücklich gemacht hast.«

Das sagte Marty laut zu der Kerze. David hatte kleine funkelnde Lichter geliebt. Als er in jenem ersten Sommer für Marty den Garten anlegte, hatte er ihn am Sonnwendabend in eine Bar zum Essen eingeladen und darauf bestanden, erst im Dunkeln nach Hause zu gehen – das war an diesem Abend kurz vor elf. Und Marty musste am nächsten Tag arbeiten. Aber David war wegen irgendetwas ganz aufgeregt. Als sie nach Hause kamen, rannte er voraus, ließ die Tür offen und rief: »Kein Licht anmachen!«

Durch die lange, schmale Diele fiel ein flackerndes Licht aus dem langen, schmalen Garten. Marty ging darauf zu. Im Garten blieb er stehen. Alles war erleuchtet, wie von Lampions, aber nicht runden, sondern länglichen, oben an der Wand, zwischen den Rosen und inmitten der Salatköpfe, die unheimlich grün strahlten wie Gemüse vom Mars.

»Glühwürmchen«, sagte David. »Weil die Sonne heute stillsteht – das ist die Bedeutung des lateinischen Worts für Sonnenwende: Solstitium. Aus *sol*, die Sonne, und *sistere*, stillstehen. Ich will, dass die Sonne stillsteht, genau hier, genau jetzt. Das soll uns genug Welt und genug Zeit sein.«

Sie liebten sich auf dem Klappbett im Schuppen.

Marty schaute zu der Kerze hoch, die nicht mehr im Fenster stand. Dann wandte er sich ab und ging weiter, durch Clerkenwell, gebeugt unter der schweren Last, die sein Herz ihm geworden war.

Mit seinem letzten Händedruck hatte David leise zu ihm gesagt: »Ich schicke dir ein Zeichen.«

Aber es war kein Zeichen gekommen. Und wen wundert's?

Marty glaubte nicht an ein Leben nach dem Tod. David schon. »Das ist als Idee nicht interessant«, meinte Marty. »Warum reden wir überhaupt darüber?«

»Es steht fifty-fifty«, hatte David gesagt. »Einer von uns hat recht, einer unrecht. Wenn wir tot sind, in dem Sekundenbruchteil, bevor das Bewusstsein erlischt, wird einer von uns ›Ach, Mist‹ sagen.«

Leben nach dem Tod, dachte Marty, und dann sagte er laut, zu niemandem, denn es war niemand auf der Straße: »Also hab ich ihn gefragt: Und glaubst du dann auch an den Weihnachtsmann?«

Gleißendes Weiß. Tief und frisch und eben, blendend hell im Schein der Straßenlaternen. Doch als Marty sich dann in der Leere umsah nach einer Antwort auf seine Frage, änderte sich das Licht, und ein gewaltiger Schatten breitete sich dunkel über das Weiß. Er sah hoch.

Am Schneehimmel, genau über ihm und so groß wie ein Luftschiff, schwebte seelenruhig ein riesiger Weihnachtsmann, der einen Schweif von HO-HO-HOs hinter sich herzog. Marty konnte seine schwarzen Stiefel, die rote Mütze und den Sack über seiner Schulter deutlich erkennen. Ob er sich von irgendeinem exklusiven Bürogebäude losgerissen hatte? War er ein weihnachtlicher Reklamegag? Wieso flog er lautlos über die schlafende Stadt?

Marty sah zu dem Weihnachtsmann hinauf, der in der mitternächtlichen Eisluft schwebte. Er schien ihm zuzuwinken. Marty hatte keinen Grund zurückzuwinken, tat es aber trotzdem. Und in dem Moment änderte der Weihnachtsmann seine Richtung; er flog nicht mehr nach Westen.

Er bewegte sich nach Osten, mit Marty.

Marty vergrub die Hände tiefer in den Manteltaschen und ging schneller. Er mochte Weihnachten, wirklich, aber reichte das als Rechtfertigung dafür, dass er auf dem Heimweg von einem aufblasbaren Weihnachtsmann verfolgt wurde?

»Hey«, hatte David gesagt, »findest du es nicht auch schön, dass man auf ein und derselben Weihnachtskarte Kamele und Rotkehlchen findet?«

»Wann wurde die Weihnachtskarte eigentlich erfunden?«, fragte Marty. »Von den Viktorianern, stimmt's? Kann gar nicht anders sein.«

»Erfindung der Briefmarke und billiger Druck«, sagte David. »Ja, du hast recht. Henry Cole 1843 in England – hat in dem neugegründeten Post Office gearbeitet und war für die Penny Post verantwortlich. In Amerika gab es die erste kommerzielle Weihnachtskarte 1874. Ausnahmsweise hatten wir mal die Nase vorn.«

»Ich find's schön, dass du mir Sachen erklärst«, sagte Marty.

David zeichnete und schrieb ihre Weihnachtskarten. An seinem letzten Weihnachten war er zu müde dafür, aber er hatte Marty losgeschickt, fünfzig flache, runde Uhrenbatterien zu kaufen, und dann den ganzen Tag im Bett gesessen und Papier geschnipselt. Ein Freund von ihm war vorbeigekommen, und David hatte Marty gebeten, Champagner zu besorgen.

Als Marty mit den Flaschen zurückkam und zu David nach oben ging, war das Bett leer. Er geriet in Panik, rannte durchs Haus und rief: DAVID! DAVID! Der Freund war gegangen und hatte die Tür zum Garten offen gelassen. Marty hörte Judy Garland – »*Next year all our troubles will be miles away …*«

Er ging in den Garten. Am Spalier und an den Haken aufgehängt, in einer Kette über die Tür geschwungen, an den Bambusstöcken in jedem Topf und jedem Hochbeet leuchteten Papierherzen in Weiß und Rot und Hellgrün.

Warm eingepackt saß David in dem funkelnden Dunkel in seinem Rollstuhl. Er lächelte, sichtlich zufrieden mit sich ob der gelungenen Überraschung.

»Du hast die Glühwürmchen geliebt, die ich in unserem ersten Sommer für dich gebastelt habe. Deshalb hab ich dir jetzt die hier gemacht. Leuchtherzen. Sie gehören mir, und sie gehören dir, und ich liebe dich.«

Marty kniete vor dem Rollstuhl nieder, legte den Kopf auf die Decke, die über Davids Knie gebreitet war, und weinte alle Tränen, die er zurückgehalten hatte. Und David weinte auch, in Martys Haare hinein. Er sagte: »In einem Winter, der nie ein Sommer wurde, lebte einmal eine Prinzessin, und sie weinte so sehr um das, was sie verloren hatte, dass ihre Tränen zu Perlen gefroren und die Vögel sie forttrugen, um ihre Nester damit zu schmücken. Ein Prinz, der vorbeigeritten kam, wie Prinzen es im Märchen tun, sah die beperlten Nester und fragte die Vögel, wo sie diese Kostbarkeiten gefunden hätten, und die Vögel flogen mit ihm zu der Prinzessin, die so viel geweint hatte, dass sie ganz und gar von Perlen umgeben war. Und die Geschichte endet natürlich damit, dass er sie küsst und der Winter noch am selben Tag aufhört, ein Winter zu sein.«

»Das ist das Sentimentalste, was ich je gehört habe«, sagte Marty unter Tränen.

»Wunderbar!«, sagte David, und sie mussten lachen, und Marty öffnete den Champagner, und sie saßen zusammen zwischen den Herzen, die das ganze Weihnachten über leuchteten. Bis auf eines. Marty steckte es heimlich mitsamt der Batterie ein, denn es sollte für immer David für ihn sein.

David wusste, was Marty dachte. Er hielt ihn fest umarmt. »Das ist für diesen Augenblick«, sagte David. »Für diesen Abend. Dieses Jetzt. Das Gelobte Land liegt nie in der Zukunft oder der Vergangenheit – es ist immer nur jetzt.«

»Verlass mich nicht«, sagte Marty.

»Achte auf die Zeichen«, sagte David.

Marty war wieder Hause. Zwei Betrunkene, die in einem Eingang lagen, zeigten himmelwärts. Marty gab ihnen Geld, aber er sah nicht hoch. Er wusste, dass der heliumgefüllte Weihnachtsmann über ihm schwebte. Wie der Stern in der Geschichte stand er jetzt über seinem Haus.

Marty schloss auf und ging sofort ins Bett. Es war Viertel vor zwei. Er schlief tief und fest, doch irgendwann wachte er auf und hörte Davids Stimme: »Ich hab dir doch gesagt, du sollst auf die Zeichen achten.«

Marty fuhr hoch. Er sah die Leuchtzeiger der Uhr – sie standen noch immer auf Viertel vor zwei, sie musste stehen geblieben sein. Die Straßenlaterne erhellte schwach das Zimmer. Und David saß mit übergeschlagenen Beinen auf dem Bett. Er trug eine Schlafanzughose und ein Tweedsakko. Seine Füße und die Brust waren nackt.

»Ich hab nichts zum Anziehen mitgenommen«, sagte er. »Das macht man nicht, wenn man stirbt. Das hier sind deine Sachen.«

»Ich träume«, sagte Marty, »aber weck mich nicht auf.«

»Hat dir der Weihnachtsmann gefallen, den ich dir geschickt habe?«

»Du hast ihn geschickt?«

»Ich war verzweifelt, das ist meine letzte Chance.«

»An Heiligabend – ist das nicht ein bisschen kitschig?«

»Du bist so schwer zu erreichen! Ich dringe nicht zu dir durch!«

»Ich denke die ganze Zeit an dich.«

»Das ist ja das Problem. Du bist so damit beschäftigt, an mich zu denken, an den toten Teil von mir, dass ich nicht durchkomme. Ich hab dir so viele Zeichen geschickt.«

»Zum Beispiel?«

»Zwei Kometen, letzten Sommer am Strand – erinnerst du dich?«

Marty erinnerte sich, aber er hatte keine Lust auf Spielchen. »Kometen sind Weltraumphänomene, keine Zeichen.«

»In unserem ersten Sommer, nach der Sonnenwende, haben wir in Frankreich zwei Kometen gesehen. Ich hab zu dir gesagt: ›Die sind für uns.‹«

Marty erinnerte sich. Es hatte ihm gefallen, wie David das ganze Universum für ihre Liebe in Anspruch nahm. Trotzdem musste er protestieren. »Romantisch, aber falsch!«

»Deshalb hab ich sie dir wieder geschickt, um dich zu erinnern. Und was war an dem Tag in der British Library – die Frau, die geradewegs auf dich zukam und ›Hallo David‹ sagte?«

»Die hatte ich noch nie zuvor gesehen. Das war eine Verrückte.«

»Das war meine Tante«, sagte David. »Sie ist Hellseherin. Sie hat gesehen, dass ich dicht neben dir ging.«

»Woher sollte ich wissen, dass sie deine hellsehende Tante war? Warum hat sie es mir nicht gesagt?«

»Du warst schon weitergegangen und in der Menge verschwunden, sie hatte keine Gelegenheit! Dabei hatte ich sie extra mit dem Zug aus Milton Keynes anreisen lassen.«

»Na gut, aber warum hast DU es mir nicht gesagt?«

»Hab ich doch! Du wolltest an dem Tag gar nicht in die British Library, ich musste dich dazu zwingen. Ich hab mich hinter dich gestellt und GEH IN DIE SCHEISSBIBLIOTHEK! gebrüllt. Natürlich kann ich gar nicht brüllen, ich hab ja keinen Kehlkopf, aber du verstehst schon.«

Marty hatte ein schlechtes Gewissen. Er hatte seinen Geliebten vernachlässigt und war ruppig zu der hellsehenden Tante aus Milton Keynes gewesen.

»Soll ich deiner Tante eine Weihnachtskarte schicken?«

»Das wäre nett; ihre Adresse steht in meinem iPhone unter PT – Psycho-Tante. Hast du mein iPhone noch?«

Marty nickte. Er hatte die Adressen einmal durchgesehen, aber mittendrin aufgehört – zu viele Männer, die er nicht kannte.

»Keine Reue«, sagte David, als könnte er Martys Gedanken lesen.

Marty stutzte. »Wie kannst du mit mir reden, wenn du keinen Kehlkopf hast?«

»Ich habe deine volle Aufmerksamkeit. Wir kommunizieren über Gedanken.«

»Das ist unmöglich.«

»Nur das Unmögliche ist der Mühe wert.«

Marty streckte die Hand nach David aus. Aber es stand so etwas wie eine Lichtschranke zwischen ihnen. Seine Hand leuchtete. Er zog sie zurück und wischte sich die Augen. Plötzlich hatte er Angst und war müde.

»Ich kann nicht ohne dich leben, David. Das ist wie ein Leben als Schatten. Du warst die Sonne.«

»Deswegen bin ich hier. Hey, du hast nicht mal letzte Woche das Suppenzeichen gesehen. Du warst mit Dan im Chez Henri, und Dan hat meine Lieblingssuppe bestellt, und als der Kellner kam, hat er sie aus Versehen dir hingestellt. Ich war da und hab das gedeichselt.«

»Bist du immer da?«

»Nein, aber ich sehe nach dir.«

»Halt mich.«

»Ich kann nicht – das ist die Einstein-Sache, $E = mc^2$. Alle Masse ist Energie, aber nicht alle Energie ist Masse. Du bist in Masseform. Ich bin in Energieform. Ich bin nicht verloren, ich bin nicht verbraucht, aber ich habe keine Möglichkeit, dich zu halten. Doch ich kann dich wärmen. Fühl mal – hier –, streck noch mal die Hand aus.«

Marty legte ihm die Hand an die Brust. Da war nichts Festes. Er hatte so starke Muskeln gehabt, bis der Verfall begann … Aber vielleicht war es kein Verfall, vielleicht wurde sein Körper nur zu dem, was er sein musste. Energie, nicht Masse.

Martys Finger kribbelten, seine Hand wurde warm. Er streckte auch die andere aus, als wäre David ein Feuer. Er fing an zu weinen.

»Nicht weinen, Prinzessin«, sagte David. »Deswegen bin ich hier. Uns beiden zuliebe musst du damit aufhören. Ich muss gehen, und du musst bleiben. Ich werde immer in deiner Nähe sein, aber ich möchte, dass du wieder zu leben anfängst. Das Leben ist schön und kurz. Verschwende es nicht.«

»Ich kann dich nicht vergessen«, sagte Marty. »Und ich will es auch nicht.«

»Du wirst mich nicht vergessen, du wirst in Ehren halten, was wir hatten, was wir getan haben. Die Liebe ist kein Gefängnis. Du darfst nicht in deiner Liebe zu mir eingesperrt sein. Nimm unsere Liebe mit – sie ist bei dir; du kommst nicht über mich weg, und du lässt mich auch nicht los, oder was der Phrasen mehr sind, du nimmst mich mit.«

»Nimm lieber du mich mit«, sagte Marty. »Ich will nicht alleine hier sein.«

David sah ihn unendlich liebevoll an. »Du musst mir vertrauen, wie du's immer getan hast – ja?«

Ein langes Schweigen trat ein. Dann fragte Marty: »Was soll ich machen?«

»Steh morgen früh auf und trink eine Tasse Kaffee im Garten, ich werde da sein. Du wirst spüren, dass ich da bin. Wart's ab. Dann gehen wir zusammen zu dem Mittagessen beim Chinesen, und draußen verabschiede ich mich von dir; zurzeit esse ich nicht – mein Magen streikt.«

Marty lachte, aber er wollte nicht lachen.

»Und dann«, sagte David, »möchte ich, dass du neu anfängst.«

Marty schlief ein. Als er wieder aufwachte, war es kurz nach acht, und es hatte aufgehört zu schneien. Er sah aus dem Fenster.

Von dem aufblasbaren Weihnachtsmann war nichts mehr zu sehen. Er rieb sich den Kopf.

Und David? Ein Traum.

Er seufzte und ging unter die Dusche, rasierte sich und warf seinen Bademantel über. Kaffee. Im Garten. Das hatte der Traum-David ihm aufgetragen. Im Garten? Es war bitterkalt.

Marty machte sich Kaffee, heiß und schwarz, zog seine Boots an, entriegelte die Tür und stapfte mit offenen Schnürsenkeln in den Garten. In der Luft schwebten Eispartikel, und durch den Schnee lief eine Spur von Katzenpfoten. Von den Buchsbaumpyramiden und dem Schuppen, der wie ein Puppenhaus aussah, waren nur die Umrisse zu erkennen.

Und dann sah er es.

Das Leuchtherz.

Im Apfelbaum hing an seiner Kette das Leuchtherz, das Marty von ihrem letzten gemeinsamen Weihnachten aufgehoben hatte.

David?

Das Leuchtherz drehte sich leicht im Wind hin und her, aber es ging kein Wind.

Marty nahm das Herz vom Baum und hängte es sich um den Hals. Kaum merklich schlug es warm an seiner Brust.

Und später, als er vor dem Restaurant ankam, fühlte er sich so leicht wie lange nicht mehr. Sarah wollte gerade hineingehen. Sie bot ihm ihren Arm an.

»Ich muss mich nur noch von jemandem verabschieden«, sagte Marty. »Ich komme gleich nach. Halt mir einen Platz neben dir frei.«

Sarah sah ihn überrascht an, aber sie ging schon mal voraus.

»Adieu, David«, sagte Marty laut. »Danke, dass du mitgekommen bist.«

Er öffnete die Tür. »Mir scheint, die spielen euer Lied«, sagte Sarah.

»Have yourself a merry little Christmas now …«

Meine Dreikönigs-Fischfrikadellen

Der Dreikönigstag, dieses seltsame Fest, an dem die Raunächte enden, wird am 6. Januar, also zwölf Tage nach Weihnachten, begangen. Zeit, den Baum abzuschmücken und die Feiertage für beendet zu erklären.

An diesem Tag kamen die Weisen aus dem Morgenland, um das Jesuskind anzubeten. In Irland und einigen Gegenden Italiens werden ihre Figuren erst zu Dreikönig in die Weihnachtskrippen gestellt.

Die im Stall vor dem Kind knienden Könige folgen dem Muster vorchristlicher Rituale zur Wintersonnenwende, der Umkehrung der normalen Ordnung.

Die römischen Saturnalien und das keltische Samhain-Fest huldigten beide einem »König der verkehrten Welt«. Während der Festtage wurden die starren Hierarchien von Klasse, Besitz und Geschlecht auf den Kopf gestellt. Die Italiener nennen das im Karneval »die verkehrte Welt«. Oben wird unten, unten wird oben, Frauen sagen Männern, was sie zu tun haben, und es gibt auch jede Menge Crossdressing.

Die katholische Kirche verstand sich sehr gut darauf, heidnischen Festen ihre eigenen religiösen Anlässe aufzupfropfen, und so wurde auch der Dreikönigstag passend gemacht.

Zu Shakespeares Zeiten waren Dreikönig und auch der Vorabend von Dreikönig – auf Englisch »Twelfth Night« – bedeutende Feste. Shakespeares Komödie »Twelfth Night« (Was ihr wollt) spielt mit der Tradition der Umkehrungen – ein Mädchen in Knabenkleidern, ein Diener, der sich Chancen bei einer feinen Dame ausrechnet, ein Schiffbruch, bei dem die Vergangenheit fortgeschwemmt wird.

Auch in jeder grotesk überdrehten *pantomime* – der beliebten englischen Weihnachtsbelustigung, nicht zu verwechseln mit der Pantomime im Deutschen – gibt es eine Matrone, die stets von einem Mann in Frauenkleidern gespielt wird. Ein einfacher Junge (gespielt von einer weiblichen Darstellerin) oder ein einfaches Mädchen (ebenfalls von einer weiblichen Darstellerin gespielt) entpuppt sich als Prinz oder Prinzessin, und die Bösewichter bekommen eins auf den Deckel.

Es gibt ein wunderbares Gedicht von T.S. Eliot mit dem Titel »Die Reise der Weisen«. Es handelt von den Drei Heiligen Königen, die das Christuskind aufsuchen und sich fragen, was da geschehen ist: Was war das, dessen Zeugen sie wurden? War es eine Geburt? Oder ein Tod?

Die Geburt des Christuskindes kündigt den Tod einer bestehenden Ordnung an.

Das ist der Witz bei Umkehrungen, und man findet dieses Prinzip auch in allen Märchen: Immer wieder verkehrt sich etwas ins Gegenteil, reich wird zu arm, arm zu reich, ein Ende ist in Wahrheit ein Anfang, eine schöne neue Welt in Wahrheit nur eine bewohnte Nekropole, oder erst der Verlust von etwas Kostbarem lässt uns den wahren Schatz entdecken.

Nur durch die Umkehrung einer bestehenden Situation kann eine neue Möglichkeit aufscheinen.

Der Dreikönigstag ist auch als Epiphanias oder Epiphanie bekannt. Epiphanie bedeutet »Erscheinung«, etwas wird offenbart. Und das wird zur Herausforderung für die alte Ordnung.

Man hört viel von nassforschen Start-ups wie Uber oder Airbnb, die die bestehende Ordnung herausfordern. Es heißt, das sei kreativ und notwendig. Mag sein.

Für mein Gefühl könnten wir in unserem nach außen gerichteten Leben mehr Stabilität gebrauchen, um mehr Brüche in unserem Innern riskieren zu können, in unserem Denken, Fühlen, Imaginieren.

Wenn wir nur wie die Tiere sind, uns auf Nahrung, Revierkämpfe, Überleben, Paarung und Rudelführung konzentrieren, wozu sind wir dann überhaupt Menschen?

So traurig es ist: Noch ist es keinem politischen System (und der Kapitalismus ist ein politisches System) gelungen, die Grundbedürfnisse der meisten von uns so weit zu erfüllen, dass wir wenigstens halbwegs die Freiheit haben, die achtundneunzig Prozent unseres Gehirns zu erkunden, die wir nicht nutzen.

Das halte ich für ein Versagen.

Epiphanias ist eine geniale Umkehrung von Machtstrukturen und Hierarchien, von Klassensystemen und dem Status quo, eine

Erinnerung daran, dass unsere Lebensweise nur eine Möglichkeit ist – wir könnten sie auch anders gestalten.

Die Könige knien vor etwas Größerem als Autorität, sie knien vor einer möglichen Zukunft. Einer, die auf Liebe gründet, nicht auf Angst; einer, in der Überfluss herrscht, kein Mangel.

Wir wissen, was in der biblischen Geschichte als Nächstes kommt: König Herodes lässt jedes männliche Kind unter zwei Jahren ermorden – sein blutiger Versuch, sich an die Macht zu klammern, mit harter Hand zu festigen, was ist, und auszulöschen, was sein wird.

Aber das Kind, auf das er es abgesehen hat, ist schon fort; in den Armen seiner Mutter zieht es durch die Wüste, seinem Schicksal entgegen.

Es gibt immer eine andere Möglichkeit.

Und wir?

Wir haben die Ersatzversion von »Folge deinem Stern« – doch was passiert, wenn der Stern uns in einen wurmstichigen, verdreckten Stall in einem elenden Kuhkaff führt, wenn wir uns extra feingemacht haben und Applaus erwarten, uns aber stattdessen ins Stroh knien und unsere Gaben (das Beste in uns) etwas Unbegreiflichem geben sollen?

In Abenteuergeschichten und Computerspielen sieht es so einfach aus: Herausforderungen, Ungeheuer, Rückschläge und dann der Erfolg. Das Dumme ist nur, dass ein reales Abenteuer kein Ende hat, kein »… und lebten glücklich bis ans Ende ihrer Tage«, keine festgelegten Spielzüge. Leben ist Arbeit: Bemühen um Bewusstheit, um Kreativität – was auch immer das für den Einzelnen bedeutet –, Streben nach Liebe, Wille zur Veränderung.

Sterne führen uns, wohin sie wollen. Was wir tun, wenn wir am unerwarteten Ziel ankommen, liegt bei uns.

Keine Reise ohne Proviant. Ich liebe Fisch, und diese einfachen, schnellen Fischfrikadellen eignen sich kalt hervorragend für ein Lunchpaket oder als Snack für zwischendurch. Köstlich sind sie natürlich auch direkt aus der Pfanne, mit selbst gemachter Mayo oder Tomatensoße.

In meine Fischfrikadellen kommt kein Kartoffelpüree, weil ich zu gern Pommes dazu esse. Mit einem Spritzer Zitrone oder Limette darauf und einer großen Schüssel frischem Salat ergeben sie eine leichte, gesunde Mahlzeit.

Sie brauchen:

Gemischten Fisch – die Menge hängt davon ab, wie viele Frikadellen Sie machen wollen. Ich nehme frischen Kabeljau und Lachs mit etwa zwanzig Prozent Haddock (kalt geräuchertem Schellfisch). Wenn Sie den nicht mögen, lassen Sie ihn weg. Manchmal nehme ich auch Kabeljau und kleine Krabben. Auch nicht übel.

Gehackte Zwiebel – nicht zu viel, nur für den Geschmack.

Eier. Eier dienen als Bindemittel, statt Kartoffelpüree.

Paniermehl aus altbackenem Weißbrot

Mehl

Glatte Petersilie

Salz und Pfeffer

Zubereitung

Die Fischfrikadellen müssen klein sein – wenn sie zu groß und zu dick sind, gart der Fisch nicht durch. Für größere Fischfrikadellen mit Kartoffelpüree müssen Sie Kartoffeln und Fisch vorher garen – das machen wir nicht. Unsere Devise lautet: klein, aber fein.

Hacken Sie den Fisch klein und die Zwiebel noch kleiner.

Beides in einer großen Schüssel mit dem Ei oder den Eiern zu einer festen Masse verarbeiten. Petersilie zugeben, mit Salz und Pfeffer abschmecken.

Ein Arbeitsbrett mit Mehl bestreuen. Mit beiden Händen kleine flache Frikadellen formen, beidseitig erst in Mehl und anschließend in Paniermehl wälzen.

Die fertigen Frikadellen auf einen großen Teller legen. Achten Sie darauf, dass alle schön fest sind.

Wenn die Zeit reicht, stellen Sie sie für eine Stunde in den Kühlschrank. Wenn nicht …

Sonnenblumenöl in einer Pfanne erhitzen, und wenn es gut heiß ist, die Frikadellen einzeln hineingleiten lassen, nach 4 Minuten wenden.

Möchten Sie eine Tomatensoße dazu essen, sollten Sie sie vorab zubereiten. Das folgende Rezept ist kinderleicht und eignet sich für Nudeln oder Reis genauso gut wie für die Fischfrikadellen.

Einige große, aromatische Tomaten etwa eine halbe Stunde in einen großen Topf mit heißem Wasser legen, dann die Haut abziehen.

In einem schweren Topf einen Schuss Olivenöl erwärmen, etwas Knoblauch darin andünsten, nach Belieben auch klein geschnittene Zwiebel. Manchmal dünste ich gehackte rote Chilischote mit, falls mir danach ist und ich eine im Haus habe.

Wenn Knoblauch, Zwiebel und Chili weich sind, die grob gehackten Tomaten zugeben und gut umrühren. Hin und wieder kommt bei mir jetzt ein frischer Rosmarinzweig aus dem Garten hinein.

Zugedeckt bei mittlerer Hitze etwa eine halbe Stunde kochen. Nicht anbrennen lassen.

Wenn alles bis zur gewünschten Konsistenz eingekocht ist und gut schmeckt, den Rosmarinzweig (falls einer drin ist) herausnehmen und die Soße abschmecken.

Am Schluss nach Belieben frisches Basilikum zugeben. Fertig ist die einfache, vielseitige und schnelle Soße. Guten Appetit!

Weihnachtsgrüße der Autorin

Die Zeit ist kein Pfeil, sondern ein Bumerang.

Ich wurde von Pfingstlern adoptiert und bekam den Stempel »Missionarin« aufgedrückt. Weihnachten war wichtig im missionarischen Kalender. Ab Anfang November packten wir Pakete für unsere Streiter in Übersee oder für die Heimkehrer aus dem Heidenland.

Vielleicht lag es daran, dass meine Eltern den Zweiten Weltkrieg miterlebt hatten. Vielleicht daran, dass wir in der Endzeit lebten und auf Armageddon warteten. Was auch immer der Grund gewesen sein mag, die Vorweihnachtszeit war bei uns straff durchorganisiert, angefangen bei der Herstellung der Mince-Pie-Füllung bis hin zum Absingen von Weihnachtsliedern für (oder gegen) die noch zu bekehrenden Bürger von Accrington. Trotzdem liebte Mrs Winterson Weihnachten. Es war die einzige Zeit im Jahr, in der sie aus dem Haus ging, ohne ein Gesicht zu machen, als wäre die Welt ein Jammertal. Ich bin mir sicher, dass ich ihr meine Liebe zu Weihnachten zu verdanken habe.

Am 21. Dezember verließ meine Mutter in Hut und Mantel das Haus, während mein Vater und ich die Papierketten aufhängten, die ich gebastelt hatte. Von den Wohnzimmerecken bis zur Lampe.

Irgendwann kam sie zurück und immer, so schien es, begleitet von einem Hagelschauer, aber vielleicht war das auch nur ihr persönliches Wetter. Sie brachte eine Gans mit, die mit baumelndem Kopf halb aus ihrer Einkaufstasche herausschaute, wie ein Traum, an den sich niemand erinnern kann. Sie gab sie mir beide – die Gans und den Traum –, und ich rupfte die Federn in einen Eimer. Die Federn haben wir behalten und damit alles gepolstert, was es zu polstern gab, und in dem Gänseschmalz, das beim Braten austrat, brieten wir den ganzen Winter über unsere Kartoffeln. Abgesehen von Mrs W., die es an der Schilddrüse hatte, waren alle anderen Menschen, die wir kannten, mager wie die Frettchen. Wir hatten das Gänseschmalz nötig.

Nachdem ich ausgezogen war und schließlich mit dem Studium in Oxford begonnen hatte, kehrte ich zum ersten Mal an Weihnachten wieder nach Hause zurück. Meine Mutter hatte mich schon vor längerer Zeit vor die Tür gesetzt, als ich mich in ein Mädchen verliebte. In einem religiösen Haushalt wie dem unseren war das ungefähr genauso schlimm wie die Heirat mit einer Ziege. Seit damals hatten wir kein Wort mehr miteinander gesprochen. Ich hauste zuerst in einem Mini, kam dann bei einer Lehrerin unter und verließ irgendwann die Stadt.

Während meines ersten Trimesters in Oxford bekam ich eine Postkarte, eine von der Sorte, auf der oben in blauen Lettern POSTKARTE steht. Darunter, in Mrs W.s gestochen schöner

Handschrift: KOMMST DU WEIHNACHTEN NACH HAUSE? LIEBE GRÜSSE, MUTTER.

Als ich vor unserem kleinen Reihenhäuschen am oberen Ende der Straße stand, hörte ich schon die mehr oder weniger melodischen Klänge von »In the Bleak Midwinter«, in einer Bossanova-Version. Meine Mutter hatte das alte Klavier entsorgt und sich dafür eine Heimorgel zugelegt, mit zwei Manualen, Orchester, Schlagzeug und Bass.

Sie hatte mich seit zwei Jahren nicht gesehen. Schweigen im Walde. Die nächsten zwei Stunden verbrachten wir damit, die Effekte von Snare Drum und Trompetensolo bei »Hark! The Herald Angels Sing« zu bestaunen.

Ich erwartete meine Oxforder Freundin, die aus St. Lucia stammte. Es war mutig von ihr, zu mir nach Hause zu kommen, auch wenn sie dachte, ich übertreibe, als ich ihr von meiner Familie erzählte.

Anfangs war der Besuch ein voller Erfolg. Für Mrs W. stellte eine schwarze Freundin eine echte missionarische Herausforderung dar. Bei den pensionierten Missionaren unserer Kirche machte sie sich kundig: »Was essen die?« Ananas, lautete die Antwort.

Als Vicky ankam, schenkte meine Mutter ihr eine selbst gestrickte Wolldecke, damit sie nicht fror. »Diese Leute vertragen die Kälte nicht«, sagte sie zu mir.

Mrs Winterson war eine Getriebene, und sie hatte das ganze Jahr über für Jesus gestrickt. Der Christbaum war mit selbst gestricktem Schmuck behängt, und der Hund steckte in einer weihnachtlichen Zwangsjacke aus roter Wolle mit weißen Schneeflocken. Es gab eine gestrickte Krippe, und die Hirten trugen kleine Schals, weil Bethlehem anscheinend gleich um die Ecke von Accrington lag.

Mein Dad öffnete die Tür in einer gestrickten Weste und dazu passender Strickkrawatte. Das ganze Haus war frisch bestrickt.

Mrs W. war aufgeräumter Stimmung. »Möchten Sie Kassler mit Ananas, Vicky? Käsetoast mit Ananas? Ananas mit Sahne? Versunkenen Ananaskuchen? Gebackene Ananas?«

Nachdem Vicky diese Verköstigung ein, zwei Tage ertragen hatte, sagte sie: »Ich mag keine Ananas.«

Mrs W.s Stimmung schlug blitzartig um. Sie redete den ganzen Tag nicht mehr mit uns und zerknautschte ein Rotkehlchen aus Pappmaché. Am nächsten Morgen prangte auf dem Frühstückstisch eine Pyramide aus ungeöffneten Ananaskonserven und eine viktorianische Postkarte mit zwei Katzen, die, als Mann und Frau verkleidet, die Pfoten reckten. Darüber der Schriftzug: KEINER HAT UNS LIEB.

Als Vicky an diesem Abend ins Bett ging, war ihr Kopfkissen verschwunden und der Kopfkissenbezug mit Traktaten über die drohende Apokalypse vollgestopft. Sie spielte mit dem Gedanken abzureisen, aber ich hatte in diesem Haus schon Schlimmeres erlebt und bildete mir ein, es könne wieder aufwärtsgehen.

An Heiligabend kam eine Gruppe Weihnachtssänger aus der Gemeinde vorbei. Mrs W.s Laune schien sich gebessert zu haben. Sie hatte Vicky und mich gezwungen, ein paar halbierte Weißkohlköpfe in Alufolie zu wickeln und mit Käsespießen – und den verschmähten Ananasstückchen – zu spicken.

Sie nannte die Dinger Sputniks. Es hatte irgendetwas mit dem Kalten Krieg zu tun. Alufolie? Antennen? Ob sie wohl Angst hatte, dass der KGB Wanzen im Käse versteckte?

Egal. Das Obst des Anstoßes war einer sinnvollen Verwendung zugeführt worden. Während wir fröhlich Weihnachtslieder sangen, klopfte es an der Tür. Es waren die Sänger der Heilsarmee.

In der Weihnachtszeit war ihr Auftauchen eigentlich keine große Überraschung. Aber Mrs Winterson war empört. Sie riss die Haustür auf und brüllte: »Jesus ist hier! Verschwindet!«

Und knallte die Tür wieder zu.

Nach diesem Weihnachtsfest fuhr ich nicht mehr nach Hause. Ich habe Mrs W. nie wiedergesehen. Als bald darauf, im Jahr 1985, mein erster Roman erschien – *Orangen sind nicht die einzige Frucht* – war sie außer sich. Zitat: »Das war das erste Mal, dass ich ein Buch unter falschem Namen bestellen musste.«

Sie starb 1990.

Wenn man älter wird, erinnert man sich zu Weihnachten an die Verstorbenen. Die Kelten glaubten, dass die Toten sich während ihres Winterfests Samhain unter die Lebenden mischten. Viele Kulturen würden das verstehen. Unsere nicht.

Das ist ein Jammer. Und ein Verlust. Wenn das Leben kein Pfeil, sondern ein Bumerang ist, kehrt die Vergangenheit immer wieder zurück und wiederholt sich. Der kreative Akt des Erinnerns ermöglicht es uns, die Toten wieder zum Leben zu erwecken oder sie, wenn wir mit der Vergangenheit abgeschlossen haben, endgültig loszulassen.

Letzte Weihnachten saß ich allein in meiner Küche am Kamin – ich liebe ein Feuer in der Küche. Ich goss mir gerade einen Drink ein, als ich plötzlich Judy Garland im Radio hörte: »Have Yourself a Merry Little Christmas«. Mir fiel ein, wie Mrs W. das Stück auf dem Klavier gespielt hatte. Es war einer jener bittersüßen Augenblicke, wie sie jeder von uns kennt. Auch ein Augenblick des Bedauerns? Ja, ich glaube schon, Bedauern über alles, was zwischen uns schiefgegangen ist. Gleichzeitig wurde mir bewusst, was für eine ungewöhnliche Frau sie war. Sie hätte ein Wunder verdient gehabt, um aus ihrem Leben ohne Hoffnung, ohne Geld und ohne Aussicht auf Veränderung ausbrechen zu können.

Sie hatte Glück, sie bekam ihr Wunder. Doch sie hatte auch Pech, denn dieses Wunder war ich. Ich war ihr Freifahrtschein. Mit mir hätte sie entkommen können, frei sein …

Die Weihnachtsgeschichte vom Christuskind ist vielschichtig. Was hat sie uns zum Beispiel über Wunder zu sagen?

Wunder geschehen nie zum günstigsten Zeitpunkt (das Kind wird auf die Welt kommen, ganz egal, ob es ein Hotelzimmer gibt oder nicht – und es gibt keins).

Wunder sind nicht das, was wir erwarten (ein einfacher Mann und seine Frau stehen plötzlich als Eltern des Heilands da).

Wunder sprengen die existierende Ordnung, und durch die Schockwelle und den Rückstoß kommen Menschen zu Schaden.

Was ist ein Wunder? Ein Wunder ist ein Ereignis, das das Raumzeitkontinuum durchbricht. Ein Wunder ist ein Ereignis, das sich nicht allein rational erklären lässt, Zufall und Schicksal spielen ebenfalls mit hinein. Ein Wunder ist ein Ereignis, das etwas Gutes bewirken will, das schon, aber ein Wunder ist auch wie ein Flaschengeist – ist der Korken erst mal draußen, geht das Theater erst richtig los. Man bekommt seine drei Wünsche erfüllt, aber das ist noch lange nicht die ganze Bescherung.

Mrs W. wollte ein Kind. Sie konnte keins kriegen. Sie bekam mich. Aber wie sagte sie so oft? »Der Teufel hat uns zur falschen Krippe geführt.« Satan als Stern mit Fehlfunktion.

Das ist das Märchenelement der Geschichte.

Manchmal liegt das Objekt unseres Sehnens und Wünschens, das Wunder, das wir uns erhoffen, direkt vor unserer Nase, aber wir können es nicht sehen, oder wir laufen davor weg, oder wir wissen – im schlimmsten Fall – gar nicht, was wir damit anfangen sollen. Überlegen Sie doch mal, wie viele Menschen den Erfolg bekommen, den sie sich wünschen, oder den Partner oder das Geld, und das Erreichte dann in Staub und Asche verwandeln – wie Feengold, das man nicht ausgeben kann.

Und deshalb denke ich zur Weihnachtszeit an die Weihnachtsgeschichte und an all die Weihnachtsgeschichten, die danach kamen. Als Schriftstellerin weiß ich, dass es in unserem Leben ohne Raum für Fantasie und Reflexion nicht geht. Religiöse Feste waren dazu gedacht, uns die Gelegenheit zu geben, aus der Zeit herauszutreten. Weg vom Alltäglichen, hin zum wirklich Wichtigen. Dem Erinnerten. Dem Erdachten.

Also zünden Sie eine Kerze für die Toten an.

Und zünden Sie eine Kerze für ein Wunder an, so unwahrscheinlich es auch sein mag, und beten Sie, dass Sie das für Sie bestimmte erkennen werden.

Und zünden Sie eine Kerze für die Lebenden an, für die Welt der Freundschaft und der Familie, die so viel bedeutet.

Und zünden Sie eine Kerze für die Zukunft an, dass sie geschehen möge und nicht von der Dunkelheit verschluckt wird.

Und zünden Sie eine Kerze für die Liebe an.

Für das Glück der Liebe.

Danksagung

Dank an alle, die zur Entstehung dieses Buchs beigetragen haben. Meine Lektorinnen in London und New York, Rachel Cugnoni und Elisabeth Schmitz. Áine Mulkeen, Ana Fletcher, Matt Broughton und Neil Bradford bei Vintage. Laura Evans für die Arbeit an Manuskript und Fahnen. Kamila Shamsie, Sylvia Whitman bei Shakespeare and Company. Und meine wunderbare Agentin Caroline Michel, die Weihnachten genauso liebt wie ich.

Und an die, die nicht mehr unter uns sind: Kathy Acker und Ruth Rendell. Und natürlich Mrs Winterson und Dad.

Zitatnachweise

Erich Kästner: *Als der Nikolaus kam.* Übersetzt von Erich Kästner. Nach einem Gedicht von Clement Clarke Moore. Illustriert von Ted Rand. Nord-Süd Verlag, Salzburg, 1999.

Christina Rossetti, *In the Bleak Midwinter / Mitten im kalten Winter.* Aus dem Englischen von Regina Rawlinson, mit Dank an die Webseite http://www.synekdoche.de/thema1076.htm

Dylan Thomas: *Do not go gentle into that good night / Geh nicht gelassen in die gute Nacht* Aus dem Englischen von Johanna Schall, http://johannaschall.blogspot.de/2011/04/dylan-thomas-geh-nicht-gelassen-in-die.html

Hart Crane: *Repose of Rivers / Ruhe der Flüsse.* Aus dem Englischen von Joachim Uhlmann. In: *Weiße Bauten*, S. 28, Karl H. Henssel Verlag, Berlin 1960.

George Mallory: *Climbing Everest. The Complete Writings of George Mallory.* Gibson Square Publishing, London 2010. Aus dem Englischen von Regina Rawlinson.

Alfred Lord Tennyson, *In Memoriam Nr. 106 (There rolls the deep).* Aus dem Englischen von Günter Gerstberger und Werner von Koppenfels. In: *Englische und amerikanische Dichtung, Bd. 2: Englische Dichtung von Dryden bis Tennyson.* Herausgegeben von Werner von Koppenfels und Manfred Pfister, S. 386. C.H. Beck, München 2000.

Jeanette Winterson, geboren 1959 in Manchester, hat zahlreiche Romane sowie Sach- und Kinderbücher geschrieben. Sie ist eine der angesehensten Autorinnen Großbritanniens und wurde 2006 von der Queen zum Officer des Order of the British Empire ernannt. Zu Weihnachten pflegt Winterson ihr Haus in den Cotswolds mit allerlei Kugeln, Glitter, Lichtern und Gestecken zu schmücken. Dann dürfen auch die beiden hölzernen Engel ihren Platz im Bücherregal verlassen und sich am Kamin niederlassen.

Die Originalausgabe erschien 2016 unter dem Titel
»Christmas Days. 12 Stories and 12 Feasts for 12 Days« bei Jonathan Cape,
an imprint of Vintage Publishing, part of the Penguin Random House group.

Die Arbeit der Übersetzerin am vorliegenden Text wurde
vom Deutschen Übersetzerfonds gefördert.

Dieses Buch ist auch als E-Book erhältlich.

Verlagsgruppe Random House FSC® N001967
Das verwendete Papier für dieses Buch
ist FSC®-zertifiziert

Wunderraum-Bücher erscheinen im
Wilhelm Goldmann Verlag, München,
einem Unternehmen der Random House GmbH.

1. Auflage

Neumarkter Str. 28, 81673 München
Umschlaggestaltung und Konzeption: buxdesign | München
Unter Verwendung von Motiven
und Illustrationen von Carla Nagel
Satz: Buch-Werkstatt GmbH, Bad Aibling
Druck und Bindung: GGP Media GmbH, Pößneck
Printed in Germany
ISBN 978-3-336-54785-2

www.wunderraum-verlag.de

Auf Wiedersehen im

WUNDERRAUM

www.wunderraum-verlag.de